蛋壳头骨

〔澳〕布里·李 著

黄瑶 译

BRI LEE

EGGSHELL
SKULL

南海出版公司

新经典义化股份有限公司
www.readinglife.com
出　品

"蛋壳头骨原则（The Eggshell Skull Rule）"适用于民法和刑法中普通法管辖的大部分范围。假设 A 的头骨薄如蛋壳，B 只想揍 A 一拳而击打了其头部，却在事实上致其死亡，那么 B 应为自己对 A 造成的伤害负责。在刑法中，这项准则由大法官劳顿首先提出："被告必须接受受害者在遭到损害时的个体特征。"

序言

在我十岁左右的某个下午，爸爸开车载着我去买一块派当午饭。当他庞大的红色卡车驶入停车场、停在面包店门前时，我们看到一男一女正朝着彼此大吼大叫。

"待在车里。"爸爸匆匆拉上手刹下了车。生锈的车门吱嘎作响，砰的一声在他身后关上了。

我静静坐着，透过满是灰尘的挡风玻璃向前望去，仿佛正在看一台声音模糊不清的电视。吼叫声越来越大，女子扬起双臂比画起来，男子也抡起手臂，用力推搡着她。

爸爸迈开大步朝他们走去。在我眼中，他仿佛变了一个人，土气的七五分工装裤和松垮的皮凉鞋也掩饰不住他的高大。那个女人也变了，看上去渺小又恐惧，还用力捂着自己的脸。

爸爸一手从口袋里掏出警徽，另一只手向下摊开，示意男子退后。局面迅速得到了缓和。三人站在那里。爸爸叉开双腿稳稳立着，在另外两人左摇右晃时往本子上写了些什么，没过多久，那一男一女便离开了。后来我才得知，女子并不想提出控诉，并拒绝了警方的进一步协助。爸爸一直等到两人走向马路对面的火车站，才回头招呼我下车。我抑制住奔向他的冲动，满心疑问，好奇成年人之间发生的事情让我感觉自己很没规矩。

我们走进了面包店。"告诉这位女士，你想要哪种派。"他站在保温柜前说道，一只手搭在我的肩膀上。

我知道许多人都憎恶警察。年轻的我有幸结交了不少富有创意的人士和左翼政治活动家，以及一些年长的朋友——他们还记得，在州长约翰·比耶尔克－彼得森①治下的昆士兰州，工会曾帮助人们维持生计，也拯救了他们的人生。虽然我也遇到过滥用职权的坏警察，心知懒散怠惰的警察会给生活带来麻烦——我当然也想知道"监管之人，谁来监管"——不过一想到警察，我还是会想起自己最了解的那一位，也就是我的爸爸。我是听着他充满爱与牺牲的警察事迹长大的。凭借冷静、不诉诸暴力的处事方法，爸爸一直备受赞扬。生日时，他会将尖叫的我扛上肩头，丢进波光粼粼的泳池。他帮我培育了一座菜园，在我失去兴趣后仍旧每天早晨为它浇水。他用善恶分明的观念抚育我长大。他的制服干净挺括。他每天早上不用闹钟就能早早起床。街坊邻里都会来拜访他，向他咨询建议。从巡逻岗位调去诉讼岗位时，他的工资被削减了两成左右，好处是他不必再天天涉险。不过记忆中，在我放学回家的路上，他偶尔还

---

① 约翰·比耶尔克－彼得森(Joh Bjelke-Petersen, 1911—2005)，澳大利亚保守党政治家，昆士兰州任期最长的总理，昆士兰州的经济在他任期内有了极大的发展。——编者注
（若无特殊说明，本书注释均为编者注）

是会发现有车在跟踪我们。他只好在死胡同里掉头折返，直到那些车意识到自己已被发觉、赶紧转向离开。看来不怀好意的陌生人是真实存在的。

他从事诉讼工作几年之后，几位富有的辩护律师曾为他提供过一份薪资翻倍的工作。爸妈为此大吵了一架。假如有了这笔钱，家里肯定能过得舒坦不少，但谁都不想让他去为被告工作。我永远也忘不了自己和哥哥一致认为，我们的爸爸是绝不会站在"黑暗"那一边的。他是我们的英雄。

爸爸时常会带些故事回家，讲的都是人性的善恶。我们会讨论人们为何作恶，将生活理解为一系列的选择、行动与结果。

朋友和同事总是问我进入司法界是否是想追随爸爸的步伐，但事情其实并非如此老套。如果硬要说这其中有什么的话，他倒是曾试图引导我远离这个行业。他曾在荷兰公园的地方法院处理家庭暴力案件，干了几天便对妈妈倾诉："永远别去寻求什么公平正义。"有时我也能聆听他们的讨论，有时则会被支开，就只好偷听。

"什么是强奸？"有一次，我在他脱靴子时问道。那时我还穿着小学校服，尚且年幼，遇到不懂的词就会询问是什么意思。

"卡梅伦。"妈妈朝他皱起了眉头，重重呼了一口气，然后离开了房间。

"强奸就是一个人与另外一个人发生性关系，但对方不愿意。"爸爸解释称。

我想我明白了。真奇怪。不过它与我不相干，于是很快就被我抛到脑后了。

还有一次，爸爸从邻居家串门回来后叮嘱我，在婚前一定要先

"把男方灌醉一次"，因为有些男人喝醉后"会变得非常可怕"，而这在他们喝醉之前是看不出来的。

高中毕业后，年轻的我曾懵懵懂懂地以为，只有某些特定工作是伟大而高尚的。我幻想自己会成为一名无国界医生，身体清瘦结实，年纪轻轻就牺牲在一线。但我没能考到医学专业的分数。既然自身的才智不足以让我成为一名殉道者，阿加莎·克里斯蒂笔下的"女侦探"又显然并非真实存在，我便在大学开始攻读新闻学。我想，就算做不了医生，只要内心拥有指向"真理与正义"的罗盘，其实也就够了。但我十分清楚自己尚有不足。我的脑海里仿佛有台绞肉机，将我的自尊搅得粉碎，使我渐渐表现出了各种受虐倾向。我会在野外一直跑到呕吐，会详尽记录自身的缺陷，还会拒绝那些本可以让我体验快乐的活动邀约。

一天晚上，我在餐桌上宣布："我打算转学法律了。"那时我刚满十八岁。

妈妈试图劝我放弃。她觉得我不会开心。"我一直觉得你会成为一名非常优秀的导游——为什么不去学旅游和酒店管理呢？这样一来，你就能环游世界、四处探险了！"

我翻了个白眼。妈妈是个艺术家，经营着一家漂亮的艺术用品商店。那时我对她十分刻薄，不明白她为何不愿天天收看世界新闻、和我一起抵制雀巢①。当年，我就是那种毛躁且自负的年轻女孩，明明身材瘦削，却总穿着印有"实现公平贸易"的 XXL 号 T 恤，每六个月参加一次单簧管考试。要是我一九八六年就年满十八，肯定

---

① 20 世纪 70 年代末，雀巢陷入奶粉丑闻，因被指责危害了发展中国家的婴儿健康受到美国等多国抵制，抵制运动一直持续到 80 年代中期。

会和那些可怜的家伙一样,在电影院看完《壮志凌云》^①便径直走进美国空军的征兵亭——无视自身的平庸,追求英雄主义,默默渴望牺牲自我。

回首这一切,我哭笑不得。我想要一场战斗,却遭到了突如其来的一击,甚至差点再也爬不起来。

"永远别去寻求什么公平正义。"爸爸那晚对我说,后来他又说了许多许多次。

我并没有听他的话。

---

① 1986 年的美国励志电影,由汤姆·克鲁斯主演。

1

那年一月的布里斯班十分闷热。新工作的第一天，我从公交站步行前往最高法院和地区法院大楼。鉴于身上那条花呢铅笔裙的扣子已经再也扣不上了，我不得不一直穿着外套。二〇一四年年底，我从法学院毕业，利用毕业旅行在美国吃热狗、喝百威，疯玩了两个月，新年之际才返回昆士兰州。假期期间我的体重飞涨，臀部新冒出来的白色肥胖纹刺痒不已。我穿着早晨刚刚熨好的衬衫，腋下部位已被汗水浸湿。真是一个糟糕的开始，何况我还迟到了。前一天晚上，我并没有做好万全的准备，理由和我永远不会在经期结束时添置卫生棉条一样——荒谬的乐观害我在面对不希望发生的事情时，永远毫无准备。

前往乔治街的路上，我经过了一家面包店。热浪夹着派的香气扑面而来，让我想起了当年的"派事件"。十三年过去了，爸爸已处于半退休状态。在我踏入司法界之际，他已经准备离开。

法院大楼拥有平滑的水泥墙，镀着闪亮的铬合金，对面就是草间弥生的壁画《眼睛在歌唱》①。这件作品画的是一大排黑白相间、呈对角线分布的眼睛，步行经过的人都能看得到它。那些眼睛显然正向上注视着法院。拔地而起的三十层建筑上，阳光透过庞大的玻璃窗格倾泻而下。大楼设计得非常开阔，和高跟鞋踩在大理石上的声音十分搭调。

我迈上电梯，希望能够独处片刻，身后却涌进来十几个人，将我挤到了后面。衣领扼住了我的喉咙，丝袜勒住了我的腰。我的脚趾就快被硬邦邦的高跟鞋压扁。而我身上汗流浃背，几乎产生了幽闭恐惧。站在电梯里，我喘不过气，就像被丢进了衣物烘干机，颠来倒去，越来越热，晕头转向。还没片刻安宁，我就被扔进了比拼第一印象的赛场。我感觉自己又胖又圆，而我步入的那个房间里，所有人的身材似乎都苗条而结实。从今天开始，这里的一切将用一年时间磨去我的棱角。②

在最高法院图书馆的培训室里，我发现还有另外几个同事正在转悠，于是一边努力装出淡漠的样子一边四处扫视，想在他们之中搜寻自己认识的脸庞。通常来说，他们大多数人都就读于昆士兰大学，可我没有混过他们的圈子——学习不够好，没有穿着正确的礼服坐在正确的桌旁——所以并没结识他们。

有人朝我挥了挥手。看到那人是伊芙琳，我松了口气。自高中

---

① 日本艺术家草间弥生在昆士兰最高法院旁的绿地上创作的作品，寓意对爱与人性的歌颂。
② 主人公的工作为法官助理，通常持续一年，是填补法学院和法律实践之间差距的绝佳岗位。

时参加同一门表演课起，我们便认识了。我常开玩笑地说，自己这辈子都是在追随她的脚步，活在她纤细的影子里，做她所做的一切，只不过不如她强。这一趋势现在也没有被打破：我被分到了地区法院，而她去了最高法院。这样的区别是至关重要的，毕竟在这个新的世界里，万事都有规定。每个人都在等级制度之中。

踏进房间、面对一群同龄的新人，我很快失去了思考能力。不管是在什么级别的法院之中，成为法官助理都是一项了不起的重要成就。在法学生所能期望的所有岗位中，法官助理是大多数人说都不敢说出口的梦想，更别提申请之难了。我曾投出的申请多达五十份。我们这些助理将成为法官的助手、办事员、学生、旅伴和勤务员。每名法官只能配备一名助理，这个传统在很大程度上阻碍了司法部门初级岗位的发展，助长了猖獗的裙带关系。毫不夸张地说，房间里的好几名助理都与法官及御用大律师同姓。我并不怀疑他们的优秀。我是嫉妒。

走向伊芙琳时，我的眼睛紧紧盯着她的秀发——一头闪亮的深色波波头，虽款式较长，看上去却很职业。她的头发曾被我视为她会有完美一生的证明。后来，得知她的父母竟会赞助她定期去奥斯卡·奥斯卡发廊打理头发，我知道自己猜对了，同时却也感到了前所未有的自卑。毕竟，我大半辈子都是由妈妈来理发的。伊芙琳正和人群里其他的人聊着天。她已经在某家顶级律所找好了来年的工作。我笑着点头问好，却感觉有人一直紧盯着我鼻下的粉刺，于是尽量不把注意力吸引到自己身上。我没找好别的工作，所以并不想谈论同样的问题。我们就不能为成为法官助理再多庆祝片刻吗？我的思想开起了小差，想象着肩膀上的小伤若是变成一道"真正的"伤口会发生什么。那一定和《杀死比尔》中的场景一样：手臂被砍掉，鲜血喷涌而出，如同破裂的消防栓迸出一股壮观的水柱。

又有人加入了我们的谈话。我向后靠了靠，重新扫视房间。不少英俊的男孩都穿着 R. M. 威廉姆斯的靴子，许多靓丽的女孩则穿着罗德斯与贝克特牌的套装。

"我敢说你肯定从美国带了满满一箱漂亮衣服回来吧？"伊芙琳问我。

"哦，姐们儿，真是棒呆了——那里的二手店便宜得就像是在做公益。"听到自己的回答竟然如此粗俗，我畏缩了一下。我试图谈起华盛顿特区的新闻博物馆，想给这些出色的陌生人留下一个更好的印象，不料一位法官走进了房间，大家纷纷闭上嘴，坐了下来。

三个小时飞逝而过。我们在这段时间内被提醒，作为法官的助理与心腹，重要的是谨言慎行。我们还听到了前任助理曾如何把工作搞砸的恐怖故事。我们代表了法官的公众形象，不能去说、不能去做，甚至不能去想任何有可能被认为带有偏见的事情。不管证词或判决有多尖锐，我们都得面无表情，绝不能和媒体交流，脸书的账号还得井然有序、体面可敬。听到这里，房间里的气氛一度僵住，所有人都将本科时的万圣节装束和啤酒桶照片编入了不可见目录。我已经删过一些内容了。据说，当法官审判的是备受瞩目的案件时，《信使邮报》会彻查法官助理的档案。考虑脸书上的内容被登在《信使邮报》上会是什么样子——这将成为我们所有人都要奉行的新经验法则。同理，表达政见也是不恰当的。有一年，某联邦法院的助理曾在《澳大利亚人报》上发表公开信，表达自己的政治倾向。尽管他家世显赫，也只能眼睁睁地看着自己在法律界的前途就此断送。他的例子就是一则关于自负的警世故事，是谁也忘不掉的伊卡洛斯①。

不过，身处这样一个房间，人是很容易迷失的——四周人才济济，放眼望去皆是成功的榜样，我们只不过是最微不足道的小鱼。接下来的几个月，我将发现昔日的朋友因为我们的身份心生嫉妒。我将目睹一些法官如何以极大的慷慨和关怀去指导自己的助理，另外一些则在逐渐击垮助理的乐观与信任。法院高高在上的玻璃楼代表了一个截然不同的世界，那是一座令人目眩的象牙塔。

培训课程结束后，我给自己的法官发了条短信。约他见面令我十分紧张，因为自六个月前与他的前任助理丽贝卡一起培训了一个下午后，我们就再也没有私下见过。"早上好，法官。今天早上的培训已经结束。如果您有空，我可以现在就去法官办公室。不然我就先和助理们一起吃午饭，三点再去见您。"

就在我迈步走向洗手间时，刚刚遇到的一名助理亚利山德拉叫住了我："布里，来和我们喝杯咖啡吧。我们计划下周一起吃个晚饭。"去年暑假，我们曾一起在康斯律师事务所实习。我不知道她有没有拿到律所的应届生录取通知，反正我肯定是没有。那天早上遇见她让我想起了自己被拒的经历，心里一阵刺痛。亚利山德拉能跑马拉松，精通好几种语言，还做过环境方面的法律志愿者。

---

① 希腊神话中代达罗斯的儿子。他在随父亲使用蜡和羽毛制成的羽翼逃离克里特岛时因为飞得太高，羽翼上的蜡被太阳熔化，跌落水中丧生。——译者注

我的手机响了，是法官的回复："早上好。请到法官办公室来。"

"不了，我不喝了，谢谢。"我回答亚利山德拉，"我得赶紧去见法官了。另外，我下个星期要去格莱斯顿！"

"你已经要去巡回审判了吗？"亚利山德拉跳进电梯，站在一群最高法院的法官中与我挥手道别。

"是啊！"我也挥手以示回应。

"呃，格莱斯顿。"电梯门关上时，里面传出了一个陌生的声音。

我刷了一下崭新的通行卡，乘坐电梯缓缓来到十三层，感觉完全摸不着头脑。这里的世界属于伊芙琳、亚利山德拉还有我的男朋友文森特那种人——颜值颇高、精通外语、父母都上过大学——不属于我。

深吸一口气，我敲响了法官办公室的门。他看了看我，露出灿烂的笑容，邀请我坐下，这使我回想起一年前，我坐在同一张椅子上面试时曾经多么紧张。但在交谈中，我也想起了那一次我们笑得有多开心，我又是多么欣赏他毫不做作的作风。

"丽贝卡给我看过你从美国发来的一些状态更新。"他说道，"看来你玩得非常尽兴。"

"哦，没错。"我回答，"我简直不敢相信，所有州竟然都各具特色。不过，纽约是个神奇的地方。我按照您的建议去了弗里克收藏馆，印象深刻。"

"不可思议，是不是！"法官回答。我上次来的时候就听说，他喜欢收藏艺术品。"不过，在多聊几句之前，我们恐怕还有一点工作要做。你知道，我们这个星期天就要动身前往格莱斯顿了。"

"是的，丽贝卡已经向我说明了所有的准备工作。"

"但在那之前，我还要为上周的一场审前听证会下发裁判文书。"

"哦。"我答应道，心里一下子又紧张起来。

他站起身，走向办公桌，拿起一沓钉好的文件。"我想让你核对一下，安排一个明天的时间让我来宣读。你必须联系各方当事人，并确保订下一间法庭。"

"没问题。"我从他伸出的手中接过文件，站起身，却注意到他并没有坐回去。

"你可以安排好这一切吧？"他问道。

"当然没问题。"我撒了个谎。

"很好。"他转身坐回办公桌旁，"记得告诉我你的进度如何。"

离开他的房间，我坐进了自己的新办公室，就在他的房间外面。这间方形的办公室面积不大，干净简洁，电脑旁的墙壁上挂着巨大的日历，那是丽贝卡为我准备的。日历上用彩笔标出了我与法官要去巡回审判的八座城镇。上面还指出，这一年所有的工作周中，只有两周属于民事审判，其他的都属于刑事审判。格莱斯顿是第一个城镇，从星期日开始延续两周，然后回家待两周，再前往班达伯格。在此之后，还有三周是在布里斯班，紧接着是沃里克等地。

注视着未来这一年的工作，我越来越焦虑，于是专注于手头的事情：核对。我草草扫了一眼文件，发现它是一份有关刑法条例s590AA[1]的申请表，上面罗列的提示词为"相似事实[2]的可采性——

---

[1] 昆士兰州制定的《1899 年刑法典》中关于审前指示及裁定的条例。

[2] 在证据法中，相似事实证据（或相似事实原则）规定，被告过往行为不当的事实证据，可以在审判中被接受，作为推断被告是否有相关不当行为的条件。

猥亵儿童——强奸——先前相似性行为的可采性"。我感觉胃里一阵痉挛，将椅子从办公桌旁推开。我知道这是怎么回事——我曾在法学院里学过。除原告之外，控方还将通过其他人的证词来证明被告在性方面有特殊嗜好。这有助于让陪审团相信原告所述的是事实。证据的证明价值是否超过其不利价值①则由法官来判定。这种审前听证的结果是至关重要的，通常在审判开始之前就能决定其结果。我从办公桌里翻出一根红笔并深吸一口气，把椅子重新拉回桌旁，去面对那份文件。

被告被指控曾性侵、强奸其女友年幼的女儿。案发时，这名女孩还在上小学，如今已经有十几岁了。在警方的笔录中，她列举被告曾多次在侵犯前将她绑起来，且捆绑与插入式性行为的程度越来越严重，直到她将一切告诉妈妈。文件中提及的关键事件，是被告据说在强奸前将女孩绑在了他家后院的旋转晾衣架上。控方找到了一位被告之前的性伴侣。该证人愿意证明，两人在一起时，被告就喜欢捆绑，而她之所以结束这段恋爱关系，就是因为他的性欲日益强烈，让她开始感到不适。我怀着病态的好奇心继续读了下去，将检查拼写和引证都抛在脑后。

"他想把我绑在外面的旋转晾衣架上发生性关系。"被告的前女友证实。

我飞快地翻到了文件末尾。法官接纳了提及旋转晾衣架的证词，却把有关捆绑的一般性内容排除在外。旋转晾衣架是一个如此特别、如此具体的细节，在证明方面有着不可否认的重要作用。

---

① 具有不利价值的证据是可能引起陪审团偏见和情感倾向，影响案件公正判断的证据。——译者注

我看了看表，沿着走廊走向大楼另一边的女洗手间。法官办公室所在的高层十分安静，到处都是磨砂玻璃墙与又宽又矮的灰色沙发。我明白，从理论层面上说，这就是《法律与秩序：特殊受害者》[①]中的那种工作，但我没想到第一天上班就会碰到法律工作中的阴暗面。这层楼似乎静得奇怪。难道不会有人义愤填膺吗？法官表现得与平常完全一样。这就是新的"平常"吗？已经开始了吗？

我祖父母家的后院里就有一个旋转晾衣架。回想它的样子，我还记得洗好的衣物清新的气味和祖母身上的烟味。可如今，我看到的却是一个被绑在上面的孩子，哭喊着遭人强奸。我脑海中的画面真真切切。修剪过的草坪和远处蓝莹莹的泳池。昆士兰州温暖的午后，被太阳晒褪色的塑料衣夹。那是我所知的唯一一个旋转晾衣架，因此无法将犯罪画面转移去其他地方。画面袭击了我记忆中的家——祖父母家就在我从小长大、直到现在还住着的那条道路的尽头。这段令人发指的想象通过缝隙钻进了我生活中的各个层面，如同一个狡猾的鬼魂。此外，另一件事情也在拉扯着我的心，那是在我家后院的碧草蓝天间发生过的一段回忆。洗手间里，我不自觉地甩了甩头，仿佛在试图甩开那个念头。打开水龙头，我注视着水从双手间流过，全神贯注地感受着水流的声响和皮肤上的凉意。在回去工作之前，我并没有看向镜中的自己。我无法直视自己的眼睛。

---

① 美国犯罪类电视剧，1999 年在美国国家广播公司播出。

那天下午，全体新助理被带去地下牢房参观。那里冷冰冰的，每样东西看起来都很大，却不像楼上那么光亮。水泥替代了大理石，灰色的栏杆替代了铬拱门。参观结束后，警务员问我们有没有问题。有人提问，G20 抗议活动过后，这些临时拘留室是否都被塞满了。那次抗议活动曾令政府十分恐慌。

"还差得远呢。"警务员大笑着回答。

紧接着，我举起了手："我昨天在一篇报纸文章上读到，华克尔的监狱已经人满为患，我们需要更多的监狱。这是真的吗？"

"问题不在于监狱空间不足。"他摇了摇头，"而是我们将太多的人监禁了太长时间。他们被监禁得越久，就越不可能真正被释放。监禁这些人要花很多钱，他们自己也很难受。"

大家纷纷点头，仿佛我们这群塔尖上的孩子真的可以稍微理解那座地牢了似的。

回到十三楼，我望向窗外沐浴着炙热金色阳光的布里斯班，思考这片小世界的结构：在顶层工作的人都是受过大学教育的优秀白领，而在脚下很远的地方，十五层楼下的地下室里，靠近停车场的地方，却关押着囚犯。犯罪嫌疑人也会被关押在那里，远离太阳。我在云端上的事业就建立在脚下那些人的不幸与行为不端之上。没有那里的混凝土，楼上的铬是不可能存在的。我大学毕业第一年的薪水是五万澳币，而让我赚钱的这个体制，其资金来源于人们必须对彼此作恶。

从我站立处的那扇窗户望去，我看到一群澳洲原住民正聚集在罗马大街公园，欢笑着分享美食。经过多年的入侵与种族灭绝，澳大利亚的原住民人口仅占全国的百分之三，但在押人口的近三分之一都是这些原住民或托雷斯海峡岛民①。而据昆士兰州法律学会主席称，地区或最高法院的法官中没有一人是原住民或托雷斯海峡岛民。

我将目光从窗口移开，注意到楼内的大部分墙壁上都悬挂着艺术品，配有饰板与说明，其中许多都出自澳大利亚原住民艺术家之手。法院大楼给我的印象，就是澳大利亚社会两极分化的奇异的具象化。我们喜欢高高在上地观看和致谢。我们喜欢可以被复制粘贴到演讲开场白中的词语，喜欢待办事项前用来打钩的框框，我们借此表示在乎，但其实我们毫不在意。我们还会从贵得离谱的花商那里大量订购鲜花，以匹配我们获得的认可。那些画作就静静地挂在百合花旁，规规矩矩地等待我们去留意。

刚入职那几天，我还觉得十三楼的景色很美。从法官办公室这一侧向窗外眺望，可以看到河流与群山。在大楼另一侧的电梯附近，一大片现代化的基础设施闪闪发光。但仅仅过了几个星期，我就不再望向窗口了。经历了足够多的庭审与宣判，我意识到自己正在眺望一系列的犯罪现场。那些从高处望去似乎微不足道的地点，都可以根据其显眼程度与周边环境，成为实施强奸和暴力的地点。没过多久，在注视那些如蚂蚁般大小、行色匆匆的人时，我便禁不住思考谁曾是罪犯，谁曾是受害者，又有谁随时可能变成罪犯或受害者。穿梭在城市之中、河流水畔或是山峦之间，很少有人足够幸运，不

---

① 托雷斯海峡岛民指位处澳大利亚大陆最北端与新几内亚之间的托雷斯海峡群岛上的原住民。——译者注

会成为两者之一。我会这样想或许是因为，当我结束一天的工作、夹在他们之中走在回家的路上时，我心知自己并不是毫发无伤的幸运儿之一。

2

回到布里斯班的第一个星期，也就是我工作的第一个星期，大部分夜晚我都是和文森特一起度过的。我在度假的两个月里也会和他视频通话，但我心里柔软的地方已经重新钙化变硬。他是唯——个令我动容的人，也是唯——个莫名令我敞开心扉的人，但我仅离开了两个星期便意识到，对他的想念已经强烈到让我无心玩乐。这让我愤怒。我不知该如何与他相爱，也不知没有他该怎么办，于是努力回忆昔日独自旅行时曾经做过什么、想过什么，试图将他从我的脑海中赶走。旅途快要结束时，我才终于摆脱一看到美景就想联络他的冲动。

回国又给我来了一次冲击。不知怎么，我竟然忘了他在现实中是如此英俊：轮廓鲜明，黑发浓密，高挑纤瘦。在布里斯班机场被他拥入怀中时，我闻到了他脖子上的气息，感觉一阵头晕眼花。虽然我不曾说出口，但却常常担心他是不是真的会等我，或是在我回来时还想不想要我。自从在法学院里相识，我们已经交往了三年。

令我惊恐的是，我的生活正在与他的生活日益贴近。与某人建立联系似乎注定要失去独立。恋爱就意味着要为上一秒还在争吵的事情做出妥协。不过，独处时来之不易的自在已经化作了对他陪在身边的想念。无论他多随和，我还是会质疑自己在餐厅点的菜好不好，忧心这次出门该不该穿高跟鞋。很多时候，我会用自主权去换取他的爱，在相信"他不是真的爱我"和害怕"他对我是真爱"之间摇摆不定。我就是不知道该如何去爱。

回来后第一周的周四晚上，再过几夜我就将动身前往格莱斯顿，晚饭后我躺在他的手臂上，做出了一个惊人之举——明确表达自己的想法："有时我感觉要是有一阵子见不到你，我就无法维系这份爱情，好像举步维艰。如今回到家，我就像是要努力掰开肋骨，让你重新进入我的心。"由于解释不清，我哭了起来。"现在我又得走了。"

文森特吻了吻我的脸颊、额头和嘴唇，这是他沉默的祷告："你回来时我还会在这里啊。"

他没有听出我想要表达的话。也许这些话我自己都不太明白，他便更难领会。也许他以为我只不过是压力太大。也许他是对的。

第二天一早上班，法官和我在动身前往格莱斯顿前就分配好了庭审时间。在此过程中，法官一般会在法院大楼里逐一审查清单上所有的重要事项和正在审理的文件。检察官需要知道这些事情的细节，清楚哪些事情是检察署想要优先处理的。辩方律师也需要做好准备，告知法庭自己的当事人在案件被提审时打算如何抗辩。在千头万绪的工作中，我的任务是记录之后可能有用的每一条信息。接下来的一个星期，法官可能会问我某个案子为何没有被列入庭审清单，这时我就需要提醒他，被告住院了，或者目击证人无法出庭。

我开始明白这个体制多么依赖于人了。要是某位律师休了长假，格莱斯顿的清单上已经等了好几年的事项就可能还要再等六个月。专家证人①需要请假才能来出庭作证。我听说，我们有时是没办法将清单上的事项在短短两个星期内全部处理完毕的。我们巡回的城镇都不大，不足以让法官在那里长期任职，可这些事项又需要在当地得到解决，所以法官们每次都要到西部和北部巡回办案两个星期。在所有的地区法院法官中，我的法官安排的巡回审判是最多的。

"您看见那个出庭律师的袖扣了吗？"休庭后，我在私人电梯里询问法官。

"没有。"

"是一对又大又亮的美元符号。"我咧着嘴笑道，"有五十澳分硬币那么大，在灯下闪闪发光。"

"真的吗？"法官轻声一笑，摇了摇头。我们的开局还不错。

回到办公室，我为即将到来的庭审做起了准备。厚厚的庭审清单上列举的全是儿童性侵案。当我向法官提起这一点时，他与我意见相同，深表同情。

"很不幸，这就是地区法院最基本的案件。"他说，"不过有的时候，你也会收到一些老式的暴力事件，比如那场二审。"

---

① 在英美法系国家刑事诉讼中提供专家意见的证人。

我笑了。

"你懂的。"他说,"两个成年人拳脚相向,偶尔还会用上链锯——这种案子能让人暂时从儿童性侵的问题中喘口气,所以大家还是乐于接纳的。"他笑了,但那是一种会意的、并不纯粹的笑容,我后来才逐渐明了。

那晚回家吃饭时,妈妈问起了巡回审判的事:"每次都是两个星期吗?"

"没错。"我回答,"有时我们会趁中间的那个周末回来一趟,有时不会。"

"取决于要去什么地方。"爸爸一边咀嚼一边补充道。

"不是的,"我用叉子指了指他,"这取决于法官。"

他点了点头:"嗯。"

"一切都取决于法官。"我说。

"巡回审判的时候,你们住在什么地方?"妈妈问道。

我耸了耸肩。"酒店、汽车旅馆或是公寓之类的地方吧。预订的事由我来做,但我以前从没听说过这些地方,必须好好研究一下,把地图打印出来,才知道怎么从机场开车去住处。我真的好紧张。"

"你没问题的,宝贝。"她微笑着说,"你做什么都做得很好。"

"既然你已经找到了工作。"爸爸换了个话题,"就该考虑存上一笔钱用作买房押金。"

我的哥哥阿伦快三十岁了,是个电气工程师。他刚刚在距离布里斯班两小时车程的唐尼布鲁克买了一座房子,因为即便他薪资不菲，也只能在最差的街道上买一座最糟糕的房子。爸爸为此欣喜若狂：一儿一女都已大学毕业，其中一个名下还有了房产。等我也为抵押贷款忙得不可开交，他就能颁给自己一个"婴儿潮金星奖"，在裤子上擦擦手、开罐淡啤酒了。

　　饱餐一顿之后，我回到卧室，关上了房门。脚下白色地毯蓬松的触感和隔壁房间妈妈收看的烹饪节目的嗡嗡声都令我无比珍视。我从还没有完全收拾好的赴美行李箱中取了些东西出来，换成其他用品，然后试了试去美国前买的几身套装，发现好几条裤子都已经系不上扣了。我不得不在衣柜里四处翻找妈妈几年前从义卖店为我买回来的衣服。想当初，它们被买回家时还曾遭到我的反感，因为我无法相信妈妈竟然以为我有那么胖。我望向镜子，灰色裙子和黑色便裤都已合身。为了平息心头涌起的焦虑，我决心要做得更好。

　　那天晚上，妈妈为我精心准备的意大利肉酱面——她知道这是我的最爱，也知道我压力很大——都被我吐在了浴室的地漏上。一大坨糊状的物体被我用手指搅动着按进了地漏。将食物呕吐出来的那一刻，我泪如雨下，却感觉良好。热水很舒服。我会做得更好，变得更好。

　　在布里斯班机场，我看到法官朝着澳洲航空的登机手续办理区走来，朝他挥了挥手。看到他也是一身便服，我松了口气。我听说，别的法官会要求自己的助理随时随地穿着正装，即便是在星期天飞去巡回审判地点时也是如此。这已经不是我第一次为自己能与他搭档感到庆幸了，同样也不是最后一次。走进澳航的休息室，我望着对面的免费酒吧和自助餐区，压低嗓门咒骂了一句。一群"上层人"正在那里转悠。

登机后，法官看到我的托特包里露出了两本时尚杂志。"这是你从休息室里拿的吗？"他开口问道。我惊慌失措，抬起目光时才看到他在微笑。

"有可能吧？"我咧嘴一笑。飞机起飞了。

我们聊了起来。针对巡回审判，我向他提出了各种各样的问题。他告诉我，有些城镇和其他地方是不一样的。由于地区的差异，陪审团对不同的事情也会有不同的反应。在某些地方，你是很难拿到有罪裁决的；而在另外一些地方，遭到起诉基本上就意味着被定罪。有些社区与当地警方之间的关系剑拔弩张，而有些却洋溢着相互尊重、互助互利的氛围。

我要的是靠窗的座位。俯瞰格莱斯顿，镇旁生锈的大型炼铝厂看上去就像一个发炎的大疙瘩。我还不知道能否与法官开这种玩笑。上了六年大学，又出国旅行数月，我发现我难免会当着他的面骂上几句脏话。我甚至不知道能否和他讨论今天早上在报纸上读到的政治新闻，或是问问他周末过得如何。他不仅是我的上司，还是一个聪明绝顶、身份尊贵的人，而我们为期一年的共事才刚刚开始。我的眼皮越来越重，但一想到自己睡着的模样，我还是顶住了疲乏——不知如何才算是举止端庄，真是令人筋疲力尽。

我回想了一下我对格莱斯顿的调研。这里曾是谷伦谷伦和巴亚利原住民部落的家园，后来在不同的阶段被"发现并命名"。如今的格莱斯顿拥有近五万人口，是昆士兰州花岗岩带上的镇子之一，在矿业繁荣时期获益不少，逐渐发展成一座城市。不过淘金热已经退去。我读到过的那座巨型航运港在飞机舷窗下方延伸开来，破坏了原本美丽的海岸线。

飞机着陆后，我们取到了租来的汽车。我这才想起应该由我开车。我紧紧抓住方向盘，指关节都已泛白。在谈话中失态是一回事，我可无法想象在副驾驶座位上坐着法官时与别人追尾。

我们将车子停在一家超市门口，去采购一周的补给。他在杂志区里与我擦肩而过。"你知道这些杂志是要付钱的吧？"他说罢便走了过去。我们都笑了。

开庭的第一天，我就搞砸了许多事情，简直不知所措。我在日记里做了笔记，要确保下一任助理比我接受更好的培训。前任助理丽贝卡在为法官工作之前就已经知道该如何行事了。而法官刚到地区法院任职就有了丽贝卡的辅助，从未和一个完全不知道自己在做什么的人共事过。更糟糕的是，我是那年唯一一个入职第一周就被派去参与巡回审判的助理，所以没法冲进另一个助理的办公室寻求帮助。我相信助理之间即便有种种做姿态、搞竞争的情况，大家在某种程度上也是心怀战友情谊的，但我此时陷入了孤立无援的境地。那个名叫埃里克的检察官似乎十分同情我，可我不能让人看到我和他交流过密，或是寻求过他的帮助。

早起第一项工作又是分配庭审时间，我在法庭上不该喧哗时大声说了话。事后在办公室里，法官不得不把所有我早该知道的事重新叮嘱了一遍。我忘了一早去取陪审团名单，也没有告诉法庭书记处，我们需要每日的文字记录。这一天结束时，我花了好几个小时处理文件，心知对一个聪明人来说，每份文件其实只需要几分钟。要是我犯了什么错误，是有可能给确确实实存在的人的生活带来严重后果的。每一桩新案都如同在打我的脸："醒醒吧，小姑娘！"这份工作对我大吼大叫。

我手头的清单上罗列了近百件待办事项。幸运的是，我的上司是个对待工作十分负责的人——这也有可能是种不幸，取决于你怎么去看待。

他对一名要求那周休庭的律师说："要是我们不能开庭审理，这些人就得再等三个月。"在法庭上，时间是个扭曲的概念：每一天都有人的自由悬而未决，陪审团审议的那几个小时感觉就如同几年，然而还有案子被推迟数月。我不知道事情是如何或为何这样运行的，我们在格莱斯顿的日子也因此过得糟糕透顶。每天，我们都要工作到太阳落山后很久才能休息。

格莱斯顿的法庭明显比布里斯班的陈旧很多，但还不至于到古色古香的地步。天花板又低又矮，砖块上布满斑点，地毯也已经发霉。和往常一样，法官会坐在法庭一端的高台上，面前是一张巨大的封闭式办公桌。除我之外，他要面对屋里的所有人。在所有的法庭中，助理的小办公桌都位于法官席的前方。正常情况下，法官席的高度是以我坐下后头顶的位置为起点的。我们可以交接东西，有必要时还能在别人听不到的情况下耳语几句。法官与我是共同面对其余所有人的：公众坐在后排的靠背长椅上；检察官与辩方律师坐在我们正对面的长条桌旁；陪审员沿着某面墙壁分两排就座，每排六人；被告坐在被特意分隔出来的席位上，通常位于长条桌和公众之间。在昆士兰州乃至整个澳大利亚的法庭里，这些基本元素都是一致的。

被告席有时是敞开式的，位于房间的中央，四周只有一道木质栏杆。而在格莱斯顿等地，被告席则是靠在一侧、用玻璃罩住的。我后来阅读的一些研究称，不同类型的被告席会影响陪审团的看法，让他们产生不同的偏见。不过那个年头还没有人探讨这个话题。我见过许多类型的被告席，不过，在导致陪审团做出错误判断的诸多原因中，这一点似乎微不足道。

第一天早上分配完审理时间，法官宣布休庭，好将陪审团候选人带上法庭。我加倍努力地准备着，找到抽取陪审员姓名的旧木桶和需要填写并放进庭审记录的表格。和蔼可亲的法警谢丽尔试着和我聊起了她的周末。我没怎么回应，仿佛正垒着沙袋抵御飓风时，却碰到耶和华见证会①的人来敲门——时间就是这么不凑巧。她的头发染了好几个颜色，说话的音量与四周的安静格格不入。那一天结束时，我已经知晓了有关她的各种隐私信息，还得设法回避她提出的大部分极其私人的问题。

"第一场庭审是这桩猥亵罪，对吗？"我从五十多份文件夹中拿出一份，尽量把注意力重新放到工作上，"詹姆斯·威廉姆斯？"

"或许吧！又是继父吗？"

"啊？"我一脸困惑，生怕自己错过了什么。

"你会明白的。"她得意扬扬地回答，指间甩动着法院的钥匙，"我去上趟厕所！"

---

① 基督教边缘教派之一，被主流基督宗教视为异端邪教，1881 年创立于美国。在一些国家和地区，信徒会上门传教并分发传单。

待一切准备就绪，我从法庭走了一小段路，来到法官办公室的门口："法官，他们已经准备好了。"他站起身，跟在我的身后走了出来。

"早上好，法官。"走廊上，谢丽尔轻快地问候他，"准备好开工了吗？"

"是的，开工吧。"他整理了一下假发。其中一缕细小的白色卷发尾部被卡在了他胸前的褶边领巾里。我强忍着没有动手为他整理，不知道自己是否有一天能自然而然地做这件事情。

谢丽尔颇为夸张地猛然推开法庭的大门，打断了我的思绪。"肃静。全体起立。"她的声音低沉而有力地响起。庭审开始了。

庭审开始时，助理要站在整个法庭面前，传讯被告人。我宣读了指控威廉姆斯的文件，阐明他被控告的罪名、据指控的受害者及犯罪时间。法警要求全场肃静，法官正式地欢迎大家出席，然而，指控每一项令人发指的行为、解释我们为何聚集在这里的人却是我。我的指尖在纸上留下了点滴的汗渍。威廉姆斯站了起来。我问他是否对猥亵十六岁以下儿童的三项罪名认罪，每项罪名都有加重情节，因为涉案女童当时处在他的监护之下。

"我无罪。"他三次都给出了肯定的答复。威廉姆斯是个四五十岁的秃顶男子。我在笔记中这样写道："一个长相平淡无奇的家伙。"

我从旧木桶中依次抽取了十二张名卡，看着被点到名字的倒霉格莱斯顿居民气鼓鼓地从彼此身边缓缓走过，在陪审席上落座。检方与辩方对被我点了名的其中几人提出了质询。辩方通常不想要太多的高学历人士，而双方也都不想让陪审团中出现律师或是牧师，因为人们会着重听取他们的意见。

下一步就是检察官的工作了：宣读证人名单。此举是为了让陪审员在认出可能存在利益冲突的名字时举手告诉法官。

"第三名证人。"在我忙于紧跟进度、匆匆记录庭审笔记时，检察官点名道，"布里安娜·李·斯托尔斯。"

我猛地抬起头，注意力一下子集中起来。听到有人呼唤自己的名字时^①，大脑会自然而然地背叛我们。明天下午，我将在性侵案的证词中听到"我的名字"。

陪审团中的一名女子举起了手。法官请她到自己的座席这里来。我能听到两人的耳语，但法庭上的其他人都坐得很远，是听不到的。

"你要求免除陪审的理由是？"他问她。

她的低语声十分轻柔："我也有过类似的遭遇，所以我……我是说……我不想听到这些。"

"我明白了。"法官回答，"你认为自己的个人情况意味着，你在本次审判过程中不能充当一名公平无私的陪审员？"

"啊。"她踌躇道，"是这样的……"

"那好，你可以走了。"法官告诉她，并指示我从桶里再挑选一个替代者。

一整年里，我数不清有多少女性因为自己也有过不幸的经历，请求离开性侵审判的法庭了。

---

① 作者全名布里安娜·李（Brianna Lee），与该名陪审员的名字（Breanne-Leigh Stowers）发音相同。

我们暂时休庭，好让陪审团能够就着雀巢混合咖啡和蒙特卡洛牌饼干相互认识一下。法官与律师交流了几句，确保一切就绪，于是我们也去休息了。

我给法官泡了一杯咖啡，我们在他办公室的扶手椅上坐下来，惬意地聊起了格莱斯顿，直到该回去为止。

首先，原告通过预先录制的视频提供了证据。她不愿与威廉姆斯处在同一个法庭上。我们很快得知，和法警预测的一样，被告是原告母亲的前男友。原告称，被告从她十三岁时起便开始触摸她，嘴里不干净，这些行为自她十四岁起更是变本加厉。

"他会对我说奇怪的话。"她表示，"比如，他会在干那种事情时说：'是谁教你做得这么好的？'还有：'哦，这事你怎么这么擅长呢？'"

我在座位上挪了挪，胸口和腹部涌上了一种奇怪的紧绷感，于是抬头看了看威廉姆斯。只见他正注视着屏幕，表情波澜不惊、充满鄙夷，薄薄的嘴唇紧闭。我没听过这些话，也不认得他的脸，但她模仿的语气在我听来是那样真实，唤起了我对某人似曾相识的回忆：以一种故作多情又下流肮脏的方式，对恐惧着他的人说话。

在检察官的一步步引领下，女孩完成了主要证据的举证，然后接受了三个小时的交叉盘问。我们不得不中途休庭，去吃午饭。我简直无法相信——这三个小时都在哭泣与重温创伤中度过。

"我们甚至不指望年轻人能耐着性子看完三个小时的自然纪录片！"我对法官说。

辩方律师的工作是让陪审团质疑原告的可信度与可靠性。这名律师做得就非常不错。他指出了她故事中的漏洞，提醒她发生在下午和晚上的事情之间存在出入，还指控她与母亲串通一气，意图扳倒"邪恶的前男友"威廉姆斯。最后，律师询问她对性了解多少，又是从哪里知晓她断言发生在自己身上的某些行为的名称与俚语，还针对她知道如何区分松弛或勃起的阴茎一事大做文章。虽然所谓的侵犯行为是从她十三岁时开始的，但十六岁的年纪显然已经不小了，她已无法宣称自己单纯。这些话令她变得暴躁不安。她说她憎恨威廉姆斯。这很糟糕。

第二天，我们听取了那个与我同名的目击证人提供的证词。布里安娜·李是原告最好的朋友。她回忆了她到访威廉姆斯住所时的经历，并向法庭陈述了她所知的违法行为，以及威廉姆斯给她的感受。

我告诉自己，肚子里那股反胃的感觉不过是新工作带来的焦虑。我还是每个小时都在犯错，毕竟摸清门道的过程还是有点困难的。我只需要冷静下来。晚上用完餐后，我回到房间，端着一杯常温啤酒踱起步来，思忖着可不可以给文森特打个电话。该怎么跟他说呢？我只是想说，在这种场合里不断听到自己的名字，真是烦透了，让我想到许多糟心事。我练习着，尽量让自己听上去漫不经心。他会怎么说？我到底想让他说些什么？我只想找个人聊聊这段遭遇。我的身体产生了某种变化，很不舒服，仿佛心头的一块石膏板被刮开了，一抹黑暗溜进了我的人生。

我迈步走上阳台，俯瞰格莱斯顿的万家灯火。街道的尽头，一个男人正在踉踉跄跄地朝家走去。我到底在哪儿？怎么会只身陷入这么多人的故事与罪行之中？这还只是一年的开端，要是后面变得更糟怎么办？我必须告诉文森特。喝完这杯啤酒，你就要撕掉创可贴，把伤口暴露出来。我回到屋里，有意关上身后的滑动门，坐在床脚将最后一点啤酒一饮而尽，便在电话里找到了他的名字。听着拨号音，我感到血液在耳朵里狂跳，将头向后仰去，紧紧闭上双眼。

"哔。哔。哔。哔。哔。哔。您拨叫的号码无人接听。请在提示音后留言。"

趁录音还没开始，我飞快地挂断了电话。是时候再来一杯啤酒，再点一支香烟了。

当晚晚些时候，我吃了一整包有巧克力涂层的苏格兰手指饼干，然后又把它们全都吐了出来。我们住的是酒店式公寓。在淋浴间里吐完之后，我洗了头、刷了牙，筋疲力尽却干干净净地钻进了叠得紧紧实实的被窝。

第二天就快结束时，被告站上了证人席。他的出庭律师帮他回顾了指控中提到的所有日期，并拿出一份业务工作日志，表明在威廉姆斯女友的女儿提到的那些被强迫的日期中，他有很多天都在外当油漆工。律师表示，威廉姆斯的工作任务十分繁重，他说他只不过是在努力赚钱养家，还要攒钱买一艘船。陪审团中有人点了点头。休庭时法官告诉我，被告是很少出庭作证的。

"不过他的谈吐十分放松，像个正常人一样，是吧？"法官问。

"这种人不会总是一副怪物嘴脸的，不是吗？"我反问。

"可他只不过是个和你一样的普通人，你明白吗？"他咧嘴一笑，拿我开起了玩笑，"偶尔也在周末去钓鱼，还打算攒钱买一艘船，是个和陪审团成员一样的普通人。"

检察官在盘问威廉姆斯时表现得还不错，不过我知道，这是他两周前就提前列好的工作内容之一。他可能连威廉姆斯打算出庭作证都不知道。检方必须将整个案件提供给辩方做准备，但辩方并不需要提醒检方自己意在如何。

回答问题时，威廉姆斯并不害怕望向陪审团。他经常耸肩，脸上流露着悲哀的表情，像是为自己竟会被送上法庭感到吃惊。他暗示前女友有些"精神错乱"，这一指控可能就是她精心策划的复仇，以报复他为一个更年轻、更漂亮的女子而离开了她。

陪审团出去商议，却只花了不到一个小时。

"法官，拿到裁决了。"我向他报告，看到惊讶的神情从他的脸上一闪而过。

"这才多久啊？"他拿起自己的法袍。

"不到四十分钟吧。"

"我觉得有可能打破了纪录。"他边说边戴好假发。

"这能说明什么吗？"我问。

"是的。"他停顿了一下，看着我，"在决定是否要把某人关进监狱时，陪审团花费的时间通常会更久一些。"

几个陪审员是笑着走进法庭的。我怒视着他们，不过他们并没有看向我的方向。直到法官走进来、在我身后的席位上落座，大家才噤声坐下，集中注意力。

"请发言人起立。"法官说道。一个男子站起身。"你们已经做出裁决了吗？"

"是的。"男子回答。他穿着法兰绒衬衫和牛仔裤，系着棕色的皮带，脚上穿着一双靴子。

"很好。"法官点了点头，朝我转过身来，"请开始裁决。"

我站起来，拿着两天前努力写好的传讯单，感觉自己在房间的荒谬气氛中畏缩了。我们竟然轻轻松松就判定了这么卑鄙的事情的真假。在陪审员开始商议之前，法官曾在结案陈词中提醒他们，他是根据法律做出判决的，而他们要根据事实来做裁决。这句话让我心里很不舒服。这些家伙算什么？他们凭什么决定这件事情？怎么没有人在他们中进一步精挑细选？他们犯错的概率是多少？还有我！我还长着青春痘、住在家里吃着妈妈做的意大利面呢——我凭什么站在这里裁决？

"你们认为被告在第一项罪名上——猥亵自己照管的十六岁以下儿童——是有罪还是无罪？"我询问发言人。

"无罪。"他回答。

我又问了第二次、第三次。每一项罪名的裁决都是一样的：无罪，无罪。

法官正式宣布，针对威廉姆斯的所有指控不成立。休庭。威廉姆斯被从被告席上放了出来。他开始满脸堆笑地和人握手。原告则在另外某个地方，等待手机响起。我抬头看了看检察官埃里克，为他不得不拨打那个电话感到遗憾。我想象着原告痛哭流涕的模样。那个画面我再熟悉不过了，因为我已经在法庭的屏幕上看着它回放了好几个小时。

裁决来得太快，又没有判决要执行，于是法官和我下午有了几个小时空闲。我本该动手处理那堆尚未完成的文书工作，内心却焦虑不安。我皮肤滚烫，仿佛血液里长了刺冠菊，或是吸入了太多爸爸曾让我帮他铺设在房顶上的玻璃纤维绝缘材料的颗粒。法院外的干草在我的脚下嘎吱作响。鹅卵石从炙热的黑色沥青马路上脱落了下来。

我给文森特打了个电话，火冒三丈地告诉他那些陪审员看上去有多漫不经心，又是如何认定原告不值得信赖，因为她已经十六岁了，还知道勃起是什么。

"该死，这怎么可能只花了他们半个小时的时间！他们是把那该死的饼干给吃完了吗？"

文森特耐心地聆听着。

"我有没有告诉你，那些陪审员还抱怨赛百味来着？"我开口问他。

"没有。"他告诉我。

"庭审期间是管午饭的，可是他们不想再吃三明治了。"

"哇。"

"赛百味多好吃啊！我偶尔没带饭的话还会买赛百味来奖励自己呢。"

我问他近况如何，一直聊到不得不停下来道别，真正想说的话却就是说不出口。阳光太过灿烂，而我不知道自己想要从他身上得到什么。我们互道了一句"我爱你"，便挂断了电话。我坐在长凳上，啃了会儿指甲，感觉比给他打电话前更孤独了。

回到办公室，我找到法官，希望能和他分享内心尖酸的困惑，可他已经开始为第二天的判决做准备了。

我无法平息内心的怒火，什么事也做不下去，于是跑去空荡荡的法庭，打开电脑，开始搜索儿童性侵案件。非正式地说，本案辩方的辩词意在表明威廉姆斯并不像什么儿童性侵犯，而是一个普通人——努力工作，攒钱买船。他只不过是个男人，以男人的方式喜欢女性，绝不是什么恋童癖者。

我很快就找到了自己要找的内容：澳大利亚犯罪学研究所二〇一一年的一份报告。报告中阐明了人们对性侵罪犯常见的错误看法。

人们普遍错误地认为，所有儿童性侵罪犯都是恋童癖者。可副标题继续写道，针对儿童的性侵案例大多是由喜欢成年人的人趁机而为。这种侵犯行为最常发生在家中，不涉及武器，且施暴者都是与受害者相识的年长男性。

我还在某网站上找到了一则帖子。帖文中，成千上万的女性报告了她们初次注意到男人用含有性意味的眼光看待她们时的年龄。根据地区的不同，平均年龄在十一至十三岁之间浮动。这属于一种心照不宣的集体无意识现象：女孩们在还不到可以合法发生性行为的年纪，就会被性化到令她们不自在的程度，可社会还在将被这个年纪的青少年吸引的男人称为恋童癖者。恋童癖者指的是始终喜欢尚未进入青春期的儿童的人。如果一个男人喜欢成年女性，却被十三岁的继女吸引而趁机猥亵或强奸她——还有机会逃脱，也相信自己能够逍遥法外——那他算一个恋童癖者吗？是不是恋童癖者还有什么分别？全世界大部分地区长期的处女情结和对纯洁的执念又算什么？在澳大利亚，十个女子中就有不止一个曾在十五岁前遭到性侵，这也许会让很多男人变成恋童癖者。

那些管不住下半身的"可怜"男人——他们那被误解为恋童癖、希望自己不曾对孩童抱有的禁忌幻想又该如何定位呢？澳大利亚犯罪学研究所表示，"真正的"恋童癖者只占人口的一小部分。在我看来，这就好像是极其罕见的"真正"精神变态杀手与普通杀人犯之间的区别。我对威廉姆斯这种人更感兴趣，毕竟他说服了十二个人他不是"那种人"。但更令我恐慌的是，陪审团竟然不相信他的继女。她甚至不值得他们花上一整个小时去考虑，只要这意味着他们午餐还得吃三明治。

威廉姆斯的案子在我心里种下了一种恐惧，像一个孢子，会随着我参与的每一次审判而溃烂、增生。要是人们不相信这些女性，他们又为什么要相信我呢？

待在格莱斯顿的日子里，随着参与的审判越来越多，我几乎每晚都会在淋浴间里哭泣，好几次还把晚餐吐了出来。性侵案的浪潮偶尔也会被毒品案、袭击案和抢劫案打破。一天晚上，我出门散步，隐隐为自身的安全担心，又想起我经手的每一起袭击和强奸案都发生在家里。身为一个女孩，和母亲要把新男友带回家相比，晚上十点半步行前往麦当劳是绝对安全的。何况我的年龄比受害者的平均年龄大了十岁。我喝得越多，心里就越痛。

终于登上回家的航班时，法官抽空问了我一句，忙完第一阶段的感受如何。

"这一切都令我愤怒。"我回答，"感觉就像是罪行太多，坏人太多，我却不明白他们都是从哪里冒出来的，又会到哪里去。"

法官笑了。

"我想我的父亲一不留神培养出了一个皇家检察官。"我补充道。

他捧腹大笑。

3

回想起来，大楼里那么多的同事，我却和梅根成了好友，这并非巧合。我们的上司都是性情温和、颇具幽默感的法官，都要经手大量的性侵案庭审与宣判。我们都在巡回审判的过程中去过昆士兰州不少的地方。我们都在第一段认真的恋爱关系中磕磕绊绊，努力把自身的独立性与我们从出生起就逐渐养成的浪漫倾向调和起来。我和她都喜欢旅行，经常骂脏话，就连成年痤疮都几乎是同时长出来的。她是个一头金发的小家伙，我则是个姜黄头发的大高个。这一年，面对压倒性的悲痛，我们都在努力逗彼此欢笑——或者至少让对方露出一丝笑意。下班后和梅根一起喝啤酒、吃比萨时，我不会像与伊芙琳相处时那么渴望成为别人。梅根帮我看到了自己的闪光点，或许终有一天，我会学会由此喜欢上我自己。

当出庭律师在庭上说了什么特别荒谬的东西，或是陪审员问了什么格外可笑的问题，抑或是别的助理因为表现得像会下金蛋一般扬扬自得而出名时，我们都会发邮件告诉彼此。

星期一一早，我回到布里斯班，用法庭上的电脑给她发了一封邮件："老天，我刚才下来为宣判做准备。后排座位上坐了二十个前来观摩的男学生。一个出庭律师走进来，把东西全都丢在律师席上，转向检察署的检察官和书记员说：'伙计们，我午饭约了一个火辣的对象，所以我们废话少说吧。'"

"天哪，什么?!"几分钟后，她回复道。

"检察官是男的，书记员是男的，聘请出庭律师的事务律师是男的，法官是男的，后排还都是小男孩，而我们准备处理的是一起强奸案的判决。你是不是也烦透了做法庭上除了原告之外唯一的女性？太敏感了？他们现在又开始讨论《使命召唤》① 了。"

第二天，我们开始处理另一场审判。被告贝克先生是个大块头，高大魁梧，留着白色的络腮胡，给人的整体印象就像在淡季扮演圣诞老人的家伙，尤其是因为他看上去既困惑又难过。不过这又是一起儿童性侵案，所以我的同情心已经一点都不剩了。

才过了几个星期，我就已经不会去假定这些男人是无罪的了。但我有没有想过他们可能是无辜的？身在此山中，我已经无法看清了。我知道什么证据有助于定罪却无法被采纳。在核对或观看审前辩论的过程中，我见到过许多几乎能够确保被告被判有罪，却被认为无法采纳的证据。我一直在研究针对女孩的性侵行为有多普遍。在法学院，你学到的第一条也是最神圣的一条原则，出自布莱克斯

---

① 由动视公司（现为动视暴雪）于 2003 年最初制作发行的第一人称射击游戏系列，目前该系列已发布 19 部正式作品。

通[1]的名言:"宁可十个有罪之人逍遥法外,也不让一个无辜之人锒铛入狱。"本杰明·富兰克林说,前者的数量应该是一百个。我怀疑富兰克林不曾面对过一百个遭人强奸的女孩,但我的统计数字正在上升。我也开始更加清楚地看到,男人是如何在法庭之外因罪证不足而被相信是清白的。针对两性的招聘配额和董事会的性别比例问题,媒体炒得沸沸扬扬。有些评论家还在否认工资差距的存在。一切都连接在一张我无法看透的黏腻大网上。

每一桩案件似乎都是一场力量悬殊的较量。他们不停地说:"除了原告的陈述之外,没有任何的证据。"可她应该带来什么证据呢?她们中不少人都吓坏了,为了避免遭到殴打或割伤,只能屈从于性交,而颇具讽刺意味的是,能够帮助她们给犯人定罪的正是殴打或割伤。许多人过了几个月,甚至几年才站出来——可是尽管在报警时表现出了非凡的力量,她们还是会因这"令人费解"的延期报警遭到交叉盘问。

我个人对被告有罪或无罪的看法对案件的结果没有任何影响。所以,尽管不得不坐在那里沉默地观察和记录,至少我的心还是可以自由地沉浸在任何想法中,好帮助自己度日的。

我望向了刚刚被我点到名字的十二个人。此时此刻,他们正笔直地坐在那里,聆听法官针对贝克诉讼案致开庭陈词。他们来时是否已经擦亮了眼睛,准备洗耳恭听?他们能真正听进多少证据,其中又有多少属于确认偏误[2]?在涉及武器或被告为有色人种的情况

---

① 威廉·布莱克斯通爵士(Sir William Blackstone,1723—1780),英国法学家、法官。
② 确认偏误指人们会倾向于寻找能够支持自己观点的证据,对支持自己观点的信息更加关注,或者把已有的信息往能支持自己观点的方向解释。——译者注

下，性侵罪审判的定罪率更高。贝克先生人高马大，对付一个小女孩连黄油刀都用不上，何况他还是个白人。要是有人觉得，这些人被我从木桶中选出后，会奇迹般地从充满恐惧与误解的普通澳大利亚人变成完全客观的真理仲裁者，那才是滑稽呢。

怀揣这种想法久了，我每看到那些假发和法袍，就会觉得它们华而不实。盛大的场面和冗长的过程就是一场哑剧。我对庞大而"盲目"的司法体制了解越多，心里就越是明白：这个体制就像人类，也会犯错，与创造它和先于它的所有人和事一样。我不知道该如何将这腐烂的躯体和我父亲的正义形象相融合。要说这是理想幻灭，那都是轻描淡写。

检察官站起来，对陪审团表示了欢迎，然后将一只胳膊搭在讲台上，用冷静而易懂的语言带领陪审团回顾了贝克先生被控犯下的可怕罪行。陪审团将听到，原告麦琪曾两次随母亲坐火车去探望贝克先生。母女俩到达他家后，三人会一同喝茶聊天。在两次探望的过程中，麦琪的母亲都在喝完茶后突然犯困，躺下睡了很长时间。贝克先生家里有一个摆满飞机模型的房间，其中一次，他将麦琪带进了那间屋子，另外一次则将她带进了他停在屋后的一辆白色面包车里。

麦琪在证人席上出示了她的主要证据。听她提到贝克先生家靠近耶隆加火车站，我的心提到了嗓子眼。那是我的火车站，就在我出生、长大，而且现在仍然居住的市郊。那天下午我就要乘坐火车回耶隆加。我以前是否曾步行经过贝克先生家的房子？在面包店里，他是否曾排在我的身后？罪行的星群中，又一个光点闪烁起来。

第二次，麦琪在白色面包车里发起了反抗。她表示，自己两次都对贝克先生心存恐惧,"动弹不得"。可不知怎么回事,在面包车的后面,在他可怕的庞大身躯下,她放声尖叫,又踢又踹,逃了出来。我这才好好看了看她。她穿着白衬衫,早上刚刚洗过的棕色长发还有些潮湿,发缝的左边垂着一绺轻柔美丽的额发,脖子上挂着一条细细的金链。麦琪设法做到了不可能的事情,摆脱了动弹不得的境遇,还在法庭上坐在了距离贝克只有几米的地方!麦琪是我的英雄。

午餐休息时间,我和爸爸喝了杯咖啡。我们每隔一个星期就会见上一面,我想可能是妈妈让他在工作时密切留意我的动向。

"'妈妈睡着了'是怎么回事?"三言两语解释完审判的内容后,我问他,"这位母亲刚刚作了证,显然认为自己的茶被下了药。这样的暗示已经很明显了,可他们却避开不谈。"

"他们肯定是断定母女俩不能以此来指控他。"爸爸回答,"她们是不能在审判中对没有证据支持的犯罪行为提出指控的。"

"可大家都明白发生了什么啊——或者至少是皇家检察官在暗示发生了什么。把话大声说出来和避开不谈有什么区别呢?"

"亲爱的,这就是规则。"他笑了,啜了一口馥芮白咖啡。

"这样的规则太糟糕了。"

"没错,有时候就是如此。"我们分食着一块柠檬挞,聊起了复活节的计划。他问我:"你最近怎么样?"

我笑了。"这就像我给你的手机发短信,回复的人是妈妈,她却还要假装是你。但我知道是她,因为她最后总会给我发上一句'亲亲'。"

我告诉他,我最近很累,感觉自己像个骗子。

步行返回办公室的途中，我的心头涌起一阵悲哀，再加上愧疚，差点哭了出来。我要如何才能告诉他，是什么正在将我吞噬、让我的内心一点点腐烂？我怎么能这样对待自己的父母，明知他们会难过，还要把话说出口？至少我可以独自保守秘密，这样就只有一个人受到伤害。法院大楼的门外聚集了好几个摄制组。我一直低着头。这座大楼里有那么多可怕的事情正在发生，我连其中的哪一桩上了新闻都不知道。

法官也在慎重考量麦琪母亲睡着的事情。午饭后，我们召集了一场只有律师出席的会议。

"先生们，原告的母亲喝完茶后就困了，是怎么回事？"法官问道。

"法官大人，"检察官站了起来，带头答道，"我们建议过证人不要就这方面证词提出任何刑事指控，因为我们无法对此展开调查。"

"好吧，那要小心。"法官的语气十分严肃，"情况有些棘手，我可不想要一场无效审判。"

"当然，法官大人。"

"很好。那就召回陪审团吧。"

和以往一样，这起案子已经几乎没有其他"证据"拿得出手了。有时，当陪审团的成员意识到，自己看不到任何监控录像或《犯罪现场调查》式的 DNA 测试时，脸上会露出痛苦万分的表情。这绝对是个悖论式的困境：人们总是认为自己需要某种特定类型的证据，才能安心地判定被告有罪；然而针对妇女和儿童的罪行往往发生在家中，罪犯又都是他们熟悉的人。屋内和面包车里肯定到处都是贝克先生的指纹，因为它们都是他的财产，而他的家里是不会有什么监控录像的。除非贝克射了精且麦琪当时直接去做了性侵取证，否则就不会有 DNA 测试结果在法庭上呈交。麦琪的证词可以算作证据，但辩方花了好几个小时告诉陪审团她的话有多不可信。辩方律师给出的解释和往常一样：这位母亲居心叵测，女儿的想象力又太过丰富，很容易被坏人欺骗。

受害者为男性的罪案往往有易于让陪审团接受的证据——一只被打青的眼睛，或是一扇被砸碎的窗户。可我们维持的司法体制仍是陈旧的。昆士兰州的法律规定，原告未进行肢体反抗不能作为她表示同意的证据。可如果没有断裂的肋骨或是开裂的嘴唇，辩护律师就会告诉陪审团"没有其他证据可以表明"。要想让陪审团裁决被告有罪，往往得让他们相信原告是个道德高尚的人。他们很容易认为，光凭"她的一面之词"不足以打消他们内心合理的怀疑。更何况相信原告会指向的结论有点可怕：要是五分之一的女性都曾遭到过性侵，那么就有五分之一的男性可能是性侵者。

那天，陪审团被派去商议后不到一个小时就回复了一张便条。我的心一沉，以为格莱斯顿的故事又要重演。可便条上写的竟然是一个问题："如何界定'合理的怀疑'？"

重新开庭后，法官宣读了昆士兰州法官手册中的一些段落来解答这个问题。这本手册属于资料汇编，告诉法官在哪些问题上该对陪审团说些什么。不过，其臭名昭著之处是将问题变得更复杂，而非明晰。

回到办公室，听我开玩笑地提起应该数一数这个问题会被问及多少次，法官便开口问我："你知道他们在新西兰是怎么做的吗？"

"什么怎么做的？"

"在被陪审团问到什么是'合理的怀疑'时，他们会回答：'你们必须很确定。'"他笑着回答。

"哇！那也太——"

"太简单了！"

"没错！"

"而且非常管用。"他兴奋地比画起来，"我们喜欢使用那些'高大上'的术语，可陪审员才不在乎什么法律术语呢。他们只想知道陪审员该怎么做。要是你告诉他们陪审员要做到很确定，他们就会告诉你他们真正相信的是什么。"

我再次纳闷为何法官只做到了地区法院。我能想象要是他成了领导者，这座大楼将如何运行。他参与过"菲茨杰拉德调查"（八十年代，昆士兰州曾针对警方腐败问题成立调查委员会，罢免了总理，还收押了几个颇有权势的重量级人物），在检方和辩方都有多年的从业经历。他研究过儿童发展问题，还曾设计保护儿童权益的法庭盘问规则。他真心关心司法体制，但再过几年就不得不退休了。在这个行业中，他哪里做得不对了？

父亲曾经和我说过地方法官与地区法官的任命有多政治化。我又想起了他常说的那句："别去寻求什么公平正义。"显而易见，即便是在司法部门内部，公平正义也难以得见。对于那些任凭宗教与所谓"道德"的信条影响自身判断的法官，我无法掩饰内心的厌恶。也许高官们的聚会是在周日的礼拜仪式之后举行的——这是一种颇有可能的解释。

在第二天一早去上班的途中，我感觉萎靡不振。看到伊芙琳在我前面迈着大步走进滑动门，那种感觉更是雪上加霜。她每天都会拉直头发吗？难道她就是那种冬天都会记得给手肘抹上润肤霜的神奇生物？考虑到自己前一晚又抽烟又喝酒，还吐得一塌糊涂，我看上去这么可怜也没什么好吃惊的了。幸亏陪审团出去商议了，给了我时间找回做人的感觉。

我倒了杯咖啡，坐在十三层的窗边。附近乌云密布，眼看就要下雨，但在晴朗的远方，一架飞机正在缓缓驶过天际。我不知道麦琪在余生中每次看到飞机模型，内心是否都会被触动。这种对大多数人而言无害甚至有趣的东西，却有可能蛰伏在她的脑海中，准备在某个毫无防备的瞬间引爆她的大脑。尖叫与创伤的可怕回忆将如弹片般粉碎她的生活。我曾读到，人体可以缓缓地将弹片从皮肤里推出来。这样的金属碎片可能需要数年才能到达表皮，最终被排出。某些退伍军人的身体在战争结束几十年后还会有东西排出。同样的事情也会发生在记忆上吗？说不定这正是我的感受：发痒，难受，仿佛体内有什么异物每年都会移动几毫米，撕裂着我的身体，直到钻出来为止。

"他说我很漂亮。"麦琪说过。

我想要找到她，给她一个拥抱，告诉她一切都会好起来的。可我自己的人生都还没到可以走过蹦床却不去回想自身遭遇的程度，所以那么说就是在撒谎。我该跟她说什么呢？首先，我要说她比我勇敢。我为她感到骄傲，甚至心存敬意。但我也必须告诉她，这些记忆将永远陪在她左右，也许会像别人都看不到的巨型蜘蛛一样，默默走在她的身旁。当她试图解释这一切时，有些人可能还会害怕。她说不定会觉得这一切荒诞极了。

"喂，喂。"梅根在我的身旁坐了下来，"怎么了？"

"呃，你懂的，还是那种破事。妈妈的男朋友。他们还在商议，已经商议一个晚上了，所以我觉得很有希望。"

"那挺好的。"

"你呢？"

"我正在参与一起儿童色情片案的判决。"她叹了一口气。

"哦，见鬼，又来了吗？！这种恶心的家伙到底还有多少呀？"

"我猜，不少吧。"她回答，"我们必须休庭去吃午饭，因为要看的材料实在太多了。"我俩都一言不发地坐在那里，望着脚下的城市。"今天早上，丽兹跑到我的办公室里哭了。"梅根告诉我。

"见鬼。我没想到事情竟然这么糟糕。"我回答。

"她从自己的法官那里听说，她并不是那个职位的首选。"梅根轻声说。

"什么？！"我低声耳语道，"把这种事情告诉别人有什么好处？"

"就是说嘛，太残忍了。"她摇了摇头。

法官在办公室里呼唤我的名字。我跳了起来，挥手跟梅根告别。

"我把证据法的材料落在法庭里了。"法官握着一支钢笔坐在办公桌旁。

"我这就去取！"我笑了，"您是在查茶里被下药的那件事情吗？"

"是的。我怕会得出无效审判。"他回答，"我得知道如何指导陪审团，或者是否应该对此置之不理。"

我点了点头。我们还没有得到过无效审判，不过梅根跟我说过那有多痛苦。如果其中一个律师犯了错误，或是证人说出了被告的犯罪史，又或是某个陪审员愚蠢地提问能否在网上搜索被告，整场审判就前功尽弃了。取消。安排重审至少要再花六个月的时间。原告不得不再次经历整个不愉快的过程。与此同时，被告不是被保释，就是被收押。两败俱伤。

我只听说过有被告在被判有罪后要求重审，因为他们怀疑原告无法再次经历整个过程，事实上也的确如此。

重审是司法体制中的一个重大问题。我希望能在自己任内避免这样的情况，更希望它不会发生在麦琪的身上。

我乘坐法官专用电梯来到十层，拿上所有材料，通过普通大门走出法庭，准备返回办公室。可我刚走到一半，就不安地停下了脚步。

法庭门外，了无生气的开阔大厅里一片肃静，但也有可能一直回荡着贝克先生的尖叫。那或许是他的灵魂在尖叫，而我之所以能听到，是因为我也属于他那个可怕的世界。当他坐在那里看着巨大的玻璃窗时，身上竟然散发出了一股可怕的怨气，让我移不开眼神。他就像黑洞中的一个信标。空无一人的电梯在我的面前开了又关。我愣在房间的尽头，静静注视着他颓废的肥胖身躯。在接下来的两天里，贝克将会知道他是否要被关进监狱。他的双手紧握在膝盖上，手背处的皮肤很薄，上面布满了老年斑。

想到这双衰老的手曾在一个年轻女孩的后背上摩挲，我打了个哆嗦。

雨越下越大。透过窗户，贝克什么也看不见，面前只有一块泛着水花的巨大玻璃板。某一天，我也曾站在那里，看着昆士兰州的瓢泼大雨拍打在冰冷的大窗上，惊叹于斑驳的光影之美，也感叹这十层高的人类发明竟如此了不起，能提供如此周全的保护，让我不受大自然的伤害。我不知道贝克坐在那里时内心都在想些什么，但可能不是这些玻璃摩天大楼有多壮观吧。

贝克应该出去走走，喝点提神的馥芮白咖啡，享受雨水打在自己薄薄的皮肤上，因为接下来的八年中，他很有可能每天都得盯着灰色的高墙。

对被告而言，等待裁决的过程肯定十分难熬。如果我无私一点、成熟一点，也许还能说句"我希望这种事不会发生，哪怕在我最大的敌人身上"之类的话。不过，我无疑希望这种事会发生在某个人的身上。

乘电梯返回法官办公室的途中，我抱着一摞资料，将前额抵在冰凉的镀铬面板上。我会这样做吗？我能这样做吗？

麦琪就是这样做的。麦琪的妈妈相信她。我确定我的家人也会相信我。不过麦琪还不到交男朋友的年纪。

看着脸颊在电梯壁上留下的油印，我在电梯门在十三层打开时飞快地钻了出去，想着自己的身体有多恶心，不知文森特要是知道我经历过什么，还想不想要我，更别提若是我一五一十地向他坦白，或是试图通过某种方式去处理这件事了。因为这意味着我要将此事公之于众，还要经常谈起它。这有可能改变我们的关系，使我们之间的"地壳板块"移位。他可能不想再与我亲近了。也许我最好永远不要告诉别人。毕竟我过得很好，拿到了法律文凭，找到了不错的工作，还拥有朋友和男友，为什么要一把火将这一切都烧毁呢？

"谢谢。"法官在我把资料放到他桌上时说，"我还需要你帮我核对一下这份判决书。"他递给我一份厚厚的文件，同样关于一场审前听证会的证据可采性。这场听证会肯定是在我入职之前进行的。原告家庭的一个朋友涉嫌在泳池里猥亵三个年幼的女孩——她们是表姐妹。被告家底丰厚，在指控的每个阶段都进行了抗辩。我坐在办公桌前，想着我在耶隆加的住宅屋后也有一座泳池，就在那个蹦床边。那团火可能已经被点燃了。

4

班达伯格很美。在巴加拉，我和法官所住的地方坐落在海滨一片露出地面的岩层上。这里的房子都建在木桩上，整齐划一的公寓与海岸线旁的几座单层商铺在码头处相会。每天早上，法官都会和我在车旁见面，由我驱车二十分钟穿过甘蔗地，前往坐落在内陆更深处的法院。碧空如洗，我们经过的田野郁郁葱葱，至少有三米高。坐在安静的豪华轿车里，我们沿着平坦的长路悄然滑行，只有在路面微微上升的地方才会瞥见地平线。我记得我望向窗外的景色，对蓝天绿树和冰凉的皮椅心怀感激。一年中，这是我唯一一次享受为法官开车的乐趣。这一次，手握方向盘的紧张情绪已经彻底被周围的美景所征服。

车子来到法院，穿过带刺的铁丝栅栏，驶入停车场。我看到地方法院门前的水泥地上有几个男子正在等待，周围还有一些背着沉重多功能腰带的警察转来转去，直到这时我才被拉回现实。于是我们下车，迈入热带地区秋日里常见的潮湿天气中，走进那座老旧的砖石建筑。我会路过现有案件的存档系统和一间巨大的储藏室，里面高至天花板的档案柜中装满了陈年旧案。我不知道，是否班达伯格每种下一根甘蔗，就会发生一宗罪案。需要让多少妇女儿童经过这个系统的粗暴审核，才能迎来改变？

班达伯格的法院大楼没有任何特别之处，它的气味除外。这座老旧建筑存在霉菌的问题，所以空气中的氯十分刺眼，仿佛我正身处一座公共泳池。但不知怎么回事，我的鼻子依旧可以捕捉到旧地毯散发出来的难闻气味。法庭本身并没有什么值得注意的地方，但被告席是新的，安装了玻璃面板和光亮的金属锁扣，和屋里其余部分的木头、油布格格不入，像是被移植过来的。公众座席还是怀旧的教堂靠背长凳。

法官室的隔壁，我将袍子挂在小办公室里，快速翻阅刚被放到桌上的一摞文件，练习朗读里面的名字，以备传讯时在法庭里大声宣读。

"传讯"一词源自一个古法语单词，意思是"追究责任"。起初，我以为传讯是法庭上一个意义深远、无比重要的时刻，到了班达伯格才明白，这种感觉是被我的自负激发出来的，因为我恰巧在此过程中扮演了一个角色。相反，法官和律师几乎不会对任何人的抗辩感到惊讶，更别提是听到他们的罪行了。无论是罪行还是尝试逃避责任的方式，很少有哪个罪犯懂得创新。

那一刻，我想起父亲给全家讲过一起很有意思的入室抢劫案。几个盗贼把自己和赃物的照片发在了脸书上，还标明了他们所在的麦当劳停车场。警察调取监控录像后，追踪他们到了转角处的出租房，不到二十四小时便将他们捉拿归案。"他们要是聪明就不会成为罪犯了！"爸爸的话逗得我们全都捧腹大笑。现在听来，这话却没那么好笑了。许多辩方在提供量刑意见时都提到，他们的当事人"智力低于平均水平"。若是有人在酒吧里斗殴，我们也许还能拿智力的事情开开玩笑，但我确信，也就是因为那些"更聪明的"性侵犯更有文化、更加富有，因此更不容易被送上法庭。

有一次，法官曾大声问过我，面对这些量刑意见，他该怎么做。"严格说来，一半人口的智力都低于平均水平，但我认为这一半人是不会同意这一点的，对不对？辩方说这话到底是什么意思？智力存在各种不同的形式和形态。要是他们试图告诉我，他没有接受过正规教育，那就直接告诉我好了。也许我可以下一道命令，让他更容易找到某些工作。"法官沮丧地挥了挥手里握着的假发，"别只是告诉我他是个蠢货。"

落在窗畔树枝上的一只喜鹊叫了起来，把我拉回了现实。它上下跃动，喉头迎着阳光，鸣唱着优美的旋律。每一座新的城镇都会有另外一堆新的案子在等待着我。那些我一辈子都不会去的城镇则有成堆的案子在等待另外一个人。

我找到了那天早上要开审的案子所用的文件。凯文·唐尼·瑞斯特公诉案。针对瑞斯特的起诉书中列举的罪行多到我前所未闻。起诉书长达五页，描绘了一幅近十年来不断升级的犯罪图景。在猥亵儿童的多条罪状之后，有关强奸的罪状数量竟然达到了两位数。最后两条指控是"与未成年人保持性关系"，它以一种可怕的方式为起诉书画上了句号。这些罪名一条比一条恶劣——向读者表明，没错，局势每况愈下。许多罪状中都提到，事发时原告还不满十二岁或十岁，并且一直处在瑞斯特的"照管"之下。读完冗长的罪状清单我才意识到，原告实际上有三人。我起初并没有发现这一点，因为她们拥有相同的姓氏，是三姐妹。

在法官席前布置我的工作台时，法庭里空无一人，寂静无声。我做好了一切准备，却无法摆脱一个糟糕的念头：我以前从未在一起刑事审判中见过多名原告。没错，我想起自己曾在大学里学过，这叫作联合诉讼。我瘫坐在椅子上，注视着尘埃的微粒在这片无声的空间里飘过。针对多名原告状告同一被告的情况，法律有着严格的规定。从历史上来看，这样的做法对被告存在很大偏见，因为陪审团会忍不住裁决被告有罪。人是群居动物，具有趋同思维。通常情况下，皇家检察官须向法庭提出申请，才能获准提起联合诉讼。可是那一天，一阵焦虑却在我的心头油然而生，因为我看不到文件中有任何的申请记录。光是起诉文件中的内容就令瑞斯特无法抵赖了。我敢肯定，要是三姐妹一起出庭，他肯定会认罪。

法庭另一端的门打开了，我假装忙碌，看到两个男子走了进来。无须看出其中一人是法警，我就能猜到另一个人是瑞斯特。之前还寂静无声的室内此刻紧张得嗡嗡作响。两人各自就位：瑞斯特坐进了被告席，法警则坐在被告席前。瑞斯特不只是瘦，他简直是骨瘦如柴。我估计他比我还要矮上不少。我的目光从玻璃后方那个秃顶的男人身上移到了桌上这份针对他的起诉文件上。它在我的眼前逐渐清晰起来。从课堂上的案例笔记变成了肮脏而又真实的东西。我连碰都不想碰它，胃里一阵翻江倒海。

我知道瑞斯特的律师会对联合诉讼申请一事提出质疑。要是他没有，那他就是个白痴。如果这些女孩无法提起联合诉讼，也许谁也不会出庭作证。罪行发生在十多年前，因此除了她们的记忆，不会有什么证据留存下来。三姐妹已经不再是小孩子了，除非她们属于"完美受害者"，否则是得不到陪审团的善待的。

我返回狭小的办公室，望向窗外，但喜鹊已经飞走了。辽阔的天空衬托着棕榈树。我摸索着试图将衣服的褶边系在脖子上。这条白色的小领带有两只浆过的尾巴，十分滑稽。一阵紧绷感蔓延到了我的胸口。我扯下褶边，大口喘息，摸索着去开窗户，却发现窗口被封死了，于是只好用前额抵住冰凉的玻璃，试图想象棕榈叶间那股浮动的微风。我想用意志力驱使那只喜鹊回来，嘴里哼鸣着它的歌曲，又将手指抚上脖子，数到五吸气，再数到五呼气。我需要休息一下，但有人敲响了我的房门。与恶人一同工作的人是不得喘息的。

大约一个小时之后，庭审的时间分配好了。法官宣布，法庭将审理已经登记过的案件——也就是瑞斯特的案件。

"很抱歉耽搁了诉讼程序，法官大人。"检察官站起身，一边调整假发一边说道，"但我们还需要进一步的审前讨论。"

我在笔记上写道：我就知道。

"那你需要多长时间？"法官问。我曾无数次听他向律师提出这个问题，从中觉察到了一丝失望。他肯定知道他们会将几项控告拆分开来。在法庭上，他的思考总能先人一步。说不定，一个星期前在布里斯班初步分配庭审时间时——在我还忙着做其他笔记的过程中——他就已经想到了。

"这就取决于克雷恩先生了。"她有些挑衅地回答，眼神瞥向了辩方律师。

克雷恩站了起来。"是这样的，法官大人，这并不取决于我，而是取决于——"

"我们要讨论的是什么问题？"法官打断了他的话。

"根据当前的起诉书，原告是适合单独出庭，还是应该提出联合诉讼申请。"检察官噘起嘴唇。她名叫玛丽·古德，是个可爱的女子。但我更希望某个性子更急、更刻薄的人能为三姐妹出战。和许多冰雪聪明的女性一样，她口中说出的每一句话都仿佛在提问。

"很好，那我们休庭。"法官宣布，"请记住，召集的陪审团成员正在等待我们。"

古德点了点头："当然，法官大人。"

我望向了坐得笔直的瑞斯特。他穿着一件熨烫过的灰色衬衫，眼睛是几乎发白的浅蓝色。他一动不动，像条鳄鱼一样，静静地等待着。

我们等了律师一个小时，法官才派我去了解最新情况。这就是这个体制的奇怪之处。我可以把头探进检察官和辩护律师的房间里，询问最新情况，法官却不能亲自去问。不过谁都明白，我询问的目的就是要向他汇报。残破老旧的地方法院里，我沿着走廊飞奔，来回传递着消息，想象自己是一只小小的信使老鼠。法官助理没有明确的职务说明，但我那时才意识到，要是没有人注意到你，一切又进展顺利，那你就能确信自己做得非常优秀了。

我敲了敲检察官的房门。书记员打开一条门缝，我瞥到一个女子正在耸肩哭泣，一头黑色的长发垂在面前。

"你好。"我轻声询问书记员，"我只想知道，你们有没有什么新的消息要告诉法官？"

哭泣的女子又从身旁的纸巾盒里抽了一张纸。我意识到她肯定就是三姐妹之一，心中对联合诉讼所剩的那点荒唐的希望正在逐渐破灭。

"是的，再过十分钟左右，我们就能提交新的起诉书了。"书记员用略带抱歉的语气回答。

"当然没问题——这位是大姐吗？"我问。

"是的。克莱尔。"书记员答道。我们彼此点了点头。书记员从门边退了回去，关上房门。在克莱尔把头发别到耳后时，我看到了她的脸庞。她正在点着头，可是双眼肿肿的，鼻子通红。

我一个人在漆黑的走廊里站了片刻，理解着这个信息和它所有的含义。瑞斯特现在是不会认罪的了。绝对不会。

我认为克莱尔和我是同一种女人。也许我们都会在夜里惊醒，都曾拥有起伏不定的负罪感。要是我们保持沉默的方式如出一辙，那么奋起反抗的方式会不会也别无二致呢？我思考着凯文·瑞斯特和塞缪尔的为人。我觉得塞缪尔也不会认罪。有一次，他曾试图威逼我的哥哥投资传销。塞缪尔和瑞斯特都是一流的白痴。克莱尔能独自扛起一切、出庭作证吗？我为她感到担心。

我在等待每一个原告带来某种指示，也在等待每一个新的被告带来某种警示。难道这次审判就是给我的预兆吗？

那天下午吃完午饭，我从木桶中抽取了十二个人的名字。陪审团落座之后，庭审终于开始了。凯文·唐尼·瑞斯特冷静而笔直地站在那里，对我宣读的起诉书中每一条罪状辩称自己的清白。我望向那些被抽取出来决定他命运的人的脸庞。起诉书中的指控骇人听闻且多到难以计数，让我为他竟能被假定无罪而怒不可遏。我每读一条强奸罪状，都会看到一个女人在座位上不自在地挪动身子。我想要大声咆哮："你还没有听到最恶心的事情呢，女士，坐稳了！"可当我重新坐下、看到她满脸的悲哀时，心中的怒火却也化作了悲哀。

古德缓缓起身，转过去面向陪审团，开始了这段令人悲痛的介绍，讲述他们在接下来的三天时间里将听到的罪行的性质。

原来，瑞斯特作案的模式十分独特。他以供养为由，怂恿克莱尔的母亲带着几个女儿搬进他家，他也说到做到。晚上，母女四人上床睡觉之后，他会坐在房子的地下室里，听着最喜欢的乡村音乐，喝上好几个小时的酒。然后，随便哪一天的夜里，当他决定动手时，便会放上一张特别的唱片——斯利姆·达斯蒂的唱片。伴随唱片的歌声，他将迈开沉重的步伐走上楼去，很快，克莱尔的哭声就会从床上传出。她渐渐明白，闻到杰克丹尼的酒味，就预示着自己幼小的身体又要遭到侵犯。

年复一年，局面并没有改变：斯利姆·达斯蒂的歌声、杰克丹尼的酒和脚步声。侵犯行为刚开始是试探性的。瑞斯特会一边紧张地望着房门，一边触碰她，于是她便假装自己已经睡着。但随着时间的推移，侵犯的程度不断加深，直到她放声哭喊，身体撕裂、流血。当"卧室一游"发展到顶峰，克莱尔的身体会被他的精液所覆盖，而尚且年幼的克莱尔甚至不知道这些臭烘烘、黏糊糊的物质是什么。

陪审团得知，瑞斯特从某一晚后便没再钻进过她的房间，却没有得知她是三姐妹中最年长的一个,当时大约十三岁,而他停止侵犯她的其中一种可能是,他已经把注意力转移到了两个更年幼的妹妹身上。只有联合诉讼的申请成功获批,陪审团才会得知这些说法。

检察官的开庭陈词结束时,房间里充斥着一种污秽的感觉。我想象这种感觉如同毒气般从瑞斯特的身上发散出来,缓缓毒害着我们所有人。

在克雷恩向陪审团致开庭陈词时,我为整件事情错过了直接宣判的机会感到惋惜。也许古德要是逼得再紧一些,瑞斯特就能认罪伏法。我太想相信这一点了,但当我望向几米外的被告席、看到他那张脸时,我意识到这是绝对不可能发生的。瑞斯特甚至一点都不紧张,还没有我的情绪焦虑。我猜,形容那个方下巴小个子男人的态度最贴切的词应该是"沮丧"。提到某些指控时,他摇了摇头,还在引用到原告的话时翻起了白眼。克雷恩已经在仔细分析她故事中的矛盾之处了。

我看着瑞斯特的鼻子,不知道他嗅闻的方式是否和我一样。同为人类,我们却如此难以理解彼此,这怎么可能呢?我幻想敲开他的头盖骨,里面会有蛆虫和蟑螂涌出。"啊哈!"我会说,"这就对了,他这个家伙坏透了。"塞缪尔的脸庞也浮现在我的脑海之中。他的脑袋也裂开了,里面飞出的棕色蝗虫朝着我的脸蜂拥而来。我感觉自己脸红了,身上开始冒汗,眼眶湿湿的。于是我拿起笔,在笔记本上胡乱涂鸦起来,就为了让自己一直低着头。我写道:周末我要去看乌龟。但这不起作用。我已经无法呼吸,感觉泪水就快夺眶而出,于是拿起一把塑料尺,在桌子下面用尺子尖锐的一角深深扎向大腿,并专注于那种感觉。吸气。呼气。

辩方的开庭陈词结束后，我们就休庭了。陪审团被警告不能将诉讼过程泄露给任何人之后，便解散去了茶室。不过，这毕竟是一座小镇。虽然我不清楚他们中有没有人知道他是否有罪，但很有可能已经有人做出了这样或那样的决定。

动身前往班达伯格前的那个星期，我买了一只健身手环和一本饮食规划日志，还雇了一名私人教练。我对自己瘦身的潜力感觉良好，幻想着未来的布里有多迷人，因为眼下的布里实在是太糟糕了。星期二一早，巴加拉唯一的私人教练在海滩上与我见了面。我解释称，我正处在体重的巅峰，想要"恢复体形"。这是在拐弯抹角地谋取她的恭维，可她并没有上钩。

我格外笨拙地做起了弓箭步。当我将一颗沉重的球举过头顶、滑稽地迈着大步时，道路远方拐角处的一个男人朝着我们走了过来。我看到他转头望向了我，于是眼睛直视前方，却感觉他的目光还停留在我的身上，心里很不舒服。男子越走越近，而我还在不断地举着重物迈弓箭步。不自然的动作让我感觉很蠢。他终于走到了我的身旁，注意力却并没有被我气喘吁吁的样子打断，而是轻快地说了一句："坚持！"

"好的，你也是，伙计！"我吼叫着答道。白痴。箭步。男性。提举。凝视。箭步。见鬼去吧。要不是我的脸因为锻炼涨得通红，私教肯定看得出来我脸红了。她翻了个白眼，耸了耸肩——这是"婴儿潮"这一代人表达"男孩总归是男孩"的通用语言。

那天上午晚些时候，法官在车边与我碰面时问我早上过得如何。我回答很好。

"和那位女士一起锻炼得还不错？"他问。

见鬼。原来那个男人是法官，他只是在向一个朋友、一位同事主动表达"早上真开心"之类的鼓励之词。我目瞪口呆地在车旁愣了许久，这才结结巴巴地说了几句道歉的话。他一笑了之。开车上班的路上，他问我健身进展如何，有没有什么特别喜欢的运动。我这才记起，这个成功世界里的人有多喜欢相互了解。我想法官对我找了一位私教的事应该倍感欣慰。我就是会早起锻炼身体的那种人，属于 A 型人格。这种人格往往相信有健康生活方式支持的工作理念能转化成为各方面的才智，认可所有的努力都是好的——只有身体健康，精神才能健康。也许这能让他放心地认为雇用我的选择是对的。

以前在布里斯班某家格外无聊的商业律所实习时，我曾遇到过律所中最优秀的雇员伊丽莎白。她每晚九点之前就上床睡觉，早上五点之前就起床，因为她要和丈夫去跑马拉松……又或许是铁人三项。管它什么项目。大多数周末都是如此。我记得我当时心想："她肯定能做到合伙人的位子。"我还有另外一个念头："要是我有一天到这里来工作，就把自己的眼睛给挖出来。"有关伊丽莎白的记忆让我害怕自己也会变成一个无聊的人，于是我回答法官，真正让我感兴趣的唯一一项运动是躲避球。

"有些时候，朝着别人丢东西感觉真的挺好的，您能明白吗？"他被我的问题逗得捧腹大笑。

克莱尔已经被预先批准为"特殊证人"，可以通过视频连线提供证据。身处陈旧法院大楼里的某个房间，她能通过屏幕看到律师和法官。在法庭上，她的面容则会出现在正对着我们和陪审员的旧电视屏幕上。这样做是为了让她不必看到瑞斯特。检察官费了一番口舌，才让法庭相信她太过痛苦，无法面对瑞斯特本人。这也是件好事，因为即便是用古德这么温和的盘问方式，看完主要证据也花了一整天的时间。在被迫重新区分每晚的犯罪细节有何不同的过程中，克莱尔几乎两度晕倒，还多次把身子探向旁边的桶子里恶心干呕。视听设备很快被切断了，法庭暂时休庭。法官在中途两次主动提出结束，克莱尔却坚持要把事情做完。

"我想了结这一切。"她说道。我感觉自己点了点头。

她不得不反复回忆自己多少次流过血、多少次没有流血、哪几次遭遇了插入、精液的味道是什么、斯利姆·达斯蒂的歌是哪一首。我在笔记上写下了"折磨人"这个词。

"克莱尔，我现在要问的是你记忆中瑞斯特最后一次走进你房间的事情。"古德对着屏幕问道。我们所有人刚刚结束又一次休息，好让克莱尔有时间打起精神。陪审员们已经一脸严肃地重新在法庭里落座。我看到一个女子将湿纸巾塞进了衬衫的袖子里，一个男人尴尬地扫掉了突出的肚子上散落的饼干渣。

"好的，"克莱尔深吸了一口气，"可以。"

"能否请你告诉我，关于那天晚上，你都记得什么？"

万能的上帝啊。我感觉整个房间的气氛都紧绷了起来。屏幕上的克莱尔深吸了一口气，像是准备潜入水中。

"还是老样子。"提到"还是"这个词时，她用一只手做了个翻滚的动作，"我在床上，他在地下室里听唱片。斯利姆·达斯蒂的歌声响起时，啊——"她的声音抬高了不少，再次深吸了一口气。"我知道——"她破音了,"他要来找我了。"她再度泪如雨下,哭着试图说完这句话:"我记得我把所有的泰迪熊和玩具都拿过来,围放在被子上,尽可能用被子紧紧裹住自己的身体!"她尖叫起来,仿佛是在驱散回忆。"可是他不在乎!"她哭得那么大声,震得屏幕上的扩音器都嗡嗡作响。

法庭里鸦雀无声。所有人都紧盯着克莱尔来回摇晃的身影,所有耳朵都倾听着她的尖叫。她似乎正在努力保持清醒。

她再次紧紧攥住了桌沿。"可是他不在乎!他扯掉了被子,一把抓住我的脚踝,我趴倒着被他拽到了床边。"

值得称赞的是,克雷恩在盘问时语气十分温和。尽管我不认为这是出于好意——要是他让克莱尔当着陪审团的面再多掉一滴眼泪,肯定会害自己陷入困境——不过这还是让人松了一口气。他逐句细究不精确之处,只在法律规定的范围内推进案子,这种做法近乎仁慈。

辩方采取的措施是彻底否认。没有两个妹妹的证词,克莱尔痛苦的回忆并不足以消除我们应该持有的"合理的怀疑"。即便原告的证词如此响亮和痛苦,瑞斯特似乎依然冷冷地展示着沉默和拒绝作证的态度。显见的失衡令正义的天平也很难做出权衡。

一切结束时,法官对克莱尔表示了感谢,宣布她可以离席。我注视着屏幕上的她起身走出了房门。从战场上撤退的她走得很慢,筋疲力尽却情绪饱满。再过两天两夜,她才能得知这场战争的结果。

唯一的原告证人是克莱尔的母亲。这位母亲的证词令我失望至极，而这不会是我最后一次失望。每一次的故事似乎都如出一辙，由家暴和情感操纵共同组成。要是你询问那些母亲为何一无所知，或者为何不多做些什么来保护子女，未免把事情过分简单化了。

克莱尔的母亲告诉法庭，这么多年以来，瑞斯特是第一个能为她们提供稳定家庭的男人。她将他描述为有时"令人不快"，但又补充说她觉得自己无力再带着几个女儿搬走。

"还有哪个男人愿意接纳我和三个不满十岁的女儿呢？"她问，"自从小女儿出生以来，我们搬了三次家才安身在这里。"

"你的女儿有没有把瑞斯特的所作所为告诉过你？"古德询问证人。

"没有，从来没有。"

那天晚上，我的妈妈来到了巴加拉，她将在周末之前在这里小住。身处瑞斯特案的隧道中，她就是隧道尽头的光明。我筋疲力尽，渴望和某个能让我放下伪装的人待在一起，心里却很紧张。因为这样一来，我吃完晚饭就不能催吐了。

几个星期以来，要是我吃完晚饭就试着直接上床睡觉，便会一直惦记着体内的脂肪，躺在那里边哭边骂自己，直到最终爬起来催吐。把胃清空之后，我才能安稳入睡。这个举动对我意义重大。它能即刻保证我不会发胖，既是一项需要力量与决心的艰难之举，也是一记严厉的惩罚。我喜欢这种让我腹肌紧绷的剧烈起伏。你还能做得更好，我自言自语。再吐一次，你就能上床睡觉了。我重新刷了牙。好姑娘。

"这里好舒服呀！"星期四的下午，妈妈走进我的房间时感叹道。

我不知该如何告诉她，我宁愿待在糟糕的汽车旅馆里，也不想再听到任何有关凯文·唐尼·瑞斯特的事情。不过她是对的：这里是我们全家外出度假时会住的那种公寓。巨大的窗户外面，是大海响亮的声音。你可以举着一杯冰啤酒坐在浴缸里，伴着日落眺望海浪翻滚。我们步行去了商店，买了些鱼和薯条做午餐。自拍照片发给爸爸时，我的头发还甩到了脸上。我尽量不去谈论公事，却又觉得好像没什么别的可说。我已经没有什么爱好了，也很久没有读过书了。

一整晚，我都在为克雷恩指出的日期与罪状中的细小矛盾焦虑不安。不过令我惊讶与欣慰的是，古德在第二天早上发表的结案陈词精彩万分。一年中仅此一次，我看到原告的悲哀与愤怒得到了尊敬而准确的表达，能说服陪审团相信她的证词。听着检察官的陈述，我对定罪重新燃起了希望。

不过，辩方是有权做出最终回应的，因为他们没有提供任何的证据，而且在陪审团去考虑裁决之前，能在他们脑海中最后留下你的声音是至关重要的。我注视着那十二个人起身拖着脚走了出去，按照要求一丝不苟地记好了时间。接下来的四个小时对我而言犹如地狱。很难想象，这样的等待对于克莱尔或瑞斯特本人来说又是什么感觉。

不过我无疑是自私的。我正在等待属于自己的那个预兆，等待正义可以得到伸张的希望。

星期五下午，法官的妻子赶来陪他度周末，于是我为四人订好了晚餐的餐厅。动身去与他们碰面之前，妈妈问了我许多问题。他们开的是什么汽车？那是一家什么样的餐厅？她该如何称呼法官？我很难假装自己不担心她会说错话。

"你是不是怕我会说错话？"她问道。

"是啊。"我咧嘴一笑。她大笑起来，我也乐出了声。

这个周末，我们吃了意大利冰激凌，去海边坐了坐，赖在沙发上看了电视，还去了义卖商店和二手书店。我感觉昔日那个比较快乐的自己又重新回到了这副躯壳之中。

我有好几次想把塞缪尔的事情告诉妈妈，却在和爸爸通话聊天时意识到，我得等到他们在一起时再开口。这倒不是出于什么有象征性或特殊意义的原因，而只是因为我不确定自己能把事情重述两遍。

法院的工作人员既友好又健谈。我到访过的所有区域中心都是如此。茶室里永远摆放着蛋糕和切片面包。副司法常务官谈论着当地建筑和体育代表队，或是抱怨和他们一起长大的当地律师。开始的一段时间我还觉得这些很美好，但不可避免地越来越不耐烦。

"我决定称之为'巡回鬼步舞'，"在办公室里等待陪审团的便条时，我告诉法官，"他们太唠叨了，害我不得不倒退着走出房间，以免显得不礼貌。"他捧腹大笑。

在布里斯班，一个和我连朋友都谈不上的助理特意跑来警告我，说班达伯格记录保管处的一名年长的男性员工对她"有些过分亲近"。这个故事得到了第三名助理的证实。"不是什么值得正式上报的事情，"她拐弯抹角地向我解释，"但是可以注意一下。"

等待瑞斯特案裁决的过程中，我想让自己忙起来，于是到记录保管处抱了些文件准备下楼处理，后脚跟却绊了一下，差点脸朝下摔倒在地。她们警告过我的那个人当时就在我身后，见我被绊倒，他把一只手放在了我的腰骶处，臀部上方的位置。

我吃了一惊，猛转过身，大声拒绝了他的帮助。"我没事，谢谢！"这话听起来咄咄逼人。看到他一脸惊讶的表情，我一下子感觉自己好蠢，竟会以为他的帮助是出于恶意。可他只是笑着耸了耸肩，走回了自己的办公桌。这让我觉得自己更蠢了。我眼看就要摔倒了，你为何是以那种方式把手放在我的身上？我火冒三丈地盯着他的后脑勺，心里却仍在怀疑自己。我已经失去理智了吗？

所有蠢货的样子一股脑涌进了我的脑海，如同埃舍尔[①]画里的人那样成倍增加：瑞斯特、塞缪尔、这个毛手毛脚的男人——全都在前景之中，没有大小前后之分。

我将文件重重地丢在附近的一张办公桌上，感觉手机正在振动。那是法警打来的电话。

"是我，"法警说道，"我们得出裁决了。"

检测到我心跳的加速，健身手环以为我正在锻炼身体，发出了鼓励的嗡嗡声。

召集所有人返回法庭的十五分钟简直是糟糕透顶。我练习着阅

---

① 指莫里茨·科内利斯·埃舍尔（Maurits Cornelis Escher，1898—1972），荷兰画家，因其绘画中对密铺圆形、双曲几何、多面体等数学概念的表达而闻名。《哈利·波特》《盗梦空间》《迷宫》等影片灵感源于埃舍尔的画作，游戏《纪念碑谷》的画面也充分借鉴了他的作品，向他的"矛盾空间"致敬。

读裁决时必须宣读的脚本。罪状太多，且各不相同，所以我必须极其谨慎地遵照程序。不知怎么回事，站在法庭上裁决时，我总觉得自己仿佛违规侵入了什么界限，像个穿着大人衣服的婴儿。

"肃静。全体起立。"法警终于宣告了法官的到来。

很快，陪审团鱼贯而入，站成一排，焦虑地挪动着脚步。

"好了，"法官在自己的席位上低头看着我，表情沉重地点了点头，"请裁决。"

"发言人，请问陪审团已经做出裁决了吗？"

"是的。"

"你们认为被告凯文·唐尼·瑞斯特犯有强奸罪还是无罪？"

"有罪。"

"是发言人如此裁决，还是所有人都如此裁决？"

十二人个异口同声地回答"有罪"，然后继续对每一条罪名给予了肯定。

当我终于重新坐下时，泪水已经快要决堤。我赶忙紧紧闭上了双眼，因为我不能表现出任何情绪，以免辩方认为裁决的公正性受到了损害。原告的书记员从法庭里溜了出去，也许是去寻找克莱尔，把这个"好消息"告诉她。我想象着她哭花的脸庞，想象着她的姐妹也在陪她哭泣。她们害怕即将到来的审判，却也因大姐的力量而拥有了勇气。我不知道她们的母亲是否会拥抱她们，也不知道她会说上多少次抱歉。我假装把一支笔掉到了桌下，趁着躲藏的瞬间疯狂地抹了抹眼泪、拍了拍脸颊。正式宣判之前，法庭暂时休庭。瑞斯特被戴上手铐带走了。

回到法庭上为宣判做准备时，我看见一个女人带着孩子坐在房间后面，就在被告席旁边的公众席上。我对小孩子不太了解，不清楚他们几岁时该长多大，不过那个孩子看上去还处在会被书包滑稽地盖住的人生阶段。在法庭上见到孩子总是令人好奇，如同在屠宰场里见到一只活着的羔羊。他穿着小牛仔裤和清爽的蓝色 T 恤，干净亮泽的金发搭在肩头，看上去很美。我盯着他在座位上扭来扭去，羡慕他透亮的皮肤和满脸的困惑。我真想扯掉脖子上的领饰，跑去将他抱到外面吃冰激凌。"我也不属于这里！"我要放声大吼，然后冲出双开门，奔向海滩。和他在一起的那个女子应该不到四十岁，过度肥胖，但五官深邃清秀，身上的衣服熨得十分笔挺。她紧握的双手搭在膝盖上，指尖露出了手帕的一角。房间里安静得能听见她抽鼻子的声音。

"法官大人准备好了吗？"检察官低声问我，打破了我反常的恍惚状态。

"是的，我想是的。"我低下头，回到手头的工作中，飞快地整理好桌上的纸张，以便接收文件，听写法官的判决。瑞斯特即将锒铛入狱。此时已经是下午四点多——这意味着我们必须加快进程，不然司法常务官又要发脾气了。一切都必须精准无误，否则就会错过移交犯人的巴士。

"爸爸！"喊声如同一颗子弹响彻房间。我抬起头，正好看到男孩朝着瑞斯特奔去，却在最后一刻被那个女子拦了下来。她无疑正是他的母亲。"不会吧……"我的脸扭曲了，却怎么也无法移开眼神。我看了看双方律师，注意到他们在转身望向手头的文件时肩膀都垂了下来，满脸倦容。瑞斯特坐回了被告席。男孩爬上椅子，尽可能把一只手臂伸到高处，将手掌按在了将自己与父亲分隔开来的玻璃上。瑞斯特低头看了看，露出了慈祥的笑容，模仿着男孩的动作，布满皱纹的大手按在了他儿子的小手上。画面令人难以承受。有太多令人心碎的事情正在同时发生。我不知该如何处理这个新的信息。要是不曾看到这段充满爱意的部分，一切都会好办得多。

我无法开口结束那个瞬间，不愿分开父子俩的手或是打断男孩的话，他正对面带微笑的父亲讲述那天在学校里学到的东西。他的母亲泣不成声，试图将孩子拉回座位，但他小小的身体扭动着挣脱了。于是我假装自己还需要更多时间准备手头的工作，一直等到男孩说完话、被母亲按在了座位上，才起身去办公室里寻找法官。

我站在他的门口。"看样子瑞斯特的新女友来了，"我说，"还带来了他俩的小儿子。"

"在法庭上吗？"法官问道，微微挑起了眉毛。

"是的。"我们停顿了片刻。我觉察到，他正在等待我的评论，可我只是耸了耸肩。大部分时间里，我并不知道法官期待我说些什么，或是想要我说些什么。要是他询问我的看法，我会告诉他："我只想知道，瑞斯特是不是只会强奸女童。"

相反，我开口说道："大家都做好准备在等你了。"

人在获刑之后，围绕他们的语言就会发生改变。从法律的角度来说，鉴于瑞斯特已被定罪，针对他的指控就变成了事实。指控成为事实就意味着，法官不会告诉瑞斯特，他获罪是因为有人说他是个强奸犯；而是会告诉他，他要进监狱了，因为他就是个强奸犯。法官对检察官已经证实的事实进行了简短总结，宣布瑞斯特即将获刑。意识到那个孩子还坐在母亲的身边聆听，他的话说到一半便停了下来。

"这是相当严肃的内容，"法官看着律师说，"不知是否应该把孩子带出法庭？"

男孩离开了，他的母亲却留了下来。瑞斯特告诉了她什么？她知道联合诉讼申请的事吗？她知道三姐妹都以相仿的理由提出了控诉吗？她会不会觉得克莱尔和两个妹妹都是疯狂的骗子，竟会做出错误的指控？瑞斯特有没有碰过那个男孩？

星期六的晚上，我们四人去蒙利普斯看海龟孵蛋。一轮圆月皎洁无瑕，以至于我每次抬头望向它时，心里都会大吃一惊。在等人领我们去大海时，天空中飘过了一缕缕镶着银边的薄云。

"你喜欢参与巡回审判吗？"法官的妻子问我。她是个可爱的女子，善良而聪慧。

"嗯，"我停顿片刻，想起了瑞斯特，"这就像是在问，食物好吃吗？"我的话很没有说服力。

听到这里，母亲飞快地掐了我的胳膊一把。"尽量积极一点，"她低声呵斥，"很多人都眼馋你这份工作呢。"

没错，是我不懂感恩，但是后来，看到海龟被孵化出来，我竟然掉了眼泪。它们破壳而出，挣扎着爬出埋在地下的巢穴，在沙滩上摸索着爬向大海，爬向巨大的白色月亮，踏上一段只有千分之一概率生还的旅程。我周围的人都在用气音低语，一个孩子却轻轻尖叫了一声"爸爸"，害我再次泪崩。

幸亏我们正身处一片黑暗之中。尽管身边围绕着陌生人、我的母亲和法官，我还是能够任性地哭泣。我生活中那些丑陋的部分总是不断冲撞着美好的部分。身处这片热带天堂，在我见过的最壮美的夜空下，我目睹了新生命的奇迹，满脑子想的却是那一刻有多少孩子正在遭人虐待。

公园管理员朝我走来，手里抱着一只刚刚破壳的小海龟让我抚摸。它比我的手掌还小，娇小的鳍状肢在空中疯狂地摆动。在接下来的几天时间里，它就要用这样的四肢穿过沙子和水，直到抵达更深的海洋。我望入它明亮的小眼睛，看到了它身后闪闪发光的月亮。

"她是不是很美？"管理员低声问道。我喃喃地表示同意。从统计学上来说，她可能会在二十四小时之内死去。

我低头看向大海，望着所有破壳的小海龟奔向海岸线，然后回头看了看所有站在沙滩斜坡上的孩子，无助地朝月亮张开了手掌。

5

布里斯班降温了。我从储物柜里翻出加厚长筒袜，准备一早步行去上班。长筒袜嵌进了肚子里，令我痛苦地反思了自己的体形，于是尽管天气很冷，我还是减下了好几公斤。有两个人称赞我苗条了不少。

问题在于，这双尼龙网眼袜一直在摩擦我大腿上的几处小伤，害得那一道道整齐的红线无法干燥或愈合。创可贴也无法贴合纵横交错的网眼。一天下午，我下班回到家，丢掉手提包，踢掉高跟鞋，将长筒袜从裙子里拽了下来，突然感到伤口处又痒又痛。我跌坐在床上，掀起裙子，发现腿上已是一团糟。长筒袜花纹上细小的蕾丝状纤维在我的疮痂边粘了一整天，使结痂的地方翘起并再次破裂，血渍在长筒袜上干涸，而我刚刚的动作又把整块伤口一把撕开。我的羊毛裙里沾满了污渍，长筒袜上凝固的血也已经变脆，在我把袜筒卷下来时，血痂碎成了小渣，洒在了我的白床单上。我看了一眼电话，骂了句脏话——还有不到一个小时的时间，文森特就要来了。

自从我开始喝尊美醇酒并在酒后自残以来，我们见过两面，但都是在外面走动，所以不存在出现什么尴尬问题的风险。这一次就无法避免了。我也不打算主动去隐藏这些疮痂。我想让他看到我有多挣扎，这样我也不必想办法开启这个话题。老实说，这是一种挑战。"离开我！"那些伤口说道，仿佛它们就是公牛面前迎风飘扬的红色斗篷。

　　上高中时，有个名叫凯蒂的女孩会在自己的手腕上划出整齐的伤口。我们全都看到了，却什么话也没说，因为那些伤口都是水平而非垂直的，所以我们知道她是在"作秀"，还漫不经心地聊起了"求救"这个词。

　　某天下午，母亲听我提到此事，责备了我。"这依旧很让人难过。她显然觉得没有合适的人能和自己谈谈心。"母亲在我喝着美禄时说。

　　转眼到了十一年级，从我开始不时划伤自己的大腿算起已经有一年了。开学后的第一个星期，我在学校扩音器里听到了一则通知："麦金太尔先生和太太，请到学校接待处报到。"我心头涌起混杂着嫉妒与得意的强烈情感，我刚将其迅速压下，就看到凯蒂的父母径直从我身边走了过去。过去这几年中，我们见过好几面，但是他们不曾留意过任何人的脸庞或任何细节，只顾飞快地迈着大步。我也想让自己的父母冲到学校里来，问问我为何终日郁郁寡欢。

　　和我一起玩的几个朋友聊起了这件事情。

　　"她只不过是想要寻求关注。"有人说。

　　"你只会在想让别人看见时，才会选择划手腕嘛。"我补充道。所有人都点了点头。我五年之后才拥有类似男友的伴侣，在沙滩上又总是穿着冲浪短裤，所以我"划大腿"的秘密很容易就能守住。

然而现在的我下班归来，坐在床边，作为二十三岁的职业女性，却开始"寻求关注"了。

我走进浴室，洗了个澡，用棉签在伤口上涂了些碘酒，用指甲剪剪出一块定制创可贴，遮住了伤口最糟糕的部分。能像这样照顾自己、为那个坚定的自己担任护士，这种感觉很好。我弯下腰，清理着小伤口，对心中那个士兵点头低语："你要做得更好，变得更好。"我感到很自豪。

两年前，文森特与我躺在床上相拥看电影时第一次注意到了我大腿上的伤疤。那时它们已经快要愈合，正在逐渐褪色。

"这是怎么搞的？"他用一根手指抚摸着白色的伤疤。我愣住了。

他在沉默中抱了我二十多分钟，然后说了一句"好吧"，起身准备离开。我开了口，试图幽默以对，于是告诉他我"只不过是个焦虑的少女"。他爬回床上，拥抱了我很长时间，还亲吻了我。

他不知道我会再次自残。老实说，我也不知道。许多年过去了，我不记得事情上一次发生是什么时候，但动手时的快感还是一如往昔。我当下便意识到，这种感觉和我催吐时如出一辙。我会愤怒地对自己说话，列举缺点和错误，然后开始动手，通过这种小小的仪式来自虐，承诺我会做得更好、变得更好。和催吐一样，我只会在夜里上床睡觉之前自残。这是一种绝望的尝试，试图将"之前"的布里和"之后"的布里区分开来，这样就能让"之前"的那个自己归于尘土，并在第二天一早化身一个新的自己。我会在旧的伤疤上整齐地勾勒出新的切口。我惊恐地渴求自我完善，这只能源于自我厌恶。在那样的夜晚，我在日记中写满了最可怕的内容，全都是用第三人称写给我自己。在平静的白天看它们，就像在一只倒置的勺子里看自己一样——那个女孩几乎就是我，却又不完全是。

文森特在和我上床睡觉时看到了创可贴，露出了既难过又困惑的表情。我告诉他，我是在为工作的事情烦心。在某种程度上，我的确是这样认为的，却也真的不知道该怎么解释另一半原因。当然，他对我很好，再次抱住了我。但是到了凌晨，他又不得不把我从噩梦的尖叫中摇醒。我不知道他还能忍受我多少的"疯狂"。我已经在试图应对往事的过程中崩溃，却还是觉得，在对他坦白之前，我应该镇定下来，做个冷静的好女友，免得他无法忍受。我想象过他可能会说些什么——"我可不想掺和这种破事""和你交往已经没有半点乐趣了""我对你的感觉已经不同以往"，等等。

我的问题、我的错误，它们都是肉体上的——有时候，这种感觉会非常强烈。要是我能再苗条一些、再美丽一些，那么在将自己曾被猥亵一事告诉他时，或许就没那么容易被他抛弃。要是我能修补好生活中其他的部分，修复我的身体，也许我就不会是这样一个废物了。我想，要是我足够性感，无论受过什么伤害，他都会被我吸引。

第二天一早起床后，我穿上长筒袜，丢下还在熟睡的文森特，提早出发去上班。我想，现在是时候找人聊聊了。虽说我已经痛苦了好几个月，但那是不易察觉的。可是这次，即便呕吐的秘密很容易保守，文森特也肯定会留意到新的伤疤。在助理培训环节，某位人力资源经理曾经提到，司法与检察总长部（DJAG）的所有雇员都可以享受免费的咨询，所以我一到办公室就找出了电话号码。我看了看表，确定法官还有半个小时才来，于是关上办公室的房门，拨通了那个号码。

接电话的是个女人。我告诉她，我是 DJAG 的雇员，希望获得"免费且保密"的咨询。她说她要先问几个问题。

"您认为促使您打电话的原因影响了您的工作能力吗？"她开口问道。

"这是什么意思？"我回答。

她停顿了片刻，好像从来没有遇到过谁还需要解释这个问题。

"让我难过的正是这份工作。"我回答。

"明白了。"她的话却好像在说，她并不明白。

"可我还在工作。"

"嗯。"

"这就是我难过的原因。"我等待着她说些什么，她却一声不吭。"所以我应该回答'不会'？"我依旧十分困惑。

"好的。"她回答。

然后是预约。她问我想在什么地方进行咨询。我告诉她，我在城里工作，所以市中心的任何地方都可以。她说他们在中央商务区有一处办公室。

"您希望您的咨询师是男性还是女性？"她问道。

"女性，当然是女性。拜托了。"

"没问题。您想要什么时候面谈？"

"尽快？"

"好的，下周五我们有一位女咨询师大部分时间都有空。"

"哦。"我大失所望。孤独地再过一周似乎是不可能的。"如果最早只能在下周五的话，那没问题，谢谢你。"

"您几点合适呢？"

"我想，下班后随时都可以。如果办公室在市里，那我五点半前就能到。"

"该办公室只在上班时间开放。"

"不好意思，你说什么？"

"在上班时间之外，市里没有顾问可以提供咨询服务。"她重复道。

"可我是全职员工。这正是我有你们电话的理由，因为我是部里的雇员。"

"我们可以通过电子邮件将预约单发给您，这样您可以拿着预约单找上司请假。"

"但我以为只要我愿意，这项服务就是保密的吧？"我问她。

"是的，没错。"她回答。

我竭力克制住了挂断电话的冲动。请法官休庭，好让我能有时间去找人倾诉内心，这让我无法想象。

"有能提早上班的顾问吗？"我问，"上班前的时间可以吗？"

"啊，如果您想提出特殊需求，且真的有这个需要的话，我可以找个人提早来上班。"

"可以吗？好的，拜托了。"

"当然可以，下周某一天的八点半如何？"

"哦，是这样的，我九点就要上班了，其实是九点之前，所以八点半不行。"我紧紧闭上双眼，把听筒按在脸上。

"有人可以八点一刻就上岗，不过是男性。加班的时间段提前几周就已经预定好了，我想市里没有女性能够提供咨询服务。除非你愿意去一趟卡帕拉巴？"

"那可以，很好，卡帕拉巴是几点？"

"咨询时间是下午五点至六点，他们六点要下班。"

"可我至少要五点才能下班，而且又在城里上班。"

这就像是巨蟒剧团的蹩脚小品，处处荒谬，却无人欢笑。最终，我预约了一个多星期后的八点十五分，与一位男性咨询师会面。挂上电话，我哭了。我本以为鼓足勇气求助才是比较困难的部分。现在我却开始担心办公室电话会记录我拨过的号码，给人力资源部发消息，引起他们对我的注意。我有没有把我的工资单号告诉她？我连那个接电话的女人还问过什么都记不得了。万一法官发现了怎么办？现在才早上八点——我要如何挨过这一天？这个星期剩下的时间呢？

我闭上双眼，想象自己把内心的忧虑都写在纸条上，放进盒子里。我很胖。我折上一张纸，把它放了进去。我配不上我的男朋友。他可能会离开我。放进去。我的智商配不上这份工作。放进去。我不知道该从何入手，应对发生在自己身上的事。放进去。我想象着关上盒盖，把它放在架子上，深深地吸气、吐气。我打算回家，吃完晚饭，来到浴室，再把这个盒子取下来。在此期间，我还要工作。

由于管理上奇迹般的失误，我们在那天的待办事务清单上只有一场宣判。一场宣判通常只要几个小时，所以我应该能有一个下午的时间来补习法律执业培训的评测。和大多数助理一样，我在下班后、周末时还要额外进行学习，以达到法律职业的从业条件。法学学位并不能让你成为一名律师——你还要在学术上花费六至十二个月的时间（以及一万澳元），然后再花上一千澳元，并用一个月的时间填写各种各样的资料。法官和爸爸都会时常关心我的法律执业培训进度。

我找到法官的信件格，那里通常摆放着亟待处理的文件，但里面空空如也。于是我给地下室打了个电话。接电话的年轻人似乎十分兴奋："哦，没错！这份起诉书是一九八三年的，已经很久了，并且装裱在特殊的塑料里。我们不想把它拿出来。"

"什么，一九八三年?！"我回答。

"是的！"

"我这就来。"

我知道法官参与过"菲茨杰拉德调查"，可那都是一九八七年才开始的事情。我满怀兴奋地想要把这份更有年头的起诉书展示给他看，于是一路奔向地下室。档案室的书记员小心翼翼地将起诉书交给了我。文件由三页略大于 A4 纸的陈旧棕色纸张组成，用一个生锈的订书钉固定，上面纵横交错着以圆体书写的字迹，极难辨认。被告的名字是一笔一画写上去的，日期则是用打字机打上去的。许多地方还贴着邮票和印章。

"这是什么案子？"听到书记员的问话，我才意识到自己一直沉浸在对这件怪事的兴奋之情中，忘了这几张纸代表着一起刑事案件。

我把文件翻了过来。"猥亵罪。"我们俩都耸了耸肩，"有些事情是不会变的，对吧？"

回到办公室，我把起诉书拿给了法官。"你瞧，"我指着它说，

"只有一条罪状，他却没有在出庭日那天露面，结果被下发了逮捕令，现在被转到了我们手里！在二十五年之后！"

法官并没有特别激动。"我在想，一九八三年的猥亵罪能判多少年？"他问。我回以茫然的表情。"我们得按照他犯罪时的刑法来宣判。"法官澄清道。看到我目瞪口呆的样子，他开始取笑我："这你是知道的，对吧？"

"所以这就是我们今天没有其他案子要宣判的原因。"我抱怨起来，"该去做调查了。"

结果证明，在一九八三年，成年男子猥亵十六岁以下少女的类似判例是签署守行保释令、罚款或缓刑。针对个别案例，还可以将鞭刑作为"可选的"附加处罚。我向法官提起了这一点，很快得知时点原则不适用于任何类型的极刑。

"太令人失望了。"我咧嘴一笑。

"为了等待判决，他已经被拘留了三个星期，可他根本不会被真正关进监狱。"法官似乎是在暗示我应该缓和一下自己的态度。

"我想当人们被控性侵时，是不应该逃走的。"我把双手放在后腰上，答道。沉默片刻之后，我们对着彼此笑了。

庭审的进展十分顺利。检方和辩方都为这件非同寻常的案子做好了应对准备。辩方表示，在一九八三年，直系亲属和继父犯下性侵罪后，通常只需签署守行保释令。我火冒三丈。

"在其他方面，被告一直过着清清白白、普普通通的生活。"辩方律师主张，"他有五个孩子，为国营铁路公司工作了二十五年。"

什么是普普通通的生活？开庭之前，我看到同为女性的矫正官和事务律师对待被告都很友善。他看上去就是个平凡的家伙，可我心里还是怒不可遏。这种人中有多少人看上去就是个普通人？在澳大利亚，又有多少人其实正是其他州尚未判决的性侵犯？他的妻子知道吗？她在嫁给他之前是不是有权知道他是个性侵犯？

法官在正式宣判时表示："我必须把当前针对此类犯罪的判决意见置于考虑之外。"毫无疑问，男子被当庭释放。我按"紧急事件"的要求处理好文件，回到了楼上的办公室。

法官走进我的办公室，吩咐我去办件小事，却迟迟不肯离开。"我是不是该检查一下你听写的判决？你没有在他的判决单上写下'鞭刑'吧？"他露齿一笑。

"我就是无法相信，男人强奸完自己的女儿或继女，得到的惩罚竟然就是一纸守行保释令？"我提问道，好像他有可能知道答案似的。"这并不是很久以前的事情啊！应该还没有久到会得出这种结果的程度。"我瘫坐到椅子上。

"时过境迁，原来的澳大利亚就像是另一个国家。"他对我说。

"是啊，听上去不是什么好地方。"我答道。他给了我一个难过的微笑。

我起身走向电梯，注意到梅根正站在我的位置上。我说的并不是什么实际的位置，而是她正独自透过巨大的玻璃窗凝视着脚下的城市，于是我开口问她发生了什么事情。

"昨天我们被迫看了一段原住民妇女遭人强奸的监控视频。"

"天哪——"

"——就在那里。"她指了指脚下罗马大街公园的绿地。

"见鬼。"

"我们今天可能还得再看一遍。"

"什么？"

"他们有可能会达成认罪协议。他被控两项罪名。我的法官估计，要是他对其中一项认罪，他们就有可能撤销另一项指控。但律师必须再看一遍录像，以考察他被控两项罪名的合法性。"

"整个过程都被录下来了吗？"

"是啊。"

"那他还要抗辩？"

"是啊，而且这个女人的一生都被毁了。她的族群不支持她去报警，因为他们无疑是不相信警察的，这我明白。他们想通过长者在族内解决这件事情。强奸犯在族群里多少算个有头有脸的人物，而且人高马大。她昏过去了，彻底失去了意识，他就爬到了她的身上。你可以看到她的身体在地上被他顶来顶去……"

"可怜的女人。"我摇了摇头。

"谁说不是呢。你能想象为了把强奸犯告上法庭，不得不和全族人反目成仇有多难吗？"

我们都陷入了沉默。

"你还好吗？"我问她。

"哦，还好。我是说，还是得努力好好生活，不是吗？"

"是啊。"

"你怎么样？"

我把早上的事情告诉了她。"还有多少文件会被尘封几十年？"我大声问道。

"是啊。只要开车穿过州界，强奸案就可以消失得无影无踪——这太容易了。"她说。

"这种情况还会发生吗？真的会发生吗？"我问她。关于这个问题，我下个星期就能得出自己的答案了。

约好的周五咨询时间到了。我八点十分就来到了市中心的咨询办公室。等候室里还有另外三个人，但我刚一坐下，就有一个嘹亮的声音喊出了我的全名。这不是匿名咨询吗？我的咨询师名叫戴维，他穿着短袖商务衬衫和合成纤维长裤，身子挪动时会发出"嘶嘶"的声响。他满脸堆笑，叉开双脚稳稳站在那里，为我撑开了通往狭小办公室的房门。

"早上好。"我打了声招呼，拖着步子从他的胳膊下面钻进了房间。

"请坐。"他指了指一张低矮的沙发。在我陷进坐垫时，他咔嗒一声关上房门，在对面的带轮办公椅上坐了下来，把两只黑色的皮鞋分别踩在椅子的两只脚上，大敞着胯部。和他的双眼相比，他的胯部倒是更靠近我的视线。我拽了拽紧绷在我大腿中段的铅笔裙，尽量在跷着二郎腿的同时坐直一些，屁股却深陷在沙发里，不得不仰起脖子才能望向他。

"那么，你今天为什么要到这里来？"他用轻快的语气问道，然后瞥了瞥笔记，自问自答起来，"工作压力有点大？"

在那一瞬间我就明白，我不能把自己到访的真正原因告诉他，不然就暴露了。不知为何，我感觉这样做太冒险了，好像就连预约都是出于疑心病。我没办法阐明内心的苦衷来说服戴维，也没办法说出塞缪尔的名字。我也不想表现得太夸张。我知道，要是我掉了眼泪，是来不及赶在上班之前补好妆的，但只要我开口诉说心中真正的症结所在，我就不可能不掉眼泪。这一切就是在浪费时间。我坚持了这么久，就为了等待一次预约咨询，可期待得救简直是在异想天开。

于是我只向戴维倾诉了一部分真相：我担心这份工作会让我憎恨男人。我担心在布里斯班四处走动时，我的眼里会都是犯罪现场。我还担心在法庭上所见的一切已经逐渐渗透到了我其余的生活中，毁掉了一切。他听了几分钟，直到我话音越来越弱、耸了耸双肩，才开口给我讲述他在成为咨询师之前从事的工作。他曾在一家教习所里担任护工，收容有过家庭暴力史的人。

"你懂的，"他说，"我和他们一起坐在房间里，试着找出问题的核心。他们中有些人能够承认自己的所作所为，愿意努力克服那段过往、摆脱负罪感。"他停顿了片刻，仿佛是想让自己的话产生最有力的冲击，然后叹息着摇了摇头："但有些人就是不肯认错。他们都是些极其凶恶的人。我是说，穷凶极恶。"

我抬起头，凝视着戴维的脸庞，试图隐藏内心的怀疑。我花了许久才感觉愿意敞开心扉，向某人诉说我的经历，现在却要对着某个男人的裤裆，听他和我竞争谁在工作中遇到的人最糟糕。

在我注视的目光下，他在带轮座椅上挪来挪去，带着友好且生动的表情回忆真正看透一个人的灵魂有多难。有个家伙把他的妻子打了个半死，还坚称问题出在她的身上。不过戴维还是坚持不懈地给他做工作，不曾放弃，因为他相信所有人都有好的一面，值得一次赎罪的机会。

我告诉戴维，我不知道还能向谁倾诉，因为我不想把包袱推给文森特，于是他称赞我是个好女友。

接下来，他在白板上画了几张表，让我在"情绪激动、不知所措"时进行所谓的三角形练习，就这样将我送出了他的办公室。在三角形练习中，我要尽量将思想、感情与行动分开。这个三角就是为了区分"所思""所感"和"所为"。我最近找出了自己在出庭时胡乱写下的练习笔记。我的"所思"是：这个男人为了自我满足到处破坏女性的生活，这是不公平的。他拿走了自己想要的，只留下受了伤的女孩。我无力阻止他们，也无力保护自己。要是他没有被判有罪，出去又犯了同样的罪行怎么办？我不知道该相信谁了。我的"所感"是：愤怒。恐惧。我的"所为"是：法庭上不准掉眼泪。我不知道这些笔记分别出自哪场审判，因为与之相符的场景实在是太多了。

幸运的是，咨询的结束提前了五分钟。在步行返回办公室的途中，我停下来抽了根烟，为自己没能向戴维坦白感到有些难过。

"你觉得我们今天算不算是开了个好头，有所成就？"他一脸恳切地问我。

"当然！"我笑着回答，拿起手包走向了门口。

我最好的朋友安娜住在墨尔本。我们上一次通电话时，她曾告诉我，当她和技术不佳的男人上床时，会尽力教他些前戏和亲密动作，算是给他未来遇见的女人帮个忙。我想起了戴维的胯部。也许从来没有哪个女人告诉过他，他是个糟糕的咨询师。

他对我说的唯一一句有价值的话是："当你把所有的男人一概而论时，试着回忆一下自己人生中遇到的那些好的男人。想象他们的脸庞，还有你欣赏他们的地方。"步行去上班的路上，我想到了爸爸，想到了他若是听说我不想做律师会作何感想。我还想到了文森特，担心他的爱会被收回，因为我在他的眼中将不再是个干净美丽的女子。我还想到了法官，想到我竟然还没在他手下做满一年就濒临崩溃。我的身边不乏好男人：他们三人就给予了我年轻女性需要从身边的男性身上获得的一切，给予了我一个可靠的父亲、一个宽容的爱人和一个值得尊敬的导师。问题似乎出在我的身上。

来到法院大楼，我看到伊芙琳端着咖啡走了进来，甩动着闪亮的秀发，和几位最高法官谈笑风生。那三个男人给予了我想要的一切，而我想要给予他们的只有伊芙琳。我幻想着自己后退一步，由她上前一步，取代我的位置，将我从作为女儿、女友和助理的压力中解脱。她什么都能扛住，什么都能做到。就算我只设法扮演一个角色，也不会比她更出色。想象着伊芙琳将调包来成为爸爸妈妈的女儿，我的心里十分安慰。与我和文森特相比，她和他也将是更加登对的情侣。我凭空消失就好，飘荡到空中，随风而逝，永远沉睡。

布里斯班钟楼的钟声响起，将我拉回了一天的开端，同时也告诉我，我迟到了。掐灭香烟，我嚼了几颗薄荷糖，轻轻拍了拍脸颊，上班去了。

那个星期日的早上，趁着爸妈外出之前，我和妈妈一起去了咖啡厅。自从我入职，就很少能在周末见到他们了。他们为自己的退休生活购置了一块地，周末都在那里度过。

"我们昨天在马莱尼玩得很开心。"咖啡端上桌时，她告诉我。

"不错，你们为什么要去那儿？"我问，"为了那家著名的意大利冰激凌店吗？"

"不是的，我们去看了塞缪尔父母的新家。"她舔了舔勺子里的起泡牛奶，我的身体则进入了熟悉的关机程序。"房子是精心设计过的，很美。我还跟你爸爸说：'这就是我真心想要的那种房子。'"

"嗯哼？"我举起咖啡杯，假装要把它吹凉，但这只是为了挡住我涨红的脸。我的眼眶就快要模糊了，她却还在滔滔不绝，搅动着馥芮白咖啡里的糖。

"那里风景优美，绿意盎然！我跟你爸爸说：'我们为什么不干脆卖掉房子，搬到这里来呢？这里什么东西都很好种！'"

"你们为什么要去那里？"我努力让自己的声音听上去随意一些，"是他们突然给你打电话的吗？还是他邀请你了？他也在那里吗？"

"是啊，是塞缪尔邀请了我们。我觉得他以为你哥哥也会来，因为他有些新的投资想法，而且——"

"他是个白痴。"

"嗯，是啊，我们在电话里告诉塞缪尔，我们不想投资，后来他在我们到访的那天早上打来电话，取消了见面计划。不过我们还是和塞缪尔的父母度过了美好的一天。我有没有告诉过你，它是六边形的？"

"什么是六边形的？"

"他们的房子。它是精心设计的六边形，屋里有一间令人惊叹的厨房。全新的厨房。他的母亲莱斯利告诉我，厨房花了他们五万多澳元。"

"那可不少。"我的心跳加速，眼泪在眼眶背后呼之欲出。每听她提起他的名字一次，那种感觉就越来越糟糕。"那他到底想要阿伦的钱做什么？"

"哦，我们没问。你哥哥是成年人了，可以自己处理这些事情。我不想破坏气氛。"

我当下就想在咖啡馆里告诉她塞缪尔曾对我做过什么，喉咙却哽住了。要是她当时问我"你为什么这么恨他"，我可能会毫无保留地和盘托出，可我实在是太害怕了，只好告诉自己时机未到，找了个借口去上洗手间。但回家后我才意识到，好的时机可能永远不会到来。我心头一下子涌起了对妈妈的思念。她说了些什么，我其实一句也没听进去。她肯定看得出我心不在焉或是不想久留，可能因此认为我没那么想要见到她。这话不假，不过那是因为无论何时见到她，我都会渴望向她倾诉我的遭遇，渴望战胜那种"动弹不得"的感觉。

那晚我独自在家，罪恶感变得难以承受。这几天来唯一吃进去的一顿晚餐都被我直接吐了出来。我把这项成就视为自豪的唯一来源。但这也意味着我的身体难以正常运转。我拿着烟、一杯冰块和一瓶詹姆森酒坐在外面，仰望星空，一股难以忍受的悔意涌上心头：对待一心只想与我相处的母亲，我竟然如此粗鲁。在酒精和尼古丁的合击下，我从椅子上滑落下来，脑袋歪向一旁。

"让我来付咖啡的钱好吗？"我主动提出买单，试图用刚赚来的钱向她传达说不出口的话。她脸上的表情让我非常难受，可我也正在生她的气。她是有多轻视我呀，以为我就是不想费心对她好。她为何看不出是哪里出了问题呢？

一只蚊子落在了我的小臂上。我看着它抽动身体，想知道我能否感觉到它的存在，但我不能。它坐在那里痛饮，直到我抬起手臂，将酒瓶再次送到了唇边。我一气咽下两大口，喝第二口时还滴了几滴在衬衫上。我用酒瓶碰了碰额头。是不是所有的不幸都困在这里？我用另一只手使劲拍了拍脑袋，又铆足了力气挥拳砸向胸口。是我的内心太丑陋了吗？我要怎么才能让人们满意？我不知道该如何去做自己。饥饿才能苗条，疲倦才能成功。我的双腿被蚊子咬得发痒，于是伸手挠了挠，动作越来越快、越来越用力，还把脑袋埋在两腿之间飞快地吸气。我又喝了一口酒，迅速站起身，在窗户玻璃上看到了自己的倒影。庞然大物，面目可憎。真他妈愚蠢。真是个该死的女儿。

　　我愈发强烈地感觉到，要出事了。我把酒瓶拿进屋，找出手机，胡乱滑动着屏幕，翻找能求助的电话号码。我不能让父母知道我不珍惜生活，也不想让文森特觉得我是个夸张的小妞。要是我真的想死，为什么还要给好朋友打电话呢？我不想和他们说话，不想让任何人帮我重燃生活的希望。我只想休息，只想知道没人会再看我一眼，只想不必时时刻刻在所有人面前为自己感到尴尬。

　　我迈开沉重的脚步穿过房间，推开卧室的门，在黑漆漆的屋里抬头望着吊扇的位置，等待眼睛适应过来。我动手的时候是要开着灯还是关着灯？当然是关着灯了，这样我就不会再次不小心看到自己的倒影。我伸出手来用手背擦了擦嘴，将酒瓶放在书桌上，走向橱柜寻找可用的东西，突然满心恐惧。此举势在必行，我却害怕了。但明天还要醒来的念头也令我恐惧。我无法忍受再从床上爬起来与人交谈，然后不可避免地令他们失望，像闪烁的广告牌一样向他们展示我长满粉刺的脸和肥胖的身躯，还有愚蠢而粗鲁的行为。他们眼中的怜悯，我母亲眼中的伤痛——我不能面对。可要是这很疼怎么办？要是我做错了，没有死成怎么办？那样的话，事情就会变得更糟，因为我会更令人失望，还占用了他们更多的时间、浪费了大量的金钱。要是我无能愚蠢到连这种事情都做不好怎么办？

我手忙脚乱地爬到床头柜旁，找了一把旧指甲剪，用力呼出一口气，撕掉创可贴，再一次对自己的大腿下了手。鲜血从表皮上渗了出来，一道道横线宛若红色的计数器，然而如释重负的感觉并没有到来。我的心里仍旧惶恐。抬头望向吊扇时，我的双眼已经适应了黑暗，能够看到它正在最低档上缓慢地旋转，仿佛是在朝我招手。

我蹬开了床铺。"我该怎么办?!"我朝着衣橱尖叫，紧紧攥住大衣和连衣裙，对着那些布料大吼，"我害怕极了!"

我的手抓到了一片薄薄的皮革——那是一条皮带——震惊猛然袭上我的心头，使我跌坐在了地板上。"求你了，不要。"我对自己说。好几天来，我一直都在想象自己的尸体悬挂在电扇上的画面。妈妈前来寻找我时，那个画面看起来会是什么样子？我能想象眼前这一幕会令她怎样放声尖叫，也能想象她即便知道尸体已经腐烂却仍要紧紧地抱着它的情景，还能想象爸爸会怎样将她从尸体边拉开。我趴在地板上痛哭起来。我不能这样对待他们，不能直接拍拍屁股走人。

将事情和盘托出、动手解决问题的过程比放弃更难，但我必须这么做。光是想到它，我就已经累得将脑袋靠在被我撞翻的几件衣服上，号啕大哭。

第二天清晨，我在地板上醒了过来。每天早上七点都会响起闹钟的手机被我丢在了厨房附近的某个地方，叫个不停。我低头看了看地上的皮带，失望透顶。我的双手布满了干涸的血渍。房间里一片狼藉，吊扇还在旋转，我也依旧活着。宿醉，上班迟到，但还活着。

6

当一个女人控诉自己遭到了男人的虐待时,她常会被人称作"疯狂的婊子"。这类标签往往来自被告及其支持者,但更隐秘的来源是新闻报道的潜台词。有恋父情结的放荡女子;欲求不满的女色情狂;自恋狂;渴求关注的人;廉价的祸水。每当我听到这些故事、看到这些比喻,心中就会出现一个名字——杰西卡——还有一张脸庞和一个声音。我说的就是菲利普斯公诉案。本案开始时和其他大部分强奸案没有什么两样,却很快暴露了这个该死的制度中所有的问题。

我在前往办公室的途中翻了翻文件,发现这是本案的第二次全面审判,心中满是疑问。六个月前的第一次庭审中,陪审团没有得出裁决。我翻到了当时的证词。在审前听证会上,被告曾试图让某样东西无法成为呈堂证供,但是失败了。是什么东西呢? 我又查了查。是一份供状,还有关于菲利普斯离开昆士兰州的讨论! 我的心跳到了嗓子眼,但很快又沉了下来。那间法庭里发生了什么,能让一个逃往其他州并认罪的人不被定罪？

菲利普斯的脑袋真的很方，浅色的头发被剃成了几乎看不见的板寸。他个子很高，拥有体力工作者那种强壮的双肩，穿了件浅蓝色的商务衬衫，挽着袖子。我注意到了衬衫上的横向折痕。有些时候，男性被告会把衬衫从包装袋里直接拿出来穿。我一早布置法庭时，曾看到被告的事务律师正微笑着与他轻松交谈。她是个三十多岁的美丽女子。在她把倒好的一杯水递给他时，我注意到了她修长的美甲。被告的男性辩护律师发现了我注视的目光，于是我笑了笑，一扫脸上冷嘲热讽的表情。当然，所有人都有权得到公平的审判。但我知道，和一个拒绝承认自己之前已经承认过一次的强奸罪行的男人，我是寒暄不来的。自从上一次无效审判以来，菲利普斯一直处在保释状态。我想象着他在过去的六个月中——从上一次庭审到这一次庭审——遇见的所有人，思考着他是否和谁上过床。他点过多少杯咖啡？他是不是也住在我所在的郊区，像贝克先生一样和我坐过同一趟列车？

我坐在法庭的电脑旁，试图查出在某个指定的时间，澳大利亚共有多少获得保释的人，却无意中找到了另外一项研究，研究内容是公众对性侵犯形象的误解。与我们心中那种令人毛骨悚然的印象相反，大多数强奸犯其实并非惯犯，也未被失控的欲望所折磨。他们多半是拥有正常性癖好的普通男性，发现有机可乘才会下手。我从桌边站了起来，感觉很不自在。

在我进行内心独白的过程中，检方到场了。我从中认出了来自格莱斯顿的埃里克。他面带倦容。我朝他笑了笑，意识到他心里对我可能也有同样的评价。

"准备好迎接法官了吗？"我大声询问法庭里的人。所有人都回答"是的"，并恭敬地点了点头。我转身去找法官，法袍在身后飘扬。

乘坐电梯前往办公室的途中，我思考起在我与文森特认真交往之后才出现的各种约会软件是如何被研发出来的。我从不和不熟的人约会，约会对象至少要和我有二十几个共同的朋友。如果我是个在地区法院工作的单身女子，敢不敢去享受一夜情？一想到要进入某个男人的房间，我的脑海中就会浮现这一年我见过的所有犯罪现场照片：休息室、床单不配套的卧室、急需吸尘的地毯上四处散落的沙发枕头、床头柜上的脏盘子。毕竟约会之夜开始时，没人会预料到自己的家将出现在犯罪现场的照片里。

"叮！"打开的电梯门打断了我的思绪。法官正站在那里等我。"在思考什么严肃的事啊。"他迈步走了进来。

"没有没有，"我赶紧换上笑容，"没什么严肃的，也没在思考。"

他笑了，我们一起投入了工作。我从桶里抽取了十二个名字。其中一个女子请求免除陪审义务，理由和以往如出一辙。于是我另抽了一个名字。法官对陪审团表示了欢迎。我也完成了庭审的初步文书工作。一切都很平常，直到埃里克起身发表检方的开庭陈词。

"女士们，先生们，你们很快将亲眼看到，本案原告杰西卡有某种程度的神经质倾向。"我感觉满屋的人都挑起了眉头。埃里克表示，辩方会试图辩称杰西卡的性格问题使她成了不可靠的证人，她的说辞和想法变化无常。"但检方的事实十分清楚。"他的语气非常坚定，"杰西卡睡着了，醒来时被告的生殖器已经插入了她的阴道。她困惑了一两分钟，清醒后瞬间陷入了恐慌。被告菲利普斯先生仓皇而逃——不仅离开了这座大楼，还离开了这个州。"

几周之后，菲利普斯在新南威尔士州向一名咨询师透露，自己曾在布里斯班强奸过一名女子。他以为咨询师会遵守保密原则，却打错了算盘。

"检方认为，证据足以让人相信，被告无疑知道杰西卡不同意此次性交行为。被告认为她是个容易得手的目标，于是借机侵犯了她，这与杰西卡自己的性格没有任何关系。"

埃里克的开庭陈词持续了近两小时之后，令人解脱的上午茶歇时间到了。我和法官一起坐上了回去的电梯。

"她一定人缘很差，"我悲哀地对他说，"因为陪审团连招供都不顾，反而严重质疑她这边的证据。"

"嗯。"他摘下眼镜，揉了揉鼻梁，再将眼镜重新戴好，"我们很快就会知道了。"

趁着短暂的休息时间返回十三楼时，我经过了一群助理，他们正在聊自己的工作和未来一年的计划。有人将进入大公司，有人将去做检察官，还有人将被借调到海外、美梦成真。我假装忙得不可开交，没空参与他们的对话，坐回自己的办公室进一步上网搜索：人们为什么不相信女性？为什么认为女人都是骗子？

最具说服力的研究来自医学领域。按照惯例，女性自述的疼痛情况会受到医生的质疑，男性的却不会。即便考虑到体重的差异，女性得到的止疼药剂量也远低于男性。患有子宫内膜异位症的人数和糖尿病患者相当，得到的资助却只有糖尿病患者的十分之一。这种疾病之所以会遭到不幸的误解，是因为它依赖于女性对剧烈痛经的抱怨。在西医史的大部分历程中，医生和研究人员既不相信女性，也根本不在乎她们。

昆士兰州的法官手册上有一部分内容针对的是"谎言"，其中写道："请牢记以下警告：被告说谎本身不能作为其有罪的证明。"我想，如果我们有了更好的证据来证明人们对女性的普遍不信任，就可以警告陪审团："请牢记以下警告：从统计数据来看，你们很有可能认为这个女人是个骗子。要意识到潜意识的偏见，不要让它影响你权衡证据的义务。"众所周知，性侵的诬告很难界定，也很难收集到具有统计学意义的信息，但坊间常说这些指控都属于迫害。至于案子最终是起诉还是撤销，会有许多人参与把关和决策，但是业内普遍认为，诬告强奸的比例很低，在个位数左右——和其他严重罪行的诬告比例相同。

法官手册中还有一节名为"痛苦的状态"，内容是在陪审员听到原告被性侵或强奸后身陷痛苦的证据时，法官应该对他们说些什么：

> 作为事实的唯一判定者，是否接受原告深陷痛苦的相关证据是你们的事。如果你接受，那么请问问自己：原告的痛苦是发自内心的，还是假装的？他或她是否在伪装内心的痛苦？当下的痛苦是否还有其他的解释？法官通常会警告陪审员，不要太过重视痛苦，因为这是很容易伪装的。

法官要告诉陪审员：如果被告说谎，不一定意味着他有罪；但是如果一个女人遭人强奸后哭着报警，那她有可能就是在演戏。

杰西卡说起话来磕磕巴巴、断断续续，就连重复法警的话、发誓不撒谎时也一样。"我们三个人，一起，卷了些，嗯，香烟。你们懂的。"在律师缓慢的一步步引领之下，她回顾了那晚的情形，眼神飞快地左右扫视。杰西卡留着深色的波浪长发，发尾卷曲，身上的紫色衬衫袖子一直盖到她纤细的手腕。在证人席上坐了大约五分钟，她就开始拉扯袖子，坐立不安。

"如果你需要休息或是放慢速度，请告诉我。"埃里克对她说。大家都注意到她十分紧张。

"不用了。嗯。没事。对不起。这好像是，呃，我做过最公开的演讲。当着你们所有人的面。"

我仿佛受了一记重击。从小学起，妈妈就给我报过演讲和喜剧班。我还当过七年的辩论选手。在大学里，我曾为上千人表演过喜剧，有时还受邀去活动上讲话。和我一起长大的大多数人都不会把出庭作证看作"公开演讲"，因为我们已经习惯了公开表达内心的想法，让别人倾听我们的意见。杰西卡此生从未得到过如此多的关注，却要在众目睽睽之下讲述自己遭到强奸的经过。

"我记得他在我上面。然后，因为，他用两只手臂支撑着全身的重量。就是，在我的上面。这样他就不必碰到我或是撞到我，你们懂的。除了下体那里。"

那晚的事情发生在杰西卡前男友的公寓里。她自己的公寓就在走廊的对面。她的前男友和菲利普斯是事发那周在求职网站上认识的。杰西卡受邀去陪两人喝上一杯。她表示，自己在醒来时并没有立刻尖叫，因为她以为趴在她身上、进入她下体的人是她的前男友。待她彻底清醒过来，才意识到他的身形截然不同，发型的剪影也和她前男友的有所区别。原来那人是菲利普斯。检方不得不将她刚刚醒来时满心困惑的几分钟形容为理所当然——在逐渐清醒的过程中，她可能以为那人只不过是自己的前男友。可我想要站起来指出，和熟睡的女子发生性行为，这本身就是强奸，无论两人是何关系。这在另一个层面上让人难过：要是趁杰西卡毫无意识时进入她身体的人是前男友，她就不会吃惊，也不会警觉。

想从杰西卡嘴里问出什么信息实在是困难重重，以至于她的主要证据直到傍晚才阐述完毕。在此过程中，埃里克不得不把事情重复上两三遍。杰西卡表示，她醒来并推开菲利普斯后便大叫着跑进浴室，把自己锁在了里面。这时她想起自己还处在月经期，需要把塞在体内的卫生棉条拔出来。

"你把卫生棉条冲进了马桶？"埃里克问她。

"呃，是啊。我是说，我当时脑子的确不太清醒。"她的回答充满了防备。DNA 检测的机会就这么白白浪费了，我的脸抽搐了一下，然后才想起，即便沾满精液的卫生棉条可以帮助她证明性行为的发生，也无法证明她的不情愿。什么也无法帮助她"证明"这一点，真的毫无办法。

杰西卡拒绝回答她当晚喝了多少酒。这成了一个问题。而且她无法澄清自己在调查的不同阶段所做的不同陈述：有时她说"我从不喝酒"，有时又说"我那晚没有喝酒"，有时则表示她"喝了一两杯酒精饮料"，不过她"通常不喝"，因为喝酒会影响她的用药。

当埃里克让她又一次澄清自己的答案时，她反问道："这有什么区别？我就算是喝了十杯酒，也永远不会答应那个讨厌鬼。"不幸的是，杰西卡似乎只有在生气时才能把话串成一整句。

法官觉察到气氛有些紧张，或许他自己也已筋疲力尽，于是在埃里克宣布主要证据陈述完毕时就休庭了。"我们明天上午开始交叉盘问。谢谢。"

交叉盘问一早开始，持续几个小时，一直到了下午。在为检方提供主要证据的过程中，杰西卡表现得十分吃力。她早上过来的时候就焦虑不安、咄咄逼人，仿佛在前一晚的噩梦中已经在证人席上坐了一遭。她就像一只被困在泄水沟里的猫：惊慌失措，暴跳如雷，吓得分不清别人是在试图帮忙，还是想要加害于她。

辩方从那晚最重要的地方入手，梳理出了她之前的陈述中所有不一致的地方。这样的地方有很多，饮酒就是一处痛点。辩护律师多次询问她喝了多少酒，可她就是拒绝给出直截了当的答案，直到两人对彼此火冒三丈。她坚称这一信息并不相关。无论她喝了多少酒，都不足以影响她的判断力。辩护律师纠正她，她坐在证人席上，就必须回答问题。

法官打断了双方针锋相对的问答。"这个问法对我们没有任何帮助。"他表示。

"好的，法官大人。"辩护律师回答。

仿佛是为了测试杰西卡对于那晚的记忆，辩护律师问她穿了什么，说他想和当晚的警方记录核对一下。

"你穿的是条短裙，对吗？"他问。

"你为什么要问我的裙子？"

"回答问题。"

"随便你！是！"

"所以你承认你穿的是一条短裙？迷你短裙？"

"是的。"

辩护律师的审问渐进高潮，暗示她只不过是后悔当初选择的性伴侣，第二天一早就改变了主意。故事似乎是这样的，菲利普斯甚至没有那么"喜欢"她。

作为回应，杰西卡称被告是个"丑八怪"，还说商人不是"她的菜"。我畏缩了一下，翻了翻陪审员的资料卡：其中有四个男人的职业栏里写的都是"商人"。

"我告诉你，是你主动和菲利普斯先生发生性行为的——"

"不是的。"

"我告诉你——"

"不是的。"

"让我说完。"

"说完什么？！别再跟我说这些话了！它们算是问题吗？你为什么要告诉我，你认为发生了什么？！"

法官宣布休庭，让所有人去吃午饭。可重新开庭不到十分钟，气氛反而更紧张了。杰西卡似乎已经筋疲力尽。最后几个问题之一是要她把自己正在服用的所有药物名称罗列出来。

在这起强奸案的盘问过程中，有些事让我很想一巴掌扇向辩护律师的脸，哪怕是其中最温柔的一位。从逻辑上讲，我知道辩护是法律程序的一部分，如果有人发起指控，他或她当然就有举证的责任，他或她对事情的说法还有可能遭到质疑。不过，当女人和女孩哭诉自己遭到了强奸时，就没有必要纠缠不休地询问她们为何自恋、认为被告首先看上了她们吧？暗示一个女人太过自负才会说出被告想与自己发生性关系，未免也太残忍了。

我们怎样才能调和这些利益冲突，消除此类恐怖经历？让监控覆盖每一寸公共区域是不可能的，就算可行，性侵行为大多是发生在私密空间里的。受害者都很柔弱，施暴者则是他们信任的人。没有物证。即便能够取得精液，也只能将其作为性交的证据，无法证明该行为是否经过了允许。女性要在两个层面上据理力争，拼命说服陪审员，自己虽然性感，却是不情愿的。

研究表明，我们会主动将肥胖人士和与我们长相不同的人"非人化"——比方说，若一个体形标准的白人被告说他不想和有色人种的肥胖女子发生性关系，女子要怎样说服全是白人的陪审团，自己遭到了强奸呢？杰西卡有神经质倾向，想把话说清楚都很费劲，而且脾气暴躁，一直在服用抗焦虑、抗抑郁的药物。在普通的陪审员看来，她并非什么无法抵抗的尤物。这对她而言是极其不利的。要知道，对一个控诉被强奸的女性来说，不够性感是很可怕的，因为人们会由此认为她不可能被强奸。这简直令人发指。也许算得上是"煤气灯效应"[①]中最糟糕的一种。

下一个证人是听到菲利普斯认罪的那名咨询师。她的证词开头很简单。事发几周之后，菲利普斯去了新南威尔士州的一家诊所。他以为在医患保密协议的约束下，自己与顾问分享的信息是不会外

---

① 一种心理操纵形式，即令受害者逐渐产生自我怀疑，质疑自己的记忆力、感知力和判断力，从而出现认知失调。——译者注

传的。但事实上，根据职业守则和诊所规定，她有义务将有威胁的事项与人们承认的犯罪行为上报上去。辩护律师花了好一阵子试图告诉那名咨询师，她搞错了，菲利普斯说的是他被人指控犯有强奸罪，或者是他也许强奸了一个女人，因为那个女人是这么说的。

"不，他不是这么说的。"咨询师回答，"我当时记了笔记。他说他做了。"她的答复简明扼要。这让我感觉很好，仿佛事情及时回到了正轨，眼看就要大功告成了。于是我动手做起了文书工作。可辩护律师紧接着问起了咨询师的妹妹曾遭人袭击的事情。我把椅子转过来，瞪大了眼睛。

"这和案子有什么关系？"她问律师。

"你只要回答问题就好了。"

"问题是什么？"

"你是否确定自己对于案子的判断力不会因为妹妹最近遭人性侵而受影响？"

"我确定，不会。"

辩护律师纠缠不休，直到她承认这些"话题"会在某种程度上令她"不快"。说来也怪，因为可怕的犯罪行径情绪激动竟会降低一个人的可信度。

我还没有时间思考他是如何知晓咨询师妹妹的遭遇，就要忙着整理下一位证人的文件了。接下来的证人是名医生，曾在杰西卡报警的那个凌晨为她进行身体检查。不幸的是，杰西卡身上并没有什么有形的损伤。既没有实实在在的淤青，也没有伤口——就连最小的伤口也没有。她的阴道里也没有任何外伤的痕迹。医生解释称，没有受伤并不一定表明杰西卡不曾遭到强奸。我想起杰西卡曾在证词中提到菲利普斯有多小心，尽力不去吵醒她。这当然不会留下什么擦伤或是淤青了。她刚喊出声，他就飞快地逃跑了，其间并没有挣扎与暴力。

就好像要为我对辩护律师的憎恶之情加上最后一个理由似的，律师向杰西卡的医生询问了她服用药物的情况。医生答出了各种各样具体的处方药。

"还有别的吗？有没有避孕药？"律师假装不经意地问道。面对这名医生，也是证人席上出现的第一名男性，律师摆出了"大人说话、小孩别插嘴"的姿态。

"是的，有避孕药。"医生回答。

幸亏医生作完证我们便休庭了，因为我已经怒不可遏。我用的是名为"依伴侬"的半永久性避孕植入剂，几个星期以前刚刚将它植入我的手臂。要是我当晚下班回家的路上遭人强奸，这种狡猾的辩护律师也许会用我植入了依伴侬的事情来暗示我滥交。不然还能为了什么？除了暗示杰西卡在性生活上十分随便，辩护律师还有什么理由提起她服用避孕药的事情？这简直就是最典型、最自负的"荡妇羞辱"①。陪审团一直在仔细聆听，有人做着笔记，有人在小口喝水。他们信了这些话吗？会不会只有我意识到了律师的鬼把戏？

那天下午，我们还听到了杰西卡前男友的证词。在他出庭作证之前，我的态度十分乐观，因为很少有人能够如此接近这种性质的侵犯行为。如果有人——还是个男人——能够描述事发后原告和被

① 一种概念，用来描述使一个人（尤其是女性）为自己的某种性行为或性欲感到羞耻的行为。——译者注

告的行为，这将是非常有价值的。

　　他在证词中声称，他是在听到杰西卡尖叫有人强奸她时才在卧室里醒来的，听到菲利普斯离开的声音后，他就又睡着了。当检察官质疑他的行为时，他解释称，他只是厌倦了杰西卡带来的众多戏剧性事件充斥着他的生活。

　　"也许他应该为自己是个彻头彻尾的失败者而受审。"午饭时，我对梅根说。

　　最终的裁决不由我们决定，而是由随机挑选出来的十二个人决定。他们本应来自社会的各个群体，可实际上大部分都是男性——因为有八名女性遭到了辩方的否决，还有一人退出。这十二人中有四个是商人，没有一人年龄在三十岁以下或者至少接近三十岁。他们进入法庭时，我曾试图想象在避孕药进入主流社会时他们分别多大年纪，又是如何看待服用避孕药的"那种女人"的。

　　那天下午，我在步行回家的路上一直戴着墨镜，思索道德与法律之间的巨大分歧。法庭上的所有人在望向杰西卡时，仿佛都耸着双肩，摊开着双手。对不起，亲爱的，我们无能为力！我想象自己坐在法庭的证人席上，对着一屋子男人诉说我的故事。他们也耸着双肩，摊开着双手，嘴角同情地上翘。

　　晚些时候，我开车去商店买东西做晚饭，却在离家一个街区的地方看到了一只被车撞倒的负鼠。它拖着一只爪子沿路爬行，嘴巴和肛门处还在流血。我小的时候住在一片负鼠随处可见的区域，皇家防止虐待动物协会（RSPCA）总是说：要是这种可怜的家伙受了重伤，如有可能，最好帮它脱离苦海。我看了看前后，街道上空无一人，于是变换挡位，踩下了油门。砰的一声。我再次停下车，吓得手臂上汗毛直立。我伸长脖子四下张望——这是人类在感觉恶心或羞愧时的自然反应——然后看了看后视镜，确定周围没有车辆。就在这时，我发现那只负鼠还在抽搐。不！这怎么可能?！我得多残忍才行？难道我只撞到了它的一条腿？我是不是害它伤得更重了？我不能把它丢在这里，于是将车倒了回去。这一次的撞击声没有那么响亮了，因为我倒车的时候没办法开得那么快。车子倒出去好远，直到引擎盖下露出了那只动物的尸体。

"不！"我尖叫起来，一部分是出于恐惧，一部分是出于愤怒。它的整个下半身都被碾碎了，却还在抽搐。我尖叫着重新换到前进挡，再次确认四下无人，扭转轮胎的方向，打算冲着它的脑袋碾过去。这一次，在短促的第三声撞击过后，我没有回头。

"哦，生物死掉很久之后，神经有时还是会抽搐的，"当我哭着出现在前门时，爸爸紧紧拥抱了我，"它们看起来还活着，但实际上已经死了。"

"你做得对。"妈妈补充道。

入睡时，我还在思考人和动物之间为何存在如此大的区别。我们能让负鼠或狗"摆脱痛苦"，可安乐死对于大多数人来说仍属非法。还有，我们为什么觉得身体上的痛苦和情感上的痛苦——令人日渐衰弱的慢性情感创伤——会有那么大的差异呢？存在某种浮动的比率。负鼠被车撞了没有关系，一个人选择结束肉体上的痛苦有时也是可以的，但一个像我这样想选择结束内心挣扎的人是绝对不可以的。我手握一把美工刀睡觉，这是绝对不可以的。

在第二天的结案陈词中，检察官向陪审团出示了一张照片，据说照片中地板上的床垫就是强奸发生的地方。只见床垫上整整齐齐地铺着一张床单，还摆着各式各样的私人物品和家居用品，看上去十分别扭。

"这个画面看起来和公寓里的其他地方相符吗？"检察官漫不经心地询问陪审团，"这间公寓乱七八糟。杰西卡记得，当她在被告的身下醒来、体内被他的生殖器插入时，他们正躺在一张裸露的、脏兮兮的床垫上。"

我打了个寒战。

"而这张床垫上铺了床单，上面还摆着许多小东西……"他的话音弱了下来，好让陪审员能够仔细思考这幅画面，也让自己的话能够渗透进他们的脑海之中，令大家的想象更加真实。"检方主张，床垫上的床单和物品是被告在逃离现场之前布置的，目的是让床铺看起来完全没有被使用过。当时杰西卡正在走廊对面的房间里打电话报警。"

就是在菲利普斯案中，我第一次听到了被告高薪聘请的律师出面解释"同意"和"事实认识错误"①之间的区别。在昆士兰州，仅仅证明当事人不同意是不够的：被告可以辩称，他们"诚实且合理地相信"原告是同意的。大家也许全都知道、也全都认可她并不想发生关系，但如果辩方律师能够证明"事实认识错误"，被告就不会被定罪。这正是菲利普斯的辩护律师打算争取的，他辩称杰西卡已经醉得不省人事，不仅答应还促成了此次性行为的发生。事情要

---

① 法律概念，指行为人的认识内容与客观事实不相一致。——译者注

么就是她全程都很清醒，却改变了主意，"失去了理智"；要么就是她中途昏过去了，他却还在继续，误以为她还有意识。

"他不可能知道她以为自己是他的男朋友。"辩护律师在结案陈词中表示。

不过在我看来，这并不是重点。杰西卡花了一分钟左右才彻底清醒过来，意识到她不认得上面这个人的轮廓。令我不安的是，一个睡梦中的女人醒来时发现一个男人插入了自己的体内，竟然还会心想"哦，没关系，我认识他"。难道这个女人不知道"同意"是什么意思吗？还是说她并不在乎？他们的关系是相互尊重的吗？如果法律的制定者、执行者和紧急救援的队伍中能有更多女性，那么事实认识错误的辩词就不会如此公然、灵活地适用于那么多被告的情况了。我之所以不喜欢事实认识错误，是因为它给了陪审团一个无罪裁决的简单理由。男人们可以说"对不起，亲爱的，原来你不想要"，同时就不用对自己的行为负责。要是没有事实认识错误，陪审员至少必须承认自己觉得女性都是骗子，我想这一点可能会多少产生一些影响。

"她不是第一个、也不是最后一个对自己的酒后行为心生悔意的人。"辩方律师表示。可杰西卡第二天醒来时并没有宿醉之类不舒服的感觉。她醒来时，一个陌生人进入了她的体内，于是她在恢复意识后第一时间放声大叫起来。难道这还不够吗？

后来，在办公室里等待裁决时，法官和我谈起了陪审团以及他们的诉求。法官告诉我，针对女性原告，女性陪审员往往比男性陪审员更加严格。我觉得这肯定也与世代有关。我会穿迷你裙，打了避孕的皮下植入剂，即使不是大多数人，也还是有很多和我同龄的女性也一样。法官表示，从统计数据和坊间传闻来看，陪审员更喜欢大眼睛的儿童受害者，以及提心吊胆、犹如惊弓之鸟的被告。

几个小时过去了。没有人送来便条。六个小时之后，法官召回所有人，询问进展如何，发现他们尚未得出答案，便把所有人又送了回去，而我们继续等待着。等待裁决的过程中，我总是满心恐慌。那是一种幽闭恐惧的感觉，仿佛我已时间紧迫，随时可能遭遇什么糟糕的事情。原告或被告一生中最糟糕的一天即将到来。我等来的每一个裁决都在提醒我，总有一天，它将成为我的裁决。昔日头晕目眩的感觉再度袭来。视线边缘的模糊，双眼背后越积越多的压力和胸口的紧绷。我的耳朵里充满了咝咝的静电声，宛若白噪音。

终于要起身去裁决时，我突然意识到自己是法庭上发言的唯一一名女性。法官、检察官、辩护律师全都是男性。只有一名证人是女性，也就是听到菲利普斯认罪的那名咨询师，但辩护律师含蓄地指责她的动机是为妹妹报仇，因为她的妹妹也曾遭到一名男子的袭击。

菲利普斯被判无罪，却并没有被释放。陪审团未能达成一致裁决。这将成为又一次无效审判，被记录在案。

"不过，他还不如被判无罪释放呢。"我对法官说，"我觉得他们不会再让杰西卡重新经历一次庭审了。"更糟糕的情况可能只有一种，检察署会拒绝重审此案。她太古怪、太情绪化了。她的头发太卷，裙子太短。她不是什么单纯无辜的好女孩，算不上合格的受害者，不足以让一个认了罪又逃跑的男子被定罪。

我在笔记本上为菲利普斯案写下了这样一段结语："我很愤怒。我很愤怒。我很愤怒。我能不能抓花他的脸？我能不能揍他一拳，把他的眼镜打进他的眼睛里去？"如今回首，我对最后一句笔记非常好奇，因为被告是不戴眼镜的。我想我写的那个人肯定是辩护律师。

7

星期日的下午，我坐在澳洲航空公司的休息室里，一边啜着黑咖啡，一边热切地注视着那些从事"飞进飞出"（FIFO）工作的人，他们能喝免费的大杯啤酒。坐上飞机，我读着偷来的杂志，在尴尬的睡意中半梦半醒。降落后，我们将装满案情摘要的三十公斤行李箱费力地塞进租来的车子，由我小心翼翼地开车前往糟糕的汽车旅馆，然后赶在 IGA 超市关门前去购物。我已经对巡回审判的套路再熟悉不过了。

"你想不想去法院看一眼？"返回汽车旅馆的路上，法官问我，"那是一座非常精美的老建筑。"

"当然。"

"在这个红绿灯处右转。"

沿着宽阔安静的道路平稳行驶的途中，我望向窗外几十栋由砖墙砌成的单层住宅，想到了 IGA 超市货架上多得不成比例的预包装食品和垃圾食品。新鲜农产品的价格高得令人心烦。身处罗马镇，我们不是应该离农夫更近了吗？

正如法官所言，法院大楼精致典雅。法官办公室的桌子背后有一个旧壁炉，而我的法官助理席位于法庭中一个较高的平台上。法院大楼于一九〇一年完工，不过再向前推几十年，也就是一八七二年，这里曾经进行过一场著名的审判。审判对象哈利·瑞德福德偷走了一千头牛，将它们从昆士兰州的朗里奇直接赶到了南澳大利亚州。此前不到十年，伯克与威尔斯[1]就死在同一段路上。瑞德福德出庭受审时，陪审员们拒绝为他定罪，因为他们知道他是"星光上尉"，其功绩令人印象深刻，以至于陪审员们将他视为某种绿林好汉。听法官讲起这个故事时，我捧腹大笑。然而那两周结束时，在对一个白人男子和一个原住民男子进行的裁决中，我怀疑罗马镇的陪审员是否自一八七二年以来就没有多大的变化。

第二天早上，我们一来就定下了调子。法官问，他十二个月前来这里时就已下过指示的事情，为何有些至今还悬而未决。我们的日程已被各种宣判塞满，还为两桩案子的庭审制订了计划：一桩当天早上开庭，另一桩下周开庭。

刚一开工，我就陷入了与法警的斗争，他是个行动相当迟缓的老人。我们安排了几场视频庭审，他却没提过自己不知道怎么操作控制台。他经常打瞌睡，耳朵半聋却拒绝佩戴助听器，所以

---

[1] 罗伯特·奥哈拉·伯克（Robert O'Hara Burke）和威廉·约翰·威尔斯（William John Wills）等一行人是第一批由南至北穿越澳大利亚的欧洲人，他们发现了广阔的牧场，使得欧洲人进一步在澳大利亚内陆定居。——译者注

除非你本人站在他面前，否则就别指望得到他的反应。一周之内，司法常务官多次代表法警向我道歉，就连法官似乎都只得对他的无能视而不见。法警一直问我，他能否早点回家，早上最迟可以几点上班。

"我们明天早上九点半安排了视频庭审。你需要多长时间为法庭做好准备，就提前多久来吧。"有一次，我曾这样简短地回复他。他看上去丝毫没有尴尬或不安。他已经以最低的投入在这个岗位上混了许久，工龄比我的年龄还要长。

"我不能总是同时完成他的工作和我的工作。"第一个星期结束时，我火冒三丈地告诉法官，试图得到什么回应，来证实我的沮丧是合情合理的。

"是啊，有时我也会对其中一些法警感到诧异。"他回答，"我觉得他们中有些人可能是退伍老兵。"

"从什么战争中退伍的老兵？"我困惑地提问。这个无能的家伙绝对不可能接近过阿以冲突的战场。

"越南战争？"法官猜测。

在那之后，我就再也没有批评过法警，因为那种感觉就像是在侮辱澳大利亚人。掘金人、退伍老兵、绿林好汉——谁都不能责备。

第一个星期一的庭审预计将持续两到三天。这样的预估十分准确。和大部分强奸案一样，此案没有任何第三方证人，也没有多少专家证词，可对皇家检察官来说，这场战役却更加艰难。被告席上站着的人名叫布伦丹·斯特罗。检察官发表了开庭陈词，简述指控的内容。我能从陪审团成员的脸上看出困惑的神情。就连坐在公众席后几排的当地记者也从记事簿上划掉了些什么，皱着眉头，重新落笔写下了一句话。这起强奸案是通过手指而非男性生殖器官实施的。如果罪名成立，斯特罗将背上强奸案底。不过，令人欲言又止的是，这似乎并不属于一起"真正的"或"严重的"强奸案。

斯特罗没有提供证据，但那晚的某些部分是无可争议的。周末的晚上，斯特罗搭妻子的车去城里喝酒，遇到了一名年轻的美国女背包客。她在酒吧工作，以支付她在城里的住宿费用。监控视频显示，两人一起喝了几个小时的酒之后，斯特罗去便利店为她买了几样东西。监控的时间表明，两人在此期间一直在一起。通过模糊不清的监控内容，辩方大失所望地发现，斯特罗在那晚摘掉了自己的婚戒。

三十分钟之后，斯特罗、年轻背包客和两个朋友回到了酒吧，这一次是在二层——临时工公共生活区外的某座露台上。露台的监控录像显示，几人一同喝下最后一杯啤酒便分道扬镳。原告返回卧室，关了灯。斯特罗等待片刻后也钻进她的卧室，停留了不到十分钟又出来，迈上露台，消失在夜色之中。不久，原告心烦意乱地出现，并拨打了报警电话。

据她声称，她醒来时发现斯特罗正坐在床边，将手指插入了她的体内。涉案行为发生后约两年，原告才飞回澳大利亚出庭作证。在此期间，斯特罗可能一直指望着整件事情能够消失得无影无踪。

开庭陈词结束后，我们宣布休庭，让陪审团回家。他们谁也没有因为认识斯特罗而申请免除陪审职责，但我怀疑其中肯定有人至少听说过他，或者听说过审判的事，或者是在城里的大酒吧——就是事发的那家酒吧——里聊起过此事。

我对本案中所有平常的地方都感到好奇：他对自己的妻子坦白了多少？他还在从事同样的工作吗？这是不是他第一次做出如此糟糕的行为？与这个年轻女子喝酒时，他是不是整晚都在期待与她发生性行为，背叛自己的妻子？也许我终究是个道德绝对论者，把注意力集中在他的心理方面不知为何让事情变得更糟了。要不是为了做什么错事，他为何要摘掉婚戒？所有的强奸犯肯定都是白痴，但不是所有的白痴都是强奸犯。那晚，他的妻子是否在家等他打来电话，要她去接他？她是不是以为他只不过和几个兄弟待在一起？听到消息时，她是不是特别惊讶？从那晚开始，生活在这座令人窒息的小镇上，她是如何度日的？

法官和我在酒店隔壁的小餐馆里一起吃了晚饭。我们一致认为，让罗马镇的居民轻松地为一个用手指强奸的男人定罪，并不是件容易的事情。

我们还粗略地聊了聊司法行业内的工作。我向他保证，我对法律执业培训的学习已经走上了正轨。可就在我把烤土豆丢进嘴里时，心里还在琢磨，我可不适合做他这一行。

吃完甜点，我返回房间拿了支烟，溜到大楼背后的空地抽了起来。我已经厌倦了暴饮暴食，厌倦了今年第三次外出巡回审判还要边哭边在淋浴器底下呕吐。把手指伸进自己的喉咙时，我想到了斯特罗的手指。我在筋疲力尽地打包出差行李时忘了带上睡衣，现在只好钻进床铺，感受床单贴在裸露的肌肤上。我心烦气躁，满脑子想的都是罗马镇。它已将我淹没，把我包围，还进入了我的身体，令我辗转难眠。

第二天清晨，天气微凉。我喜欢看到口中呼出的气体在空中化作一团白雾，却讨厌看到自己裹在陈旧跑步套装里那具粗笨的躯体。暴饮暴食、抽烟、呕吐、跑步……我知道这不是长久之计，却不知道要到什么时候才能不用节食挨饿也能让自己满意。我无法打破这个循环。每隔几周，我就会减掉几公斤体重，于是又有了信心，开始轻松地享受生活，结果却是复胖。自信永远遥不可及。

按下健身手环上的按钮，我离开汽车旅馆开始慢跑，沿着路边试图找到一个稳定的速度。道路两旁的灌木既熟悉又可怕。走遍大城小镇，却只认识当地强奸犯的名字和脸孔，这样的日子着实难熬。我们从未见过自我奉献的教师，或是心系社区的咖啡馆老板，抑或是当地的童子军领袖。

喘了几分钟之后，我来到了人口密度较低的镇中心。这里到处铺设着由大块水泥砖组成的人行道。我透过巨大的玻璃橱窗张望，欣赏着陈旧招牌上的印刷字，笑着心想这样的城镇里总会有一家不起眼的亚洲菜餐厅，售卖中国炒饭、泰国炒面和越南汤面。一家服装店的门面上挂满了蕾丝。还有一家当地嬉皮士开的小饰品店，里面摆满了进口的熏香和水晶。

又过了几分钟，随着身边呼啸而过的小卡车越来越密集，我感觉到有人在盯着我看。马路对面，一个身穿反光背心、脖子下面夹着瓶破冰牌咖啡的男子正紧盯着我。我看到他放下咖啡，用袖子擦了擦上唇边的棕色乳液，立刻意识到我的短裤已在大腿之间皱成一团。也许他认识罗马镇上的大多数人，只是在试图弄清自己是否见过我，或者我是不是新来的——毕竟我从未见到过别人在罗马镇上晨跑。也说不定他正在凝视远方，而我正好经过了他的视线。我们在面对许多情况时都是这样劝说自己，事后才又一次恍然大悟，我们本该相信自己的直觉。那天早上我还看到了好几个男人，大多都开着小卡车。他们肯定也看到了我，眼神紧盯着我不放。那天早上我还碰到了另外两个也在喝破冰咖啡的男人，他们在我路过后朝着彼此大笑起来。谁过了十五岁还喝破冰咖啡啊？那不过是一升加了点咖啡调味香精的甜牛奶罢了。我是不是带了点阶级偏见？

沉浸在报复的幻想中，我在柏油路上的一块碎石前做出了错误的判断，在步子迈到一半时趔趄了一下，然后眼看着自己的后脚跟在坑洼里滑了一下，身子便不听使唤地摔了出去。我的左膝重重落在了水泥路缘上，左臂擦过地面，蹭破了好几层皮，这才勉强保住了自己的脸和牙齿。摔倒带来的震惊只持续了一秒，我就疼得喘不上气来。这座缺乏人情味的小镇依旧寂静无声。我用没有受伤的那条腿拖着身子挪到路边，把汗津津的运动背心塞进嘴里咬着。身上好几处都流血了，血又热流得又快，弄花了衣服。我沿着腿骨摸索，这里推一推，那里戳一戳，判断应该没有骨折，可膝盖就是无法弯曲。一辆大卡车飞驰而过，扬了我一身尘土。我抬头看去，发现车上载着几十头惊恐的母牛。卡车开远后，又有阵阵恶臭扑面而来。牛的屎尿味充斥着我的口鼻，被卡车扬起来、甩到我身上的淤泥和砂粒随着气流落在了敞开的伤口上。我抬起头，环顾四周，发现那个喝破冰咖啡的高个子已经消失了。太阳升起，我仍旧坐在地上，然后才一瘸一拐地走上了回去的路。回到浴室，我一边擦洗伤口一边心想，我不时故意割伤自己，却还会因为不小心受伤而如此难过不安，真是荒谬。

摔倒之前，被男人盯着看的那种感觉让我想起了大一那年的一个清晨。我沿着布里斯班河慢跑，为自己好久没有锻炼感到羞愧，却也为自己能够套上鞋子、迈出家门而自豪。在我从前能够从头到尾跑完的那条路上，我只跑出了一小段，但推动肺部、伸展双腿的感觉很好。我暗自心想，春天真是充满了希望。我的脸涨得通红，不过这是美好的一天，于是我放慢脚步，在回家前的最后一段路上改为步行。

"嘿！"一个男人从车里冲我喊道，"你为什么不跑了？！"原来是塞缪尔，他正从马路对面的一辆浅蓝色丰田海拉克斯汽车里探出身子。"加油啊！"

"我刚跑完。"我回答。

"好吧，好吧。"他把车开走了。回到家，我在淋浴室里哭了。

看到我一瘸一拐的样子，法警充满优越感地评论了几句，随后我们又回到了已成习惯的相互回避的状态。斯特罗案的庭审还在持续。事情简直是一团糟。

警方从原告的内裤上找到了转移DNA。该DNA属于一名男子，但并不是被告。谁都知道交叉盘问一旦开始，辩方就定会试图先发制人。皇家检察官提供的集体卧室照片中显示，地板上到处散落着衣物，合住者有男有女。律师暗示，DNA有可能是在原告穿内裤前从地板上沾染的，也有可能是她自上次性行为以来就没有彻底清洁过内裤，抑或内裤甚至不属于她，而是她那晚喝醉后在睡前无意识穿上的。一名法医专家表示，就算指控属实，被告的 DNA 也不一定会转移到她的内裤上，因此他的 DNA 缺失也说明不了什么具体的问题。

我们休庭茶歇，待陪审员们吃完蒙特卡洛牌饼干后，辩方开始了认真的工作。"你为什么没有尖叫或大哭？""要是你已经醉得不省人事，怎么知道就是他？""你确定没有邀请他进屋吗？"

辩方提到内裤的事情时，我给梅根发了封邮件。这个官司真是令人心力交瘁。内裤的问题对于陪审团来说就如同被告的婚戒之于我。我质疑被告的可信度，因为他摘掉婚戒的行为表明他并不诚实。陪审团则可能会质疑女原告，因为她洗衣服不够仔细。坐在那里，我感觉势单力薄，无法指出律师盘问过程中固有的荡妇羞辱。梅根回复了我的邮件，深表同情和理解。不过她人在金格罗伊，那里的情况更加糟糕。我听说过金格罗伊，所有助理都对那里有所耳闻。

在陪审团商议的过程中，我一瘸一拐地去喝咖啡。我请求法警在收到便条时响亮且清晰地喊我一声。

"当然没问题。"他回答，仿佛他知道自己的职责究竟是什么。

我搅动着手中的黑咖啡，等待它晾凉，却并没有摘下墨镜，心里还在思索这个案子。他们掌握的监控视频是女性受害人所能期待的最充分的：斯特罗在她的房间里进出，她在他离开后赶忙报了警，而且从未改过口。我觉得她起诉的罪名是"用手指侵犯"这一点值得赞扬——不存在任何邪恶的阴谋。她不是有什么深仇大恨，或是出于憎恨男人才要复仇。我的感受到她说的都是实话，还大老远飞回了这个伤心之地，就是为了把真相和盘托出。她似乎已经把能做的都做了。

不过那天傍晚，拿到陪审团的无罪裁决时，我一点也不惊讶。有什么好惊讶的呢？她得是个处女，祖上世代生长在罗马镇，近乎虔诚地把衣服洗干净，这样人们才会相信她。

在出差间隙返回布里斯班的那个周末，我的腿已经好多了，心里却为不知多久才能痊愈并恢复锻炼而感到恐慌。我陪了文森特一阵子，却很难感觉自己是真的和他在一起。自从一月底入职，四个月以来，我的生活一直是在家待几周和出差两周的交替循环，对自己身体的厌恶也没有改善。一个星期没有性生活时，我心中的水平面或指南针就会稍稍偏移，对他和我自己都失去信心。我越来越相信，他不想看到我的裸体。我的脑袋陷入了某种飓风。噩梦中的我提着装满沉重案情摘要的旅行箱，直到它们压坏了我的膝盖。强奸案的卷宗散落得满地都是，然后在我四周越积越高，盖过一切。

"你会不会因为我现在胖了不想和我做爱？"星期六的晚上，我终于开口问他，声音轻得让他叫我又重复了一遍。"这就是我们不再做爱的原因吗？因为我太胖了？"我们面对面躺在床上休息。我把头埋进他的胸膛，没等他回答就哭了出来。和所有的贴心男友一样，他对此坚决否定。筋疲力尽的我决定今晚暂且相信他。

星期日下午，从文森特的床返回布里斯班机场的路途是种折磨。拖着一只磨破的膝盖设法搬运行李箱是一方面，但真正的痛苦是精神上的。我感觉自己像一个轻量级的业余拳击手，却误入了一群重量级的职业选手之中。法庭——那座圆形的竞技场——是法官作为裁判员的工作场所，可被拳头击倒在地的人却是我。这一年刚刚开始，我就已经步履蹒跚了。距离我眼前出现黑光还有多久？我知道这是迟早的，只取决于我什么时候再也无法在铃声响起前爬起来。

罗马镇的第二场审判对我们、对所有人而言都是丑陋而尴尬的，因为它涉及到澳大利亚的地域歧视、种族歧视以及社会整体性。被告是一名年轻的原住民男子。在因试图强奸一名比他年轻的女孩而受到提审时，他竟挺直了腰板。

三个孩子在河边玩耍，包括年轻的原告和两个同龄的男孩。这时，较为年长的被告和他的一个朋友加入了进来。大家一致同意，两个年长男孩加入后，他们就可以把玩耍的地点从河边转移到桥边。

原告的证据是一段几乎派不上用场的磁带录音。她在录音中说，被告用一根大木棍"打了她的头"，并将她拖走。这话令法庭上的所有人困惑了好几个小时，因为这和检方所称的事实有出入。从随后播放的第二段磁带内容中，我们听到了女孩是如何在家观看限制级电影的，以及她怎么会认为被告将她带上摩托车是意欲强奸。或许他并没有动手，因为她并没有完全昏过去。播放结束后，大家面面相觑，不知该如何理解这一切。检察官重重地叹了一口气说，一旦结合了其他目击者的证词，案情就会明朗不少。

茶歇过后，检察官的话应验了。另外三人针对此事给出了相似且更加现实的描述。被告迫使这群人离开水边，去灌木附近的桥边玩，然后将原告带离人群，铺上一条毛巾，试图与她性交。其他人似乎谁也不愿第一个站出来指责被告的行为，直到女孩开始哭喊，才有人介入。

两个年轻男孩满怀愧疚。我们从证词中可以清晰地了解到，在两个年长男孩到来之前，他们就一直在调戏原告。他们对性行为有自己的说法，会漫不经心地称口交为"吃东西"。对某些行为，他们的态度十分傲慢，而对其他行为则是发自内心的困惑。共同的负罪感似乎影响了他们对被告说"不"的能力。被告较为年长的那个朋友也没有帮上什么忙。他无法直截了当地回答自己是否理解了或怀疑过被告带着原告离开的原因。

　　庭审持续了三天。不同的证人，众多的录音，其中闪烁其词的答复令人沮丧。也许我对他们不耐烦了，只是因为他们年轻，庭审过程才比较棘手，但今年到现在，我已经参与了近二十起案件的审判，这就意味着我已经见过很多孩子在录音中作证了。在我看来，这些男孩的行为和一个孩子需要时间去理解和回答问题是有区别的——他们说的都是能让成年人满意、却不会将自己牵扯进去的答案。那晚晚些时候，我辗转反侧，怀疑自己是不是疯了。我是不是太急于看穿罪行、认定有罪，以至于把对男性的疯狂厌恶投射到了无辜的孩子身上？

　　第二天一早，法官和我针对两个年轻男孩的证词分享了彼此的看法。

　　"他们看起来可能只是在河边进行某种年轻人的'小实验'。"法官认为。

　　"他们不小了，已经不该进行这种'小实验'！"我立马表示了反对。

　　"我就是这个意思，"他回答，"局势显然在年长男孩到来时失控了。"

"哦，没错。"我点了点头。

被告没有出庭作证，于是陪审团第三天便开始了商议。我透过法院门前的枯草向外眺望，想知道这片区域在被殖民之前是什么模样。原告是个白人，头发的颜色几乎是浅金色，这对被告并不利。如果原告是个原住民小女孩，我们还会不会审判这场强奸未遂案？梅根曾在罗马镇处理过的强奸案表明，不会的。我看到被告在法院外踢着地上的尘土，于是注视起他的一举一动，却什么也看不出来。

陪审团花了好几个小时讨论。重新开庭时，有几个人坐到了被告那边的旁听席上。陪审团选择了一名较为年长的男性来发言——我将这一倾向归结为"喊，男人"。他笔直地站起身，点了点头，口齿清晰地说了一句：

"有罪。"

法官解散了陪审团。我们直接进入判决阶段。陪审员成员中有些重新坐到了法庭后面的座位上旁听，不过大部分都离开了。他们离开是因为毫不在乎，还是因为和我一样太过在乎？

我们从检察官那里听说，被告在好几次审前问话中都完全否认自己犯了错。这对他的审判有一定影响，因为这番否认强烈表明他没有任何的自责，也因此不会对受害者有任何同情心。一位心理学家问他，如果他的同伴做出这种行为，他会作何感受。男孩回答，他会觉得"恶心、污秽、肮脏"——但与此同时，他又否认了自己的行径，所以法庭被告知，他的回应至少有些地方是"演出来的"。

检察官表示，原告与被告的家人经常在镇上见到彼此。被告否认自己的行为后，双方就开始了争端，还差点闹出了人命。原告拒绝再踏出家门，因为她有时会看到他在外面，吓得尿床，不肯迈出卧室。

　　不过，这场审判中最令人心碎的环节是辩方律师向法官提出从轻处罚的意见。法庭被告知，被告"智商低下"，没有受过任何教育，更别提性教育了。我借机看了看他的双眼，不确定那种眼神是迟钝抑或只是悲伤，不过他的反应明显滞后。当他望着远方、听到有人呼唤自己的名字时，他要花好一阵子才会注意到那个声音，再抬起目光寻找声音的来源。他的母亲怀他时是个酒鬼。他没有工作，不曾上过学，靠一个姨妈养活。

　　在改过自新的潜力方面，法官针对"职业"直接向他提问："你这辈子想做些什么？"

　　"我想打橄榄球。"他回答。

　　"他一直在找工作，但是可做的工作并不多。"辩方律师补充道。

　　最终，被告无法被判刑。我们还需要几份报告来了解他的智力情况。

　　事后，我把文件交给司法常务官时和他聊了起来。他是个和蔼的男人，挺着圆鼓鼓的肚皮，长了一张和蔼可亲的脸。

　　"买乐透彩票了吗？"手头的工作快要做完时，他问我。

　　"什么？"我以为我听错了。

　　"强力球，是个大奖。"

　　"哦，哈哈。"我面向着他，开始慢慢退出房间，"没有。不太喜欢赌博。"

他耸了耸肩。

"不过祝你好运！"我终于想起来应该试着友善待人，冲他笑了笑。

"你知道吗，"他补充道，仿佛这话是后来才想到的，"这大概是我们十多年来的第三次有罪判决。"

我在门口停住了脚步。"第三次？"

"是。"

"十多年来？"

"嗯，我在这里工作的时间就是这么长。我敢肯定，这是仅有的第三次。"他斩钉截铁地回答，"有罪判决很少发生，所以我记得非常清楚。"

我奔跑着穿过大楼，把此事告诉了法官，可他看上去并不像我那么愤怒。

"太巧了吧，十多年内的第三次有罪判决针对的是一名原住民男性！"我说。

"嗯。"他含糊地附和道。

"还有上个星期的那个男人，斯特罗——我现在回想一下就觉得，开庭审理有什么意义呢？他们永远都不会给他定罪！"

"开庭审理总是值得的。"法官劝我。他的话有道理。

可我不想讲什么道理，我想发火、我想难过，我想有人能向我保证，我不是过度敏感，司法体制中这些被暴露出来的模式也不是我臆想出来的。

完成在罗马镇的任务后，我们坐上了回家的航班。从飞机的舷窗俯瞰脚下的小镇，炙热的夕阳在停车场和牲畜身边投下了长长的影子。罪恶的星群在这种地方真的会更令人震惊吗？抑或恶行之所以如此显眼，是因为我在它们中间看不到其他任何东西吗？一路向北或向西的感觉就像是时光倒流。如果这是真的，那我还是期待回归城市。

8

　　杰里米·普尔曼是个又高又瘦的男人，有浅灰色的双眼，脑袋侧面还剃了一个数字"3"。他深色的头发拢在脖子底部扎成马尾，梳成了及腰的麻花辫。稀疏的发顶让他看起来有些油腻。我不知道他的律师有没有建议他在出庭前把头发剪掉。在他向右仰头时，我瞥到他的颈部有个脏兮兮的文身，却看不清文的是什么，因为他的皮肤永远是红棕色的，这说明他常年处于晒伤的状态。简直就是字面意义的"红脖子乡巴佬"①。他因对十二岁的继女实施暴力和性行为受审，我真希望自己没有读到关于那个早晨的那么多细节。当他重新转过头，眼睛直勾勾地望向法庭中央的我时，我感觉浑身冒汗。他浅色的眼睛还没眨上一下，我就无法多直视他一刻了，恐慌得面红耳赤，赶紧看向了别处。

　　陪审团的十二名成员兴奋地走进法庭落座，可当检察官终于结

---

① 原文 redneck，对美国受教育不多、来自下层社会的男子的蔑称。

束开庭陈词时，压抑的肃穆之情取代了一切。他们不再环顾房间里戴着滑稽假发的人，也不再翻看免费赠送的笔记本或小口啜饮冰水。所有人都沉默不语。

普尔曼的继女索菲还很年幼，直接获准通过视频作证。环绕法庭的屏幕闪烁着打开了，我们看到她正坐在一个没有家具的房间里，脑袋和双肩刚好能从面前那张成人尺寸的桌子上露出来。有人在为她调整椅子和相机的角度，请她"尽可能坐直"，这时我注意到普尔曼的律师有些不自在。我明白他为何不喜欢这番忙活，因为所有人的目光都由此集中在这个身穿蓝色 T 恤衫、梳着凌乱马尾的小姑娘身上——她的身材娇小得连普通尺寸的家具都用不了。这不禁让人好奇，什么样的禽兽会侵犯这样一个小女孩呢？在这个充满争论与漏洞的成人世界里，她竟然不得不为自己辩护，这太糟糕了。普尔曼低头望着大腿，看起来平静又礼貌。

检察官可能十分感激这场审判能有如此完美的原告。那时我就知道，如果索菲不是十二岁，而是十五岁，他们就会采取不同的处理方式——他们不得不这么做。看到陪审团没有立即对原告的证词产生怀疑，我松了一口气。辩方总不能询问一个小女孩服用的是什么避孕药，然后以她没有男朋友为由来推论她滥交。他们问了她当时穿的是什么衣服，目的是测试她的记忆，而不是暗示她用穿短裙表明了她同意。无论如何，她都不可能是"知道自己在做什么"或是"自愿的"，抑或是"酒后犯了一个第二天早上就会后悔的错误"。

趁着检察官引导索菲回顾某几个令人发指的场合时，我在笔记本上随意涂鸦了几个破裂的头盖骨。作为术语的"蛋壳头骨"指的是这样一种法律原则：受害者的个体身份和特质必须被接受，无论他们的长处与弱点处于人类常态范围内的什么位置。例如，如果你击打一个碰巧头骨薄如蛋壳的人，砸裂了他的脑袋、致其死亡，你是不能以声称他不是"普通人"来脱罪的——在这件事情上，完全的刑事责任以及事故责任是不能因为受害者本就"脆弱"而逃避的。我已经慢慢迷上了这个概念。

在普尔曼一案中，他处于劣势，因为他的继女还很年幼，会被当作孩童而非女人来评判。她对普尔曼来说是个容易得手的目标，这一弱点现在竟然成了她的优势，真是令人难过。皇家检察官会充分利用手头拥有的一切来突出索菲的无辜，她是个惹人怜爱的姑娘，所以这并不困难。视频到第三个小时时，她哭了起来。我望向陪审团，看到陪审员们纷纷皱起了眉头，心生同情甚至是悲哀。杰西卡这样的女人会被指责为"情绪化"，但孩子是可以哭泣的。

当索菲终于结束作证、法官宣布休庭时，陪审团看起来已然筋疲力尽。

第二天一早回到法庭，我们听取了索菲的母亲，也就是普尔曼的前女友提供的证词。她是第一个在我们面前亲自出庭的目击证人。如果你刚刚进门，甚至有可能以为受审的人是她。我几乎看得到一个个问题正在陪审员们的眼中燃烧：她怎么能允许这个男人靠近自己的孩子？原来她和普尔曼在恋爱期间都沉迷冰毒，而他会给她提供毒品。他经常对她施暴，可她还是爱着他，没有离开。

午饭时，我和爸爸在我们俩工作的大楼中间找了家咖啡馆碰面。

"对吸毒的人来说，只要他们能够拿到毒品，那某些事情就是可以选择无视的。"他耸了耸肩,平静地对我说。

"那他呢?"我尽量不让自己提高嗓门,"他有没有可能和孩子的母亲培养了一种由虐待与药物依赖编织的关系,这样他就可以不受限制和质疑地接触那个孩子?"

爸爸啜了一口馥芮白咖啡,朝我笑了笑:"亲爱的,这也是非常有可能的。"

我无法理解他看上去怎么能如此无动于衷。即便我要在那个鬼地方工作五十年,也还是希望自己会为那些可怕的事情而悲哀。我想要去感受——不仅如此,我也知道保持感受的能力是至关重要的。以同理心为代价换取安然入眠的能力会让事情容易很多,但我不喜欢那样做的人。这是不是意味着我也不喜欢爸爸?我为他看上去如此冷静而愤怒,想朝他大声吼叫,把馥芮白咖啡泼到他的脸上。"要是这个女孩是你的孩子怎么办?!"不过这样的问题将开启一段我尚未做好准备的对话。

我返回那幢巨大的镀铬建筑,从昆士兰州正午的明媚阳光中走进了阴凉的室内,双眼适应着光线,一种紧张性头痛的感觉愈发强烈。一整天,我都皱着眉头,可能还咬紧了牙。我的父亲、法官抑或是这座大楼里的所有人花了多少年的时间,才能做到下班后就将工作抛之脑后?这将他们变成了什么样的人,我又将被变成什么样的人?

返回法庭,辩护律师宣布普尔曼将出庭作证。我还以为自己听错了。自从在格莱斯顿第一次参与审判以来,这是我第一次听到被告要为自己辩护。

普尔曼对着《圣经》发誓他要说的全是真相也只有真相，紧接着讲出了自己版本的故事。故事中包括索菲的床下有一只老鼠，而他是怎样试图赤手空拳地追赶并抓住它的。这太荒谬了。他竟然无礼地以为我们会相信他。他把老鼠当作理由，来解释他某天晚上为何会在所有人都上床睡觉之后出现在索菲的房间里。其他目击证人都没有提到曾在屋里见过老鼠的事情，更别提是在楼上的卧室附近了。那天晚上肯定没有。

至于开车外出、被声称是为家里采购食物的那一次，目击证人不同意普尔曼的说法，并表示当他终于带着索菲回来时，饭都已经凉了。普尔曼辩称，他们没有离开太久，买完晚饭就回来了。"她总是缠着我，每时每刻、去什么地方都想跟着我，你们明白吗？"他边说边摇头，脸上露出了一种不耐烦的表情。有人问他为何选择只带索菲一人出门，而没有带上其他几个孩子或是自己的女友。

他满不在乎的言行使我恼火。他否认了一切，还表示对这些指控感到伤心。他认为，这些都是由索菲的母亲嫉妒、憎恨他与一个更年轻漂亮的女性建立了新的恋爱关系引起的。他为索菲的母亲感到难过，觉得这次审判与她有关，还说她"状态不太好"。言外之意十分明了："小妞儿就是如此，你们说是不是？"

普尔曼完成证词后，辩方的辩护就此结束。我们将陪审团送回了摆着茶和饼干的小房间。我坐在办公室里，心不在焉地将桌上的文件推来推去，想着索菲的母亲。索菲会不会讨厌她的母亲？我们中有谁能够理解情感与肉体双重虐待关系的复杂性吗？毒品会让事情变得更好理解，还是更加费解？

人们很容易质疑一位母亲怎么能对这种罪行未曾察觉或是视而

不见，但应该知道，人类对创伤的应对机制是惊人的。我们可以找到继续前进的方法，即使思绪还围绕着自己无法彻底理解或承认的事情转圈也是一样。这样生活才能推动我们继续前进。我将记忆封锁在了大脑里一片封闭的空间中。当然，它们有些时候会泄露出来，但我懂得那种需求：为了生存，我必须将某些事塞进心中的角落，用木板封起来。这使我永远处于矛盾之中，明知道某些事情是真的，却还要装作它们是假的。我表现得仿佛感觉不到那段往事正在身后加速追赶。我假装没有把脚踩在油门上，假装距离砖墙轰然倒塌还有很久很久。

陪审团还要考虑一整夜。一想到普尔曼也许正辗转难眠、噩梦缠身，我就高兴。我想象着他把油腻的脑袋枕在政府发放的枕头上，蜷着双腿抵御寒冷，脏兮兮的马尾辫垂在床铺的边缘。他是那种坚信自己什么都没做错的人，还是会对自己的行为加以反省？他有没有意识到自己就该被关进地下监狱？当我迈进电梯一路上到十三层、升向天空时，他却在电梯里一路下降，一直沉入地下。

索菲提供的证词中有一部分令我格外难忘。她说，在普尔曼开车将她带到一片废弃的区域、开始做可怕的事情时，曾有一辆警车驶过。她的心头肯定曾闪过一丝希望，以为自己就要得救了，紧接着却遭到了普尔曼的毒打，她的脑袋和嘴都被按在他的生殖器上。他说，要是她敢作声，就杀了她。索菲描述，普尔曼假装正在打电话，而警车就那样开走了。在索菲经历过的所有令人反胃的事情中，那一丝猛然熄灭的希望之光是最令我难过的。

我的爸爸肯定处理过不少这样的事情。但在不知不觉中，他也曾开着警车错过了多少次呢？

傍晚，我迎着暮色从文森特的住处开车回家。从因杜鲁皮利到耶隆加，一路上枝繁叶茂，充满了郊区的气息。当布里斯班河出现在我的眼前时，河水正倒映着明亮的橙粉色天空。奇怪的是，美景如此醉人，我却无法脱口而出："这太美了。"澳式足球联盟的椭圆形体育馆从我右边掠过，我望了望正在训练的那些孩子生龙活虎的身体，不知道他们中有几个心怀可怕的秘密，想要将它们推到记忆的深处。

等我回头看向马路时，一个女子出现在了我的眼前。我猛踩刹车。

女人正朝着前方远处的什么东西尖叫。顺着她惊恐的目光，我看到一只巨大的斗牛犬正从马路的另一边向她冲来。女子牵着自己的两只狗，两只白色的小贵宾犬，它们不停地吠叫，还将牵引绳缠在了她的脚踝上。女子忙乱地试图将贵宾犬抱起来跑开，可它们拼命拽着项圈想要逃跑，脖子都被勒出了尖角。她距离我只有几米之遥，就站在人行道上，可当斗牛犬的身影越靠越近，朝着两只乱作一团的惊慌小狗冲上去时，我却愣住了。

斗牛犬在我的面前奔过马路。我看到它张开大嘴，从巨齿间发出了响亮的吠叫声，觉得自己应该驾车撞向它。把你的脚踩下去！我对着自己尖叫，身子却动弹不得。

斗牛犬从我的车前一跃而过，有力地蹦上了人行道。就在逼近毛茸茸的贵宾犬和它们脖子上的钻石项圈时，它尖叫着停了下来，低下头，短粗的尾巴开始疯狂地摆动。女子踉跄地拽住牵引绳，将纯种贵宾犬扯离了这个正用鼻子嗅闻它们的庞然大物。斗牛犬兴奋地又狂吠一声，翻了个身，再次摇晃着朝贵宾犬靠近。

另一个女子冲进了画面，嘴里不停地道歉。她弯下身，一把将斗牛犬揽进怀中，像怀抱婴儿一样将它肚皮向上地抱起。斗牛犬不停地摇动尾巴，同时舔舐着她的脸。"对不起！它还是只——"斗牛犬主人的话被一次大力的舔舐打断了，"——还是只小奶狗！"

我驾车离开后又过了好几分钟，肾上腺素才逐渐消退。我把车停在路边开始大哭，脸羞得通红。这么多年过去了，我竟会再一次动弹不得。想到自己要是没有愣在那里，肯定会因为那只狗的品种开过去撞死它，我又哭出了声。只是因为别人害怕它，因为我听说过有关"那种狗"的故事。

我再也看不到美好的事物了。我什么事都做不好。我想打电话给文森特，可我刚离开他家，不想让他觉得我是个麻烦精。就这样，我在路边睡着了，醒来后在黑暗中开车回了家。

上午九点，十二名随机挑选的、将决定普尔曼命运的成年人重新集合，并在十点半时递来了一张纸条。法警给我打来电话，宣读道："我们已经得出了裁决。"我挂上电话，决定稍稍祈祷一下，反正这无伤大雅。我读的是天主教高中，但我不记得是该对上帝还是耶稣提出请求了。他们不是同一个人吗？嘿，耶稣，如果你在，一定要把这个家伙关进监狱。我再次披上法袍，想起普尔曼脖子上的文身，意识到他有可能也在对耶稣祈祷。身处绝境时，我们都是傻瓜。

我站在鸦雀无声、弥漫着紧张氛围的法庭最前方，大声地宣读问题，请所有人给出裁决。有罪，有罪，有罪。面对我的提问，所有人都这样回答。坐回助理席时，我的双手都在颤抖，开始疯狂地准备判决的文件。

在陪审员陆续退场、我已为接下来的流程做好准备时，我抬起头，突然屏住了呼吸，一只手飞快捂住了嘴巴。普尔曼变了。他的整张脸和整个身子看起来都不一样了。不知怎么回事，他浅色的双眼此刻宛若一潭死水。他的双拳紧握着放在大腿上，脖子上青筋暴起。他半张着嘴巴，眼睛愤怒地向上盯着法官，嘶吼着。我试图不让目光从他的身上逃开，身体却背叛了我。伴随肾上腺素的激增，我再次汗如雨下，陷入恐慌。

在过去的三天时间里，普尔曼看上去就是个相当普通的人。然而突然间，一切都昭然若揭。毫无疑问，他就是那个会开车载着年幼的继女去往废弃工业区，并在那里殴打、强奸她的男人。也许他觉得维持体面已经没有任何好处。可他之前是如何隐藏的呢？他是如何把这副德行藏匿在皮囊之下的？它一定从始至终都在表象之下起伏、涌动。我抑制住了逃离他、逃离这座充满他这种人的大楼的冲动。我需要新鲜的空气。法袍压得我抬不起双臂，褶边领巾紧紧箍着我的脖子。不过双方律师都已做好直接进入宣判的准备，我们也是。

递交上来的第一份文件是被告的犯罪历史。第一条：普尔曼年仅十七岁时，曾在公共卫生间里对一女子实施暴力强奸。犯罪事实和每一个深夜要用公共卫生间的女性脑海中闪过的画面完全一致。我重新抬头望向普尔曼，叹了一口气，意识到我余生每次晚上出门需要用卫生间时，都会想起这个禽兽的脸。

有些陪审员留下来聆听了宣判，就坐在陪审团席位的旁边。在检察官宣读普尔曼的前科时，我注视着他们的脸庞，他们交换着眼神点头时，我发现其中一个人明显放松了下来。他们肯定是在想，我们做对了。

我明白我们的法律制度是建立在让人接受惩罚、服刑坐牢、然后继续生活这一基础之上的，也知道国家不想把人全都管制起来，更负担不起将犯人终身监禁的费用。我还相信，量刑的主要作用当是威慑，而非惩罚。可我从不相信，在普尔曼十七岁时第一次犯罪到他对索菲下手的三十多年之间，他的生活是清白的。我不相信他不曾有过其他性犯罪行为——不论是对被他施暴多年的女子，还是对其他陌生人。我不相信他五十五岁左右获释之后不会再犯。

不过，在他受审的过程中，我的工作并不是思考或感受。我要记录他的判决开始的时间，将贴纸贴在文件的信息页上。我相信什么不会影响到其他任何人。我只能去承受和反应，永远无法改变、解决或完成。

法官完成宣判后，狱警们走向了普尔曼。在他们伸手触碰他的那一刻，我畏缩了。在我曾与之握手的人中，有多少真正的性侵罪犯？当他眼看就要消失在法庭门外、被押往监狱时，一阵响亮的脚步声响起，引得人群一阵骚动。一个年轻女子发出了刺耳的哀号。

普尔曼回过头望向她。"我要上诉！"他被人拽着大喊，"亲爱的，我很快就会出去和你团聚的！"

她哭喊道："我爱你！"

大门在他身后响亮地关上了，法庭里其余的人都陷入了沉默，注视着那名女子。坐在一旁的陪审员瞪大了眼睛看她，眼神中掺杂着遗憾与恐惧。庭审前，她并不在法庭里，不然我早就会注意到了。不过她肯定坐在那里听完了宣判的全过程。她肯定听到了普尔曼的前科，也听到了法官总结普尔曼曾用身体的不同部位、以各种程度的肢体暴力侵犯继女。然而这个女子还是认为他蒙受了冤屈。我看着她孤独地在座位上啜泣。

"你看到他的新女友了吗？"事后，我在电梯里询问法官。

"看到了。"

"唉。"

"不管我们男人做了什么坏事，总会有女人愿意爱我们。这个想法还挺令人欣慰的，不是吗？"

电梯门打开，我们走了出去。看到我的下巴拉得那么低，他咧嘴笑了。

"我无话可说。"我回答，"可我永远忘不了那个画面，忘不了那个女子不仅听到了他这一次的所作所为，还听到了他的前科，却给了他一个飞吻。"

"她朝他飞吻来着？"

"是啊，还把一只手按在了心口上呢。"

"我猜这就是真爱吧。"他又笑了，不过笑得很悲哀。

我有什么资格评判真爱呢？这就是我们所说的"无条件的"爱吗？

回到办公室，我把文件丢到桌子上，晃了晃鼠标来唤醒电脑。在等待嗡嗡作响的屏幕亮起时，我思考着文森特对我的爱是否是无条件的。还不是吧，不过我觉得我们可能已经非常接近了。这是你永远都不会想去测试的念头之一。要是我的皮囊之下有什么又痒又致命的东西在游走，不断想要挣脱出来、做些可怕的事情——要是我能像普尔曼那样，瞬间让自己的眼神变得麻木而冰冷，他还会爱我吗？要是我发现文森特还有另一面，该怎么办？我还会爱他吗？恋爱中的女性都倾向于认为，要是男人对我们大打出手，我们肯定会一走了之。不过大多数人还是希望自己永远不必去测试这份决心。

9

我丢下背包，按下了大铁门前面的蜂鸣器。精致的景观和一座小型健身泳池透过铁门映入眼帘。我是来法官的公寓与他见面的，稍后就要和他出发前往南港巡回审判。

"你好，布里安娜。"扩音器里响起了法官的声音。

"你好，法官！"我回答，"准备好去冒险了吗？"我想象着他在对讲机另一头露出的微笑，听他描述了如何到达他家的前门。

大门嗡嗡响着打开了。我拎上行李，迈过门槛。这是一座市中心的综合公寓，可比起住宅，它让我觉得更像是豪华酒店。

布里斯班河是开发商的乐土。它蜿蜒曲折，为绵延数公里的河滨公寓提供了景致——发洪水时除外。法官住的公寓位于一楼。我不知道要是开口询问他家在二〇一一年有没有被淹，会不会不太礼貌？这是我可以合理向他提出的问题，还是会戳到他的痛处？

"这地方会不会发洪水？"我啜着一杯水，凝望窗外的河景。

"楼下的停车场差点被淹，不过我们这里够高。"他的妻子回答。

"即使你们是离地面最近的？哇。我猜开发商肯定不会费心建一座没法俯瞰河景的公寓。"

时间绰绰有余。于是我们三人站在阳台上聊起了无用却有趣的话题。我喜欢参观法官的家，装潢风格极简，却十分温馨，彰显了他们对艺术的热爱——只为展示，而非炫耀，恰如其分。我就其中一件艺术品向法官提问，他的回答延展成了一场小型导览。

我十分崇仰法官。在我认识他时，他的事业已经接近尾声。我想知道他是如何走到这里的，想听他为我讲述自己的人生。我听过的那些关于他的消息有时似乎不相协调，我想知道他是如何慢慢变得如此智慧、如此沉着。在大多数人眼中，他只是法庭一端高高在上的人，戴着假发、身披法袍，做着事关人们自由的重大决定。可我逐渐了解的是这一切背后的那个"人"。

法官出生在被他称为"菠萝之都"的耶蓬，是家中的独子。我知道他年轻时偶尔会在火车上睡着，这没有关系，因为他和妻子当时住在铁道尽头的廉价小屋里。我知道他做过检察官和辩护律师，从未尝试过其他职业道路。

当然，一个时时出现却永远不能问的问题是，他和妻子为何一直没要孩子。在他与我交流人生经历、逐渐了解对方的过程中，我有时觉得这似乎是件需要避而不谈的事情，但很可能我只是把自己没有安全感的事看得太重了。他的妻子和蔼友善、很好相处，那天与她道别之后，我在走向车子时想象起了我和文森特只与彼此相伴变老的生活。他会满足吗？法官家一只花瓶的价钱可能就抵得上一个孩子的高中学费了。我会选择花瓶。

几小时后，我和法官在一家酒店门前停下车，调侃着这家酒店怎么会被取名为"世外桃源"。推开房门，我咧嘴笑了。屋内有一片会客区、一张餐桌、全套的厨具和一座面朝壮观海景的露台。走廊所通向的主卧里有配套的浴室和步入式衣橱。一张宽敞的特大号卧床紧贴着落地窗，景致令人心旷神怡。我仰面倒在床上，挪动身子将脑袋陷进蓬松的枕头里，然后脱掉牛仔裤，感受着冰凉的白色床单贴在大腿上的感觉。

　　我翻出手机，给文森特拨了个电话。"嘿，帅气的男友。"

　　"嘿，漂亮的女士。"

　　"我正躺在一张巨大的白色床铺上，遥望着海上的落日，还没穿裤子。你什么时候能到这里来？"

　　"哇，是吗？公寓很不错？"

　　刚刚离开布里斯班、离开他，我就已经开始想念他了。我把这话告诉了他，并得到了同样的回复。挂上电话，我试着去感激自己找到的爱情，而不是恐慌于它带给我的巨大影响。九月就是我们的三周年纪念了。我还记得一周年纪念日那天，为了给他留下一个好印象，我在送他回家的路上有多紧张。我是多么在乎、多么渴望他能不断地证明自己爱我，却不愿意开口去问他。

　　"我今天过得非常开心。"我对他说。

　　"唯一能比这更令人激动的就是我们将来的两周年纪念日了。"他在与我吻别时回答。我的心里乐开了花。

　　我最初对他有好感是因为他比我好看许多，六个月后爱上他是因为他比我聪明许多。我觉得他各方面都比我优秀，和我在一起的每一天都是对我价值的一种不可思议的肯定。然而，我们之间的任何迟疑都会伤我很深。他残忍地不回我短信时——通常只是无心之失——我就会撤回打好的字。要是他宿醉得厉害，取消了我们的计划，我也会尽可能地对他冷漠。可我却很难脱离他来判断自身的价值。自青春期以来，我就接受了自己一文不值的事实，接受了在我心中永远存在的一个丑陋的东西——它才是黑暗的真相，是腐朽的核心。白天那个微笑的布里只不过是表象。直到好几年后我才明白，对于遭受虐待和创伤的幸存者来说，我内心的许多困扰都是非常正常的。

很多人喜欢到处宣扬"除非你自爱，否则没有人会爱你"。可是遇见文森特时，我并不爱我自己。有了他的爱，我的内心才变得更加坚强。和某人共享人生，就是透过他的眼睛去看世界。当一个人全心全意地爱着你时，你是几乎不可能像当时的我一样，一直自怨自艾的。

那个星期，在南港的办公室里，我思考了是否该联系一下我攻读法律学位时在地方法院合作过的地方法官。他平易近人，总是愿意慷慨地分享自己的时间。那里的工作经验为我的个人简历增色不少，即使我其实只是静静地坐在法庭上，并在工作结束时去问他几个问题。我还记得一名教养所里的十三岁被告曾经通过视频连线出面，他知道的法律用语比我还多。

有一次，这位地方法官不得不判某人监禁一段时间，这在地方法院并不常见，于是他宣布休庭，好考虑一下自己的判决。

晚些时候，他在办公室里告诉我："在宣判监禁某人之前，我都会休息一下。剥夺一个人的自由是件严肃的事情。喝口茶，呼吸一下新鲜空气，好好思考问题，无伤大雅。"这是个很好的建议——没有人会后悔在打电话之前先冷静了一下。

这次他负责审理家庭暴力专门法庭的一起全新案件。该案是昆廷·布赖斯[①]在《现在不行，永远不行：终结昆士兰州的家庭暴力》报告中推荐的案例之一。司法体制应该拥有很多经过特殊培训的后勤人员和充足的基础服务设施。紧急情况下，地方法官当天就可以发出保护令，而法律援助人员会随时提供帮助，服务对象不分男女。在鼓起勇气去拿电话之前，我又读了更多有关案子的内容。此案发生在南港并非巧合。法官曾经告诉我，该区域正处在水深火热之中，我查到的数据也说明了这一点。《黄金海岸公报》提到，毒品、酒精和色情片是家庭暴力危机的"驱动"因素。这一说法激怒了我。报纸总是将矛头指向外部因素——而那些因素其实只是加剧了根植于文化与社会之中的、预先存在的问题。

"在我看来，这永远与控制脱不了干系。"有一次，法官在处理一起前任伴侣间的恶性强奸案时对我说，"他想要控制她，如果还涉及孩子的问题，他会认为他们都该归他管控。"

"我讨厌人们把一切都归咎于酒精。"法官与我都赞同这一点。大家很容易将外部因素妖魔化，而不承认穷凶极恶的恶魔来自于人的内心。

我本该利用在南港的机会直接听地方法官讲讲审判进展——他是否觉得专门法庭能起到作用，以及为何有些地区的家庭暴力会比其他地区更加严重。但我没有。我刚把手放在办公室电话的听筒上，

---

① 昆廷·布赖斯（Quentin Bryce，1942—　　），澳大利亚律师、政治家。曾任昆士兰州州督，还是澳大利亚首任女总督。

就感觉身心俱疲。我并不是真的想听他说些什么，也不想知道在这座赌场遍地、棕榈树成行的天堂里，为何会有那么多的妇女儿童身处险境。要是他说，法庭真的有效，整个昆士兰州都需要设立这种法庭，那怎么办？那种做法将卓有成效，但也令人郁闷至极。自从第一天上岗、第一次听到旋转晾衣架的故事，我的痛苦就已经超出了最大配额。

南港的工作十分吃力。律师们做起事来似乎缺乏条理，也不习惯一位不允许他们随时休庭的法官。在我看来，考虑到这里也有常任法官任职，案件的处理似乎太过拖沓。我们尽力在计划中安排各种审讯，却一一落空，最终只能以一大堆的宣判告终。

其中一场宣判尤其糟糕。开庭时，我看到一个女人推着婴儿车坐在法庭后面，心里立刻产生了最坏的猜想——她就是我们即将做出判决的性侵犯的新女友。她一言不发地坐着，不时摇动婴儿车以安抚安静的新生儿，几乎不怎么抬头看。我想象她正努力把注意力集中在爱情、婴儿和那些美好的事情上。

轮到她伴侣的案子了。卢卡斯先生被控因危险驾驶机动车而致人重伤，他表示认罪，于是检察官直接对案件进行了概述。卢卡斯驾车在荒无人烟的乡村小路上行驶了几个小时，打算前往另一个州，却漏看了很多个道路施工标志。他前方的汽车都放慢了速度，而他以一百多公里的时速一头撞上了最后一辆车的尾部。被撞上的车的司机是一名商人，正在下班回家的路上，家中有三个子女——他不得不接受多次头部和脑部手术，感觉自己已经"毫无用处"、"成了家庭的负担"，而且余生都要戴着一顶铁帽子度过，因此会时不时地头痛，还面临感染和许多其他的并发症。

测试发现，卢卡斯在车祸发生时体内含有过量的处方药。

辩护律师开始提交量刑意见，一场道德的"网球赛"也正式拉开帷幕。

"法官大人，事故发生的那天下午，卢卡斯先生接到了一通电话，内容提到了在他儿时严重虐待过他的男人的姓名与地址。"卢卡斯静静地坐着，紧盯着大腿上紧握的双手。"后来，"辩护律师接着说，"被告似乎出现了某种心理崩溃，于是不负责任地服用了处方药，并踏上了无比漫长的旅途，试图找到施暴者，以展开某种报复。"

辩方列举了几个类似判例，其中没有立刻监禁的例子，还为我们讲述了卢卡斯先生的伴侣和他年幼孩子的状况，说他是一个好父亲、一个有责任感的公民，所以法官不必考虑为了威慑他而对他施加严厉的惩罚，因为卢卡斯没有再犯的风险。辩护律师的工作就是在提出量刑意见时，将自己的当事人描绘成规则中的例外。不过卢卡斯好像真的是个例外。

法官宣布休庭几分钟以考虑判决，我们其余人则在法庭上静静等待。量刑的范围很广，不少利益关系牵涉其中。卢卡斯看起来不是需要受罚才能改过的人，可我几乎能在脑海中听到法官拟稿时的声音："必须考虑到受害者，他再也不可能回到从前的样子了。"除了截瘫或四肢瘫痪，他所受的身体伤害已经几乎是最严重的了。这位三个孩子的父亲再也无法像从前那样生活，无法通过工作供养家人，无法与妻子欢爱，无法和孩子玩耍。他曾经可以将他们抱起、丢进泳池，就像我爸爸对我那样。事故之后，这个男人出现了抑郁的征兆。我曾为无家可归的人做过分发食物的志愿者，他们中的某些人会将这种"人生无常"的事故描述为昔日生活终结的标志——如同跌下一道滑坡，失去了所有。

十分钟流逝得相当缓慢。这两位父亲的人生，以及他们所爱之人的人生，都截然相反。我在纸上画了几个涟漪状的同心圆，想到从某种意义上来说，这个男人头盖骨上的铁帽子正是第三个涟漪——虐待卢卡斯的那个人的错误。

我想到了虐待和创伤会带来的持续影响。秘密在失控爆发前能被隐藏多久？网上流传着一张源自美国广播公司新闻频道的照片，照片里是一个班级——其中超过半数学童的面孔都被抹掉了，表明他们已经因滥用药物或自杀而死亡。他们都曾被同一名天主教神父"照看"。我用法庭的电脑将这张照片调了出来，然后重新望向卢卡斯，试图看清我和他之间有何相似之处，在他身上寻觅着种种迹象或伤疤。过去遗留下的标志。遭受虐待之后，卢卡斯仍然创造了美好的生活，然而没有了结与正义作基础，这一切还是在某个下午压垮了他。

难道我真的不可避免地要去应对自己受过的虐待吗？有没有什么办法能让我控制它的爆发？这似乎不太可能。有时候我会幻想自己也遭遇高冲击力的车祸。卢卡斯是我发自内心同情过的第一个被告。

"我决定，今天不做监禁宣判。"法官宣布。接下来他说了些什么，我已经记不得了，因为推着婴儿车的那名女子哭了起来。她把孩子抱到胸前，来回摇晃，眼泪落在那颗毛茸茸的小脑袋上。卢卡斯转身望了望她。当他回头望向前方、视线越过我的头顶看向法官时，我发现他也哭了。他紧闭着双眼，努力忍住眼泪，双手紧紧攥在胸前，指关节都已泛白。法官陈述了他所犯罪行的严重性，宣布判其缓刑，因此他不会直接被捕入狱。

"好的，法官大人。"卢卡斯一遍又一遍地点着头答道，"好的，法官大人。"他的声音在颤抖。

在法警示意休庭时，我没有按照惯例紧随法官离开。我怎么也无法移开视线，注视着卢卡斯转身离开被告席，迈开大步走向家人，将他们拥入怀中。众人哭作一团，如释重负却又无法庆祝。他们克服了重重困难团聚在一起，身边的种种不幸却压抑得让人喘不上气来。

检察官与当值律师给他们留出空间，迅速离开了法庭，我这才意识到自己是在窥探别人的隐私，于是整理好成堆的文件，留下他们一家人团聚。要知道，事情本有可能走向另一种结局。我对卢卡斯一家的最后印象是他们紧紧拥抱着彼此，却想象不出受害者一家的样子。听到这个消息，他们会作何感受？这对他们而言可能是不够的，但永远都不可能足够。在南港的第一个星期结束时，我怀里成堆的东西仍旧十分沉重。我暗自心想：这就是你如今生活的世界，一个满目疮痍的世界。

从法庭返回办公室的途中有一座能看到几层以下法院大厅的桥，于是我停下脚步来观察行人。这座桥有一个鲜明的建筑特色——下面的人谁也没有理由抬头望向这个特殊的地方，我却可以站在高处俯瞰他们。

桥对面的玻璃窗外，树枝上的鸟窝里躺着两颗鸟蛋。我怀着敬畏的心情注视着那些鸟蛋，惊叹于它们在坚硬的钢筋与玻璃旁是如此格格不入，如同法庭上的一个婴儿。

文森特在星期五的晚上到达酒店时，我高兴极了，欢呼着"这将是最棒的周末！"跑向了他。

"哇。"他放下行李，环顾着公寓感叹道。

"我没说错吧，"我望向窗外的沙滩，"这绝对是迄今为止最好的房间了。"我哼了一声："罗马镇的汽车旅馆我就没请你来。巡回审判的条件可不是永远都像天堂一样。"

他转过身，将我搂入怀中。"和你在一起，哪里都是天堂。"听到他故作性感的嗓音，我呻吟一声，和他一起大笑起来。他依旧环抱着我，亲吻我的脖颈。

"嘿，我还得带你参观一下这个地方呢。"我边说边把他拉向卧室。

"哦，好啊。那是什么房间？"

我们仍拥抱着彼此，一同摇摇晃晃地顺着走廊走去。

"啊，就是我在电话里跟你提过的。"我假装漫不经心地回答。

"嗯？真的吗？我不记得了。"

我们无意中撞上了门框。

"哦，"我惊呼着放开双臂，"那也没关系。"我正要转过身，却被他从身后一把抱住，发出了轻声的尖叫。他知道我喜欢被追逐，需要被肯定。

第二天晚上，我们去电影院看了《疯狂的麦克斯：狂暴之路》，我感叹还有更多的女性主义电影没有火起来。或者更加准确地说，还有更多热门电影不够女性主义。我们在一家德国餐厅停下来点了几杯啤酒。现场有一支乐队正在表演，我只能猜测他们演奏的是德国传统音乐。我们边笑边注视着醉醺醺的人们站起身，跟着专业舞者笨拙地移动。所有人都响亮地鼓起掌来，喊着加油鼓劲的话。一个男人在喝酒的间隙在椅子上倒立了起来。文森特和我畏缩了一下，律师的职业病犯了，我们开玩笑地预测起他要是摔断了脖子，能拿到多少赔付。

那是个凉爽而美好的星期六夜晚。我们手牵着手，走在时髦店铺与精美餐厅林立的大街上。我问文森特想不想吃冰激凌，他拒绝了，所以我也没有去吃。

"你想吃冰激凌，那就买一个呗！"他站在店外说。我没有告诉他，那个星期的晚饭我至少吐了三次。

"不了，我想做个乖乖女。"

他看了我一眼，吻了吻我的额头，然后陪我走回了酒店。

接下来的那个星期，在一次原本很无聊的宣判中，一名因为殴打他人而入狱的男子出示了一封感谢信，为他能有机会在监禁期间照顾被收容的小狗表示感谢。我太渴望好消息了，由衷地为这个可爱的想法吃了一惊，兴奋而快乐地在椅子上扭动起身子。我面前这个人高马大、浑身文身、脖子粗短的男子竟会去照顾一只小狗。我用法庭的电脑疯狂搜索这个项目的名称，找到了一则报道，其中写道："当你在球场上遛狗时，心灵可以去往世界上的任何地方——至少在几分钟内是可以的。"报道讲述的是那些五大三粗、通常很野蛮的男人如何借由小狗展现自身的温柔。这些动物成了一种渠道，让他们得以将在监狱里无法用其他方法言说的特殊爱意与情感表达出来。

写完判决文件，我想到了有关监狱的事情。爸爸告诉过我，儿童性侵的犯人在监狱里会遭到强奸和殴打，通常必须被送往戒备森严的机构加以保护，但是强奸成年女性和殴打妇女儿童的犯人就不会被这样对待。我不知道那些囚犯是如何一致划定这条界限的。一个女子到多大年龄就可以被人强行插入？在她来了月经，并被这个古老荒谬的标志"界定"为女人后，她就不再纯洁，她就可以生育小孩了吗？不见得吧。有些女孩十岁或十二岁就会来月经。就我见过的强奸犯来说，我无法想象谁会去检查他们的猎物是否来过"大姨妈"。不，这一定是环境和社会因素造成的，也许是文化因素，总之绝对是后天习得的。人们都是在家庭、学校和社会的经验中学习待人处事的方法的——或许很多人并没有这些经验。

我不想让强奸犯在监狱中获准拥有一只小狗。但我也明白，改造必须是第一位的。重复犯罪对谁都没有益处。

在另一场宣判中，法官和我了解到了一名男子的案件。该男子手持牛排刀先后闯入一家加油站和一家达美乐比萨店，威胁员工、索要钱财。赃款到手后，他用这些钱买了三明治和棒棒糖，还叫了一辆出租车回家。

我们听取的证据表明，他抢来的钱款差点连车费都不够付。他似乎很想回到监狱，他甚至是自首的。检察官表示，如果他在犯罪时没有喝醉，将被交由精神健康法庭处理。他迫切需要心理支持服务，而这是他在现实世界中得不到的。

"别担心。我也很紧张。"他在抢劫时对瑟瑟发抖的收银员说。

这个男人值得和强奸犯关在一起吗？他值得拥有一只小狗吗？真的有"值得"这种东西吗？还是说，这只不过是我们为了让司法制度看起来不那么怪异才分配给某个概念的词语？

10

从南港返回后，我从家里搬了出来，住进了距离布里斯班法院大楼约二十分钟步行路程的帕丁顿合租公寓。妈妈一直问我为什么，而我唯一能给她的答案就是："是时候了。"自从养成了新的"好习惯"，我已经在两周内瘦了两公斤。这些习惯包括步行上下班、喝澳式黑咖啡，以及只吃晚上一顿饭。要是文森特不在，我还会在脏兮兮的合租公寓的淋浴器下把晚饭给吐出来。

我没有任何像样的成功事迹可以依靠。随着时间缓慢流逝，要一辈子做律师的前景越来越让我难过。一想到必须告诉法官我有多令他失望，我就感到绝望。一想到要向别人诉说自己受到过的虐待，我就害怕文森特再也不会喜欢我了。下班后坐在楼后的露台上，我抽着烟心想：至少我瘦下来了。

我们着手处理了一起已经登记了一段时间的新案子，因为它需要一位中文普通话口译员。这是一桩强奸案。在快速翻阅证词的过程中，我才意识到事情有多混乱。原告和所有证人都无法用英语作证，通常三天就能结束的庭审轻易就延长了一倍，陪审团很容易因此懊恼。这对原告而言简直是难上加难。上了法庭，皇家检察官一开口，我就知道更糟的还在后面。此案事关一桩双性三角恋，其中还涉及酒精和原告是否有意识的问题。此外，几个目击者在当晚为警方做完笔录后都打过八卦电话，还发了短信。

我从桶中抽取了几个姓名，差点对其中一个冷哼出声。那是个类似克里斯托弗、詹姆斯、威廉一类的常见名字，属于一个五六十岁的卡帕拉巴男子。他是个修理工兼车床工，白人，留着大胡子，有点肚子，戴着一副金属边的老花镜。这就像我抽中了一个陪审团成员的典型——"普通的澳大利亚人"——应该是个最有代表性的社会"横截面"。他看起来沉着冷静，却很有权威。几个小时之后，当他作为陪审团的发言人起身时，我感觉自己仓促间的判断是正确的。我仔细审视其余陪审员的脸，他们几乎都是白人，而且大多上了年纪。这将是一场艰苦的斗争。只看到他们的脸，我还无法判断谁曾因害怕"亚洲人入侵"而把选票投给过保琳·汉森①。

法官以他一贯的耐心谈吐提醒陪审团，他们即将听到的翻译可能比较生硬，因此这项任务会比平时棘手一些，并对此提前表示了抱歉。他还稍稍和他们开了几句玩笑，好让大家放松下来。我想，此举也能让他们信任他、信任司法体制。

在性同意存疑的案子中，法官时常会警告陪审团这不是一个要

---

① 保琳·汉森（Pauline Hanson，1954—　），澳大利亚极右翼政治人物，单一民族党创始人、党魁，认为澳大利亚有被亚洲人"蜂拥淹没"的危机，提倡检讨移民政策、废除多元文化主义，引起了亚裔人群的不满。——译者注

双方辩论的问题：任何陪审员都需在排除合理怀疑后，在一定程度上相信原告的陈述。可在我看来，大多数人对于法官的警告都置若罔闻。陪审员们都在电视和电影中见过这种场合，知道法庭如战场。他们想要听到相互矛盾的陈述交锋。

接下来的一年中，我将目睹保琳·汉森再次当选参议员，并对我的亚洲朋友和穆斯林朋友表示同情。我们都想知道，身旁有哪些人——在火车上、超市里、工作中——投下了那张丑恶的选票。

我注视着陪审员们的面容，默默祈祷了几句。我也不知道说了些什么。请不要让这十二个人心里有什么种族或是性别歧视。然而，当我望向窗外罗马大街公园绿地的棕榈树和头顶的星群时，心中却充满了恐惧。

那天下午，法官在开庭陈词结束后便放陪审团回家去了，我们提早完成了工作。有几个助理正聚集在电梯外窃窃私语。我悄悄溜到了乔纳森的身旁，他平日里都在宾利，头脑聪明，性格温和。

"出什么事了？"我问大家。

"我们正在等待艾丽丝那边的判决结果。"休答道，他是一个身材高大、一身 R.M. 威廉姆斯的年轻人。艾丽丝平时都跟随自己的法官待在伊普斯威奇。

"显然结果随时都有可能出来。"另一个人插话道。

我转向乔纳森："我错过了什么？为什么大家都这么关心这个案子？"

不同于其他人兴致勃勃的回复，乔纳森用阴沉的语气向我解释说，这桩强奸案的被告来自市中心的一所精英私立男校。文森特上的就是那所学校。就因为我之前曾说那所学校的学生声誉不佳，他还与我发生过争执。

"他现在已经上大学了。双方都是。不过事情发生在他高中的最后一个学年。"乔纳森澄清道。

"天啊。"我说。

我让他等一下。我把手中的文件放回办公室，脱掉法袍，心中异常慌乱。"情况怎么样了？"一起乘坐电梯下楼时，我问他。

"事情涉及酒精，发生在卧室内。我觉得他们之前约会过，后来她发短信邀他过来，但表示过自己不想发生性关系。直到她在大学里接受了性教育和性同意课程之后，才意识到发生过的事情属于强奸。他还出庭作证来着。"

"哇哦！"我倒抽了一口气——这种案子的被告人从不会出庭作证。

"我懂你的意思，他显然极其傲慢。听说他说的都是'哦，我和她分手了，不想和她复合，可她一直求我，所以我才过去，事情完全是她自愿的'之类的话。"

又是煤气灯效应。我的心头一沉。这种桀骜不驯的语气令我猛然想起了在调查时碰到过的一桩案子，其中的年轻男子表示"我们发生了性行为"，然而他们的口交行为只进行到他射精的那一刻就结束了，而且完全是单向的。

电梯门打开，我们全都陷入了沉默。在我们陆续进入法庭的过程中，我才意识到自己将要坐到原告的斜前面——那不可能是其他任何人。她和我年纪相仿，左右两旁的人只可能是她的父母。我看到母亲正握着女儿的手，用大拇指摩挲着她。我的妈妈在我生病卧床、头痛到浑身冒汗时也会这么做。那位父亲面无表情。这世界曾告诉他，保护女儿是他的责任，可她却遭到了侵犯，如今又要被公开亵渎，还会被人称作骗子。我不知道，要是塞缪尔逼我出庭，我的父亲坐在这座楼里的法庭——甚至就在这一间法庭——后面时会是什么表情。同样的牛仔裤和纽扣衬衫，同样没怎么保养过的棕色皮带和黑色鞋子——这位父亲和我爸爸的穿着打扮一样。我为他感到心痛，心中有些恐慌，因为我想到了站出来会给我爱的人带来什么后果。也许我不能让爸爸经历这些。

"那些是被告的家人。"乔纳森对我耳语，声音低得几乎听不清。他微微抬起放在膝盖上的手指，指了指前排右侧、在我们斜对面的那排座位。

只见那里坐着一排年轻男子，个个人高马大、肩宽体阔，最后还有一对年纪稍长的男女。男孩们坐立不安，把伸开的双腿放在椅子两边，抖个不停。被告被带进法庭，望着他们点了点头，眼神坚定且傲慢。那排人也朝着他点了点头。这些男孩都一模一样，就好像她和我也没什么不同。男孩们都害怕遭到起诉。而我们中的大多数是在喝醉的情况下发生了性关系。我能想象他们辩称：谁敢说不是女方第二天出于负罪感改变了心意呢？这个女孩就是如此，只不过她过了一年多的时间才反悔！

我不恨他们，但我爱她。我爱她的理由和澳大利亚人喜欢弱势者一样。我爱她是因为，生长在布里斯班，每天听着、看着和经历着各种荒唐之事，她竟然还能像这样起诉一个男孩的强奸行为，这简直就是一种勇敢的壮举。

静静坐着等待法官到来的时候，我突然想起了一件事，场景历历在目。我记得那是在一场高中舞会，我路过了一对紧贴着彼此跳舞的男女，发现女孩正在哭泣。那是凯西，是个炙手可热的姑娘，我不是。我隐约认出那个男孩是橄榄球队的艾尔。我告诉同行的几个朋友，一会儿在外面见。

我找到凯西的那群很受大家欢迎的朋友，紧张地朝她们走了过去。她们全都留着直发，肤白貌美，穿着昂贵的牛仔裤，看上去就像模特一样。我害怕她们。其中一个女孩看到我走近，用质疑的目光打量着我，不知道我为何要跨越这条通常十分神圣的社交鸿沟。

"你们好，我刚才看到凯西正哭着和一个男孩跳舞，"我的话并没有特别说给谁听，"也许你们有谁应该去看看她？"

我认为自己要做得就这么多了，然而当我转身离开时，这群人之间的气氛却变了。没有人回答，也没有人看向我。我停住脚步，不安地转过头来。

"你们知道她在哭吗？"我困惑地再次问她们。还是无人回应。

"艾尔就是个混蛋。"莉莉终于答了一句。

"好吧，即便如此，你们也觉得凯西会没事的，是吗？"

这群人再次愣住了。我望向莉莉，目不转睛地盯着她，等待着。

"我们觉得他可能在做什么凯西不想做的事情。"这一次，莉莉的话音轻了不少。

"该死。"我回答，"那有没有人去接她？"

莉莉看了看卡洛琳，卡洛琳又看了看梅尔，但谁也没有回答我的问题，更没有人主动请缨。

我还是一头雾水。"你们想让我去接她吗？"困惑的我轻声提议。她们一下子激动起来。

"好啊！"她们异口同声，其中一个甚至拍了拍我的手臂，像是在感谢我。众人马上聊起了那个男孩有多"恶心"。

我回到艾尔带凯西去的那个拥挤的舞池，里面满是汗流浃背的身体，会挡住人们的视线。我轻轻拍了拍他的肩膀。被我打断的他露出了惊讶而轻蔑的表情。

隔着音乐，我大喊道："我需要和凯西说上几句话。"在他迷惑之际，我从他的肩膀上一把抓过凯西的手，领着她离开了。她顺从地跟了上来，没有任何的疑问。直到现在，我才意识到她眼神呆滞正是因为她当时已经动弹不得。我把她交还给她的朋友时，她似乎仍旧处在震惊之中。

"不用谢。"我没有理会她们的感谢之辞便走开了，不想让人以为我是在试图加入她们。

当晚舞会结束时，所有人都在等待父母来接。莉莉过来找到了我。"谢谢你，"她说，"你的举动真的非常勇敢。"

"你们认为被告是否犯有强奸罪？"助理艾丽丝的声音打破了沉寂的空气。

"无罪。"发言人回答。

我身后的女孩发出了一声喉音，是那种由衷心碎的哭叫。我前面的年轻男人们则拍手叫好，还有人得意地朝着空中挥了一拳。这是一种矛盾且令人困惑的环绕立体声体验。被告转过身，朝着自己的支持者露出了灿烂的微笑。他没有看到那个年轻女子从椅子上站起来时，哀号着摔倒在地。他没有看到那位父亲搀扶着女儿离开法庭。他没有看到那位母亲为父女俩撑着门，眼睁睁看着自己的孩子崩溃。他也没有看到大门在一家三口身后关上之前，他们身上浪潮般涌出的绝望之情。我把这视为一个警示信号——也许光有勇气是不够的。

坐直梯返回我们那一层时，助理们聊着聊着就出现了意料之中的对话。男方看起来的确像个白痴，但白痴并不意味着他是个强奸犯。反正女方无法证明这一点，何况她拖了太久。再说了，谁喝了两杯啤酒就能醉呢？

我听着。即使原告的叙述是真的，我也不知道她如何才能证明，她家里又没有摄像头。而且如果事情是真的，那么正是那些曾令他认为自己有权占有她身体的东西，那股无形的压力，成了阻止她早些站出来的原因。形势从一开始就对她不利。

"想象一下，如果性同意课程早在他们上高中时就开设，也就是事情发生之前，是不是就有可能避免这种事情了？"我边思考边问出了声。

然而大多数助理都已准备离开了。大家纷纷聊起了周末的计划。

"我想我对这个案子太激动了。"所有人离开后，我转身对乔纳森说。他在布里斯班的临时办公室就在我的附近。

"哦，是吗？"

"我不知道。我太投入了，在乎得很。我觉得这不公平。"

"啊，可这不是公不公平的问题。"他露出了同情的微笑。

"我懂，我懂。我就是很生气，你懂吗？每天目睹同样的破事，还一件比一件糟糕。"

"你经手过很多性犯罪案件吗？"

"是啊，还有涉及儿童的。你不是吗？你的法官是处理民事审判的吗？"

"不，我们什么都做。"他轻轻耸了耸肩，"但我今年只经手过几桩恶心的案子。"他停顿片刻，又开口补充了一句："不过，和你说的不一样，这种事情并不会触动我。这就是法律。我感觉我们是在帮助人们应对坏事。假如我看到有人以不公平的方式滥用法律，我会在乎的，这就是我们的工作。我们要做的是让司法制度有据可依。"

"可要是司法制度就不公平怎么办？"我望向他的双眼，透过厚厚的镜片搜寻着，想知道他明不明白我的问题。也许他还能听出我的提问其实是一种恳求。但我感觉自己很傻，满头的红色卷发似乎成了一顶锡箔纸做的帽子。"呃，我猜这不是我们这个薪酬水平的人应该考虑的问题。"我笑着耸了耸肩，"明天见。"

第二天一早，我在咖啡车旁碰到了梅根，一股幸福感重新涌上心头。前一天晚上，我抽了太多的烟，又做了好几个可怕的噩梦，脑海中无法摆脱那个女孩的父亲搀扶着她离开法庭的画面。我抬头望向法院大楼，想到我要有多自私才能拖着父母经历这一切，胃因为内疚而先一步翻腾起来。但梅根令我快乐。她就是闷热的昆士兰州午后一阵空调送来的凉风。我们分享着心中愤怒与厌恶，但最重要的是，我们时常拥有相同的困惑。眼前的某些事情，人们的某些可怕行径，我们也许永远都无法理解。有时，能够听到自己的朋友说出"我不明白"是非常重要的。有时，能够听到朋友讲些有趣的事情也是非常重要的。走向咖啡车时，我对着梅根的背影吹起了挑逗的口哨。她猛转过身，看到我夸张地冲她眨眼，便极其热情地甩了甩头发以示回应。

"准备好在天堂开始新的一天了吗？"我底气十足地说。

"哦，这种日子怎么过都过不够！"她大喊着回答。我点了一杯咖啡，离开咖啡车，站到了她的身旁。两人踩着高跟鞋摇摇晃晃地立在砖地上。

"你的审讯结束了吗？"我问。大多数性犯罪案件的审讯都会花费三天的时间。所以星期四通常意味着陪审团已经离开，或是有新的工作要做。

"结束了，他被判有罪，不过我觉得他还会上诉。"她不满地回答，"今天早上，我们又宣判了一起涉及大量儿童色情片的案子。"

"天啊，你们真是一刻也不能松懈，是不是？"

她翻了个白眼。

"所以你们叫联邦检察署过来了吗？"我问。儿童色情片要依据联邦法律处理，而不由普通的州检察官评判。

"叫了。"

"那个讨厌的信封呢？"我问。

"封好了。"

"我真他妈讨厌那些信封。"

"谁说不是呢。"

"你看过里面的东西吗？"我发自内心地感到好奇。在每一起儿童色情片案件的审判中，检察官都会递交一份被告私藏的色情片样本。这些图像会被按照其淫秽程度——以涉及奴役和人兽性交的最为糟糕——和插入及暴力水平的不同进行分类。

"没有。我的法官几乎不会看，而是把它放进信封里封存后再交给我。"她回答。

"我的法官也一样。"我回答，"这总还能让人松一口气。"

"是啊，而且你知道吗，我法官的孩子也是那个年纪。"她的声音尖锐起来，话音中充满了戒备，"我无法想象他看完这种东西再回家陪伴孩子时，心里会怎么想。算了，我们聊点别的吧。你听说丽兹昨天的事了吗？"在罗马大街公园绿地附近等红绿灯时，梅根环顾四周，确定没有人能听到后，开口问道。

"没有。怎么了？"这肯定是什么大爆料。

"丽兹穿了一条膝盖以上的短裙来上班。那裙子的长度完全正常，却被她的法官说她不够专业，让她去城里买长筒袜，或是一条新裤子。"

"天啊！"我不出声地说，因愤怒而张大了嘴。

"是啊。然后等她从城里回来时，法官已经走了。"

我叹了口气："丽兹还好吗？"

"不太好。昨天我从法庭回来之后，她又跑到我办公室里哭了一鼻子。"

"呃，你的确比我耐心多了。"我摇了摇头。绿色的小人闪烁起来，于是我们走过马路。"这份工作有时候本就糟糕透顶。要是我觉得没法和法官交流，或是不能与他和谐相处，我简直想象不出这工作又会糟糕到什么程度。"

"谁说不是呢，更别提他要是欺负我该怎么办了。"梅根补充道，"丽兹试图去找人力部门，可他们却表示无能为力。她要么留下，要么辞职。"

"该死！"我大声抱怨了一句，和她一起刷卡通过安检机，朝着电梯走去，"可要是她辞职，事业就毁了。"周围全是人，我只好低声说话。梅根点了点头。我们在沉默中搭电梯上升，身边站着其他的工作人员和普通群众。我要去十三层，她要去十四层。分开之前，梅根补充道："至少她的法官很少待在这里。"我们交换了一个愤世嫉俗的微笑，就分别了。

和法官提前致歉时所说的一样，这场以中文开展的审讯既缓慢又令人痛苦。涉案女性对彼此都有微词，而且她们似乎都曾在不同时间点与彼此约会。犯罪现场的照片显示，被告的阴茎上到处是血，浴室中也是鲜血淋漓。不过辩方请来的专业医生表示，勃起的阴茎确实有可能因为一处很小的伤口大量出血。辩方强烈反对让陪审团看到这么多血腥的画面，或是被引导认为这很重要。

值得称赞的是，现场的翻译非常了不起，说起话来既快速又明确，几乎不需要法官为她专门留出时间。当所有证据展示完毕时，时间已经到了星期四的下午。陪审团将从星期五开始商议。

"我想知道，要是让他们利用周末的时间好好考虑一下，"那天回到办公室，我询问法官，"结果会不会有什么不同？"

"哦，我想不会有太大的区别。人们还有其他事情要做。我猜他们会和我们一样，去过自己的生活。"

我不确定自己是否同意。陪审员们走到火车站，会看到女学生在街上被人呼来喝去。回到家，家中大部分做饭和打扫的活都是由女性完成的。他们的孩子也许会抱怨学校里的亚洲孩子"取得了所有的好成绩"。他们处于青春期的儿子要是不能吸引异性，就会被称作同性恋。男性陪审员们也许还会去找菲律宾女子做按摩，听自己的朋友大声开着关于"幸福结局"的玩笑。他们很少在议会中看到女性，参选连任的保琳·汉森算是最引人注目的政坛女性之一了。许多陪审员都见过或听过自己的母亲被父亲掌掴或殴打。在澳大利亚，直到二十世纪八十年代，都没有男人"强奸妻子"这个说法，因为此前男人永远有权占有妻子的身体。陪审员们吸收了多少信息啊！四十八小时之内，什么事都有可能发生。

不过法官是对的。周末时，我也会去过自己的生活。星期五的晚上，我喝了几杯，周末是和文森特一起度过的，还和他的家人吃了一顿丰盛的午餐。我买了几件新衣服，心情愉悦。直到星期天的晚上准备上班要穿的衣服时，我才想起自己即将回去组织裁决。我出去抽了支烟，俯瞰着帕丁顿的屋顶，为我的淡漠内疚，担心自己会变得铁石心肠，而我曾发誓不会那样。

星期一的早晨和往常一样拉开了帷幕：法官和我在各自的房间里处理事情，等待陪审团打电话告诉我们裁决结论。不到两个小时之后，我们披上法袍，一起走上了电梯。我拿到了裁决，是无罪。我试着不去考虑原告的感受，可总是忍不住想象她收到这个消息时的表情。我想要试着去感受那份失望，看自己是否做好了准备。

我完成了文书工作，把文件还给登记处。听说我们明天就能展开新的审判了，登记人员很高兴，于是我花了几个小时疯狂奔波，为法官收集可以阅读和准备的口供。工作就是这样积压起来的，总有更多的审判亟待处理。庭审的浪潮永无止境，一波紧随一波，其中只有一小部分是站出来起诉的女性，而她们之中又仅有一小部分能够排到庭审日期。

新案子又是关于性侵的，不过这一次牵扯到了剥夺人身自由。我需要直接去地下档案室领取原始资料，而通常情况下，文件会为我们存放在法官的信件格里。等待要取的文件夹时，我环顾起四周一排又一排的文件柜。人们必须经过培训才能知道如何储存和寻找这些文件，因为它们的数量实在太多。档案室里干净清冷，被日光灯照得过于明亮，如同一间出奇安静的医院。我低头望向地毯，想象谁有可能正被关在脚下的牢房，想起了今年早些时候的那次参观。要不是周围有人，我可能会手脚并用地跪下来，把耳朵贴在地板上。我会听到咳嗽声吗？会有愤怒的呼号，或是求救的呼唤吗？那人会是男是女？与我有何不同？我的文件和这里数以千计的文件会不会有什么不同？不会的。

"给你！"年轻的文员把我正在等待的文件夹递了过来，"抱歉让你久等了。同姓的人太多了。"

我对剥夺自由的指控一直完全不了解。第二天早上，在我准备出庭时，一名检察官冲到了我的面前——是格莱斯顿的埃里克，他说他们遇到了麻烦。

"我们似乎没有主要证人了。"他告诉我。我等到辩方慢腾腾地走近，才开口回应。

"你是说迟到了还是根本就不会来？"我问。

"我们眼下也正试图弄清楚呢，"他回答，"但肯定是无法在十点钟开庭了。不过这属于医疗状况，所以我们正在试图联络她，看看是这一整个星期都不行，还是别的什么。"

"我会去告诉法官大人的。不过我猜他可能还是想十点钟时下来一趟,把事情的经过记录在案。"我朝两人点了点头,上楼去转达这个消息。法官非常沮丧。前一天,我们俩一直准备到很晚才回去,现在看来却有可能是白费功夫。

"先生们,到底发生了什么事情?"庭审刚一开始,法官便提问。双方律师都站了起来。我十分享受只有专业人士在场时的那种坦率的气氛,少了拘谨与迂腐,多了对话与交流。这让我想要成为一位专业人士,一位拥有重要职位、与别人互相尊重的重要人物。

埃里克开口解释道:"法官大人,我的见习事务律师刚刚和主要证人——也就是原告的妹妹通过电话。她似乎在从桑盖特乘车来的路上严重晕车了。"

"晕车?"法官问道。这可不是什么强有力的借口。作为证人被传唤出庭是一项严肃的要求:如果她被人发现没有尽全力作证,就有可能被判蔑视法庭。

"这位年轻女子好像今天早上才发现自己怀孕了,"埃里克停顿片刻,看了看笔记,"而晕车因为晨吐有所加重。她走不了十分钟就得停下来……呃……呕吐,而她的住所距这里的车程大于一个半小时。"

"今天没有这位证人,皇家检察官就无法审理案件了吗?"法官问,"我们不能今天就开始,明天再让她过来吗?这里还有六十个人等着知道自己会不会成为陪审员呢。"

"我明白,法官大人。"埃里克回答,"但她有可能明天也无法过来。"

"'有可能'是什么意思?这是医生的判断还是她自述的?必须

出具医学证明才能免于出庭。"

"是的，抱歉，法官大人。如果我能请求暂时休庭，再多打几个电话，也许就能提出更好的建议了。"

"好吧。那我们就在外面等着。"法官简短地回答。大家纷纷站起身来。

法官在法庭与法官专用电梯之间的前厅坐了下来，眺望窗外的城市与河流。

"天啊，证人才十九岁，刚刚意外地发现自己怀孕了。"我在身前紧握住双手，"我已经二十三岁了，还无法想象意外怀孕是什么感觉呢。何况她还要被别人打电话叫去参与强奸案的审判。"

我停顿了一下，却没有听到答复。我只希望他能听懂我的潜台词：三个男性正试图判断一个年轻女性刚刚怀孕的经历是否真实。

重新开庭后，检察官既焦虑又愤怒地回来了。不过我似乎觉察到了法官的转变——他的态度好像不那么强硬了。庭审将被推迟几个星期举行。陪审团也被解散了。检察官将奉命与证人保持联系，在她感觉好些时再重启审判。

11

从布里斯班开车到沃里克大约需要两个小时。一路上，只要不过多担心撞上某位重要人物的豪车，景色还是相当宜人的。当你离开阿拉图拉，爬过某座特定的小丘之后，一大片美丽的山谷农田就会呈现在眼前，周围环绕着组成坎宁安峡谷的山脉。其中有些农田是棕灰色的，作物被牲畜啃噬后变得低矮而干燥。另外几片田地上遍植丰富的绿色庄稼，由横跨其上方的巨大洒水器不断浇灌。其他农田仍是一片翠绿，看上去光滑得难以置信。田野间，毛茸茸的白色绵羊星星点点，成排成行，宛若湛蓝天空上的云朵投射下的倒影。我注意到路边的大树上挂着一块小牌子，上面写着耶稣因为末日临近而拯救我们所有人之类的话。我想为法官指出那句话，和他一起笑一笑，但车子很快就来到了沃里克的入口。一块巨大的广告牌映入眼帘，上面引述了《圣经》中的一句话："箴言 13:10，骄傲只滋生争竞；听劝的，却有智慧。"

"哇。"我感叹了一句。不过法官看起来却镇定自若。他去年就来沃里克巡回审判过。对他而言，这里发生的一切都不新鲜，也不会令他震惊。

当我们终于到达汽车旅馆下车时，一场暴风雨已经在头顶上酝酿。空气中混杂着湿气、电流声、蝉鸣和肥料的味道。要不是我已经筋疲力尽、浑身发冷，一定会兴奋不已。今晚我已安排了要做法律执业培训的一份评定。评定必须通过视频会议来完成，这样我才能假装在按别人的指示编写遗嘱。午夜时分，我终于可以睡觉了，我在上床前刷了个牙，却被水冰得牙齿和牙龈都疼。

第二天一早，在前往法院的路上，我们拿镇上的其他人开起了玩笑。"你家里不是有谁就来自沃里克吗？"法官问我。以前我告诉过他，我有一个叔叔在那条路上经营着一家绵羊牧场。

"没错，"我没有打转向灯便驶离了环岛，"不过我的爸爸妈妈不是表兄妹，所以我来这里也并没有回家的感觉，你明白吧？"

"这话可有点不好听！"他大笑着回答。

沃里克的法庭着实有些特别之处。法院大楼里只有一个带暖气的房间。由于屋内已经很久没有通过风，充满了皮革和书本的味道。早晨的寒气令我的鼻子里阵阵刺痛，闻不到任何味道，能从寒冷中走进这个安静肃穆的地方，为即将到来的一天做好准备，这种感觉很好。假发如同睡着的宠物，被摆放在律师席每张桌子的尽头，耐心等待主人的回归。光线经过玻璃的折射，将被告席变成了美丽的摆设，而非野兽的牢笼。很多建筑和房间在缺乏人气时会显得空空荡荡，古老的法庭则不同。身处其中就像是拿着一枚古老的硬币。随着时间的推移，硬币吸收了太多的东西——太多的人类接触——

哪怕人们离去，它也不会就那样消失。

到了九点半，我们已经深陷在文件堆中，我明显感觉自己进入了现实世界。我们要宣判的是一起母亲与继父虐待女儿的双被告案件。女孩患有皮炎，双手干燥开裂，可这两个成年人却将辣椒涂遍了她的双手。他们还强迫她吃辣椒，将辣椒塞进她的鼻子，然后逼迫她吃下更多，若是她不肯吃，他们就威胁要把辣椒塞进她的喉咙。这对母亲和继父还会站在女孩的面前，轮流用一只木勺打她的手，有时还会强迫她的哥哥打她，因为他们已经累得无法亲自动手了。女孩的母亲曾扎伤过她一次，伤口不大，不需要缝针。继父曾把她按在地上，用木棒揍她，还会扼住她的喉咙、捂住她的嘴，令她无法呼吸。我望着他庞大的身形，想象他将体重压在我的身上、用手捂住我嘴巴的情形。

宣判中最糟糕的部分，永远是检察官回顾三四起类似犯罪判例以提出量刑建议的时候。这不仅让我必须坐着听完另外四起可怕的案件，还提醒了我，人们一直都在做这些可怕的事，眼前的这些人并不是个例。他们并非孤立存在的不幸，身上也没有任何特别之处，只不过是制度与社会的产物。

这对母亲和继父的行为被归结为"过度管教"，这激怒了我。我无法理解法庭为何不将他们的行为视为严重侵犯。这其中，又属继父将她按倒在地、使她窒息的行为尤为令我不安。在如何设法解决这种持续的危机方面，昆廷·布赖斯在《现在不行，永远不行：终结昆士兰州的家庭暴力》报告中提出了一百四十种建议。其中一条建议将扼喉归为一种特殊的犯罪，因为研究表明，随着亲密关系中暴力行为的逐步升级，扼喉通常是谋杀前的倒数第二种暴力行径。

由于无法证明有扼杀的意图，被告不能被控谋杀未遂。而且由于扼喉通常不会造成持久的伤害，它甚至不会被归为严重的肢体伤害。结果是，如果一个男人在一个女人的家里将她勒到失去意识，然后在她断气之前松开手，就只能被控普通伤害罪。但如果这名继父和我一起走在室外，对我做出同样的事，那么对他的判决将严重得多，只是由于这个孩子处于他们的监护之下，或者说"统治"之下，罪行就被归入了不同的类别。说来也怪，我们都希望被陌生人温柔、尊重以待，对父母照顾孩子的标准却能大大降低。有人认为这应该反过来，因为生养子女就伴随着照顾他们的义务。

这位继父的虐待行为也涉及性吗？也许女孩的心里太过窘迫，羞于谈及此事，希望在举报身体遭到暴力虐待之后，性暴力也能随之停止。

"量刑的范围似乎的确十分广泛。"法官表示。在最高法院的判决中，有的主审法官仅仅做出了强制执行社区服务的判决。毫无疑问，这样的判决是建立在社会长期认为法律无权干涉男人如何控制家庭的态度之上的。

社区服务部门并没有对这个家庭采取进一步的行动，因为据说其余六个孩子都没有问题。辩护律师说，只有这一个女儿"需要管教"，其他兄弟姐妹都在法庭上对他们的母亲和继父表示了支持。

法官宣判时，这位母亲痛哭流涕，可他们带着不必坐牢的结果离开了法庭——离坐牢还差得远着呢。他们所有人又将回到那所房子里。事情会有改变吗？真是荒谬。

第一个星期的星期四，爸爸来到沃里克，和我一起去探望他的妈妈，也就是我的奶奶。一年前，她从自己老旧的大房子搬去了当地一家养老院。我计划在探望结束后，安排法官、爸爸和我去赛马与骑师餐厅吃顿牛排。

听说家里又出了一名律师，奶奶似乎格外高兴，还要我对自己佩戴的每一件首饰做解说。上次我住在她家时，她曾在我进屋亲吻她并道晚安时说："你知道吗，亲爱的，你不化妆的时候也一样漂亮。"但那天下午，我在养老院里与她聊天时，她的注意力似乎时有时无。认知障碍症是渐进性的。与我们聊天时，她并不会惊慌失措或迷惑不解，但是她心灵的透镜——眼睛——有时似乎很难保持专注。她对某些节点的记忆格外清晰，而对那之后流逝的大段时间则模糊不清。

"她的状态看上去还不错！"从养老院开车去吃晚饭的路上，我对爸爸说。

"时好时坏吧。"他回答。

"她喜欢那里吗？"

"她上个星期打电话给我抱怨，说分配给她的那个年轻护士特别粗鲁，尤其考虑到她'是这个地方的主人'。"

"什么?！"

"我对她说：'露易丝，那里不是你的地盘，你也不是那些人的老板。你最好对所有人更友善一些。'"我笑了。爸爸接着说："她答了一句'哦'，好像十分吃惊。"

"听上去确实像奶奶会说的话。"

那天下午成了我与她的最后一次对话。那次探访过后，我曾以最自私的方式想起她：若是我老了，膝下无儿无女，生命的意义和身份会是什么。奶奶已经失去了用自己的思想来定义生活的能力，可她拥有四个儿子和好几个孙辈。他们的存在都要归功于她。

我还是很想问问法官为什么不要孩子，但我知道我永远也问不出口。他把自己的一生都献给了事业，并因此拥有了出众的头脑与气质。我想要听听他对于丁克到老这个问题的看法。我需要一个榜样。

爸爸和我把车停进了餐厅的停车场。这里不是酒吧，但也绝对算不上一家餐厅，而是介于两者之间，摆放着不少基诺游戏的表格，还连着一座兔下车的空瓶回收站。

我为这两个男人能否聊得来感到紧张，也为自己感到担忧。我真正的爸爸就要和我工作上的"爸爸"见面了。我的爸爸只和地方法官打过交道，没有接触过大法官。我不想让他觉得自己的职业会被拿来与大法官进行比较。我的心里萌发了一种保护爸爸的心态，但也不想让他大谈他那些关于司法体制应该如何改进的念头。

结果一切十分顺利，因为我把一整碗的牛排酱汁都洒在了自己身上，打破了僵局。即便在事情宛如慢动作一般发生、我看到身上美丽的蓝色丝绒裙子毁掉的时候，心里更多还是先松了口气，因为酱汁没有洒在法官的周围。我还记得在接受工作培训时，前任助理丽贝卡曾告诉过我，她愿意为法官"挡子弹"。我偷笑起来，心想我一定要严肃地告诉自己的继任者，我曾经为法官挡过一整碗酱汁。

吃完晚饭，我难过地注视着爸爸坐进小卡车，返回布里斯班，我因想家而感到心痛。我挥手道别，望着他的车灯渐渐消失在街道的转角处。

星期一，我们展开了对特拉华先生的审判。准备过程中，我在分配庭审时间时没有发现任何值得注意的事情：又是一起儿童性侵案，被告又是"妈妈的新男友"，和之前的案例如出一辙。最不寻常的地方在于，它给出的预估庭审时间是一到两天，而不是通常的三到四天。

"除了原告，没有可以传唤的证人。"检察官告诉法官。

我停下来，回去翻了翻证词，意识到这话是真的。这一刻我才注意到原告的名字——乔治。我怎么会错过了这一点呢？这是我今年第一次看到原告为男性的性侵案审判。我望向坐在被告席上的被告。他已经上了年纪，留着泛灰的胡子，还拄着拐杖。

"特拉华先生彻底否认这一罪名。"他的辩护律师表示。

他当然要否定了。

检察官的开庭陈词十分直白。除了乔治被侵犯时只有十五岁之外，其余内容没有任何的特别之处。乔治母亲的新男友特拉华起初会通过一些不恰当的小动作来触摸乔治的身体。不出几个月，这些本可以被忽视的短暂互动逐渐发展成了更加大胆、更具侵略性的行为。乔治试图向母亲告状，话一出口却变了味，没有被理睬。特拉华的攻势愈发猛烈，直到一个可怕的夜晚，十六岁的乔治离家出走了。

特拉华算不上是最镇定的被告。听着检察官逐一陈述每项指控，他怒气冲冲，频频摇头。有一次，我甚至觉得自己看到他用力踩了踩他的拐杖。

乔治已经四十多岁了。他穿着法兰绒衬衫和蓝色粗布农夫牛仔裤，脚蹬一双擦得锃亮的棕色皮靴。他的头发梳得一丝不苟，用一点点发胶固定，胡子刮得干干净净。他所展现的形象正是一个普通的澳大利亚中年白人男子在得知要穿商务便装时的打扮。他看上去有点紧张，但在回答检察官的提问时简洁明了。故事让人感觉真实可靠。乔治提到，最初的几件小事他并没有在意，但过了一段时间，特拉华坚持要看他洗澡，或是和他一起洗澡。提起自己曾因特拉华住在家里一事和母亲发生过争执，他的双手攥得更紧了。

"你有没有把特拉华的所作所为告诉你的母亲？"检察官提问。

"没有。"

"那特拉华有没有搬出去？"

"没有。"

"侵犯行为后来还在继续吗？"

乔治按了按鼻子，用力揉了揉眼睛："是的。"

乔治曾经试过在不解释原因的情况下让母亲把特拉华赶出家门，就像我曾以各种不同的方式向母亲抱怨塞缪尔一样。人们很容易对乔治的母亲感到愤怒，不过我猜，在二十世纪八十年代，单身母亲在沃里克的就业前景是十分渺茫的，何况案件材料中并没有提及乔治的生父。特拉华是不是像瑞斯特一样，能够提供稳定的经济收入？他会不会像普尔曼一样，实施精神操控或是肉体折磨？这都无关紧要。总之乔治的妈妈就是没有采取任何行动，她既不仔细聆听儿子的话背后的含义，也不愿睁开双眼，回过头去好好想想。

"交叉盘问之前，你想休息一下吗？"法官询问乔治。他看上去已经精疲力竭，双眼微红，肩膀也耷拉着。

"不用了，法官大人，谢谢。我想把事情做完。"

"那好。"法官朝辩护律师点了点头，后者站了起来。

交叉盘问的过程十分短暂，但看起来和感觉上并不像通常那样针锋相对。和往常一样，辩护律师是名男性，其语气和提问方式却比我见过的其他辩护律师都更随和、更有礼貌。我在笔记中将他形容为"彬彬有礼"。我觉得，在双方律师真心试图弄清真相而不是帮客户无罪开释时，法庭程序就应该是这段交叉盘问的样子。

"你为什么没有把特拉华涉嫌的行为告诉任何人？"辩护律师提问。

"没有人会谈论这种事情，"乔治回答，"尤其是男人。人们对同性恋的问题连提都不会提起，他的行为属于同性恋，而我害怕被大家看作同性恋，或是让人以为他强迫我成了同性恋。我不知道。人在十五岁的时候想不明白这些问题。我只能逃跑。"

"法官大人，没有进一步的问题了。"辩护律师很快宣布。紧接着，我们得知特拉华不会出庭提供或是传唤证据，于是陪审团当天下午就被安排去进行商议了。

"这将是我们经手过的最简短的案子。"回到办公室，我对法官说。

"是啊，"法官很感兴趣地问道，"你是怎么想的？"

"哦，你是了解我的，"我将手举到面前挥了挥，"我觉得被告们全都有罪。"

大约三个小时之后，法警找到了我。众人纷纷返回法庭。我看到乔治和妻子坐在了法庭后面的座位上。

"你们认为被告是有罪还是无罪？"我询问发言人。

"有罪。"

我用余光看到乔治低下了头。他的妻子紧握着他的手，俯身亲吻了他的脸颊。她望向天空，以防睫毛膏被哭花，还用纸巾沾了沾眼睛下方。他把头靠在她肩上，于是她用下巴抵住他的前额，另一只手托住了他的脸颊。

待我拿到每项罪行的全部四份裁决并回到座位时，法官宣布直接进行宣判。检察官告知法庭，乔治准备了一份受害者影响报告，希望亲自宣读。我停下手头的工作，迷惑地抬起头。受害者有权书写影响报告并提交给量刑法官，但报告对量刑是起不到什么作用的。针对这一点，规章制度中有着模糊的规定。不过人们普遍认为，这对受害者来说是个难得的机会，能让本来处于弱势的他们感觉到，自己的心声和观点在司法体制中得到了表达。不过问题在于，原告通常会将报告打印出来，作为文件提交。我们经常会在审判过程中停下来，好让法官有时间阅读报告，再请律师继续提交类似案件的判例。所以尽管我读到过几份这样的文件，却从未听说过有人要把它朗读出来。

乔治回到证人席，手里举着一张对折的 A4 纸。我看到那张纸一直在颤抖。他就这么站着，缓慢、清晰地读了起来。他首先说起自己的生活曾是多么平凡而幸福，紧接着说到当特拉华开始骚扰他时，他变得多么困惑与难过，随后又陈述了年少离家的他曾经面对过的挣扎。他很难找到一份像样的工作，于是从一个城镇走到另一个城镇，抛却朋友与安全感，和"一群粗人"混在一起。到了可以开始和女性交往的年龄，他却在亲密关系和表达自身性欲的问题上痛苦万分，喜欢胡思乱想，将在乎他的人全部推开。

当乔治指责特拉华摧毁了他与母亲之间的关系时，那张纸颤抖得更加厉害了，他的嗓音也变了调。"我再也不会和她见面或说话了，"他边说边擦去脸上的眼泪，"可我想她。"

他深吸了一口气，把手挪到纸上的最后一部分：必须了结曾经发生过的一切。他指责特拉华拖延法庭程序，拒绝认罪或为自己的行为负责。

"能将此事放下，我心怀感激。我拥有一个充满爱与支持的家庭，现在又已了却了心愿。在过去的这么多年，我一直在逃离，现在终于可以好好与过去告别。"乔治将稿子对折，感谢法官能够抽出时间，然后走回妻子身边，倒在她的怀里痛哭起来。夫妻俩一同哭泣，身子轻轻摇晃。宣判继续。

我心里一下子起了变化。这番领悟是种身体上的感受，起初是乐观与惊异，是纯粹的希望，仿佛胸中刚刚吸进的一口气，而后越来越坚定，变成了一股决心，沉入我心底。看着乔治号啕大哭、彻底释然的样子，我知道那正是我想要的。我渴望那些眼泪，我确信自己也能明白那种感觉，我可以想象自己也流出这样的泪水。乔治在报告中提到，他多年来一直不必要地背负着这个负担，恐惧且羞于将内心的感受告诉他人，不过现在能够走到这一步，一切都"值了"。妻子一直陪伴着他，不曾退缩也不曾离开，而是走近并拥抱了他，陪他一起哭泣，伴他携手并进。除了自己的回忆，乔治无凭无据，却将施暴者告上了法庭，并赢得了正义。三十年来，他一直负重前行。而那个星期一，他用仅仅一天的时间便将此事彻底了结。一切都结束了。他可以走出法庭，步入余生。他用到了"轻松一些"这个词。我也想要"轻松一些"，想要释怀，想要继续前进。

我停下判决的记录工作，开始在个人笔记本上飞快地涂写。我要把塞缪尔的事情告诉文森特，告诉我的父母，然后去报警。要是有必要的话，我会把他告上法庭。我会写一份报告，冒着接受审讯的风险换取眼前的乔治此时此刻的感受。终于，我知道隧道尽头的光明看上去是什么样子了。我一定要竭尽全力，从另一头走出去。

12

接下来的一周回到布里斯班，我独自乘坐电梯前往法庭。我没法让自己不去想乔治和他获得的"轻松"。在我见过的唯一一场没有丝毫佐证的审判中，三十多年前的旧案的男性原告竟然能让被告获罪，这可不是巧合。从时间方面来看，这也是我们一年中最短的审判。回想起来，我由衷地相信，如果完全相同的话出自一个女人之口，也许不一定能得出有罪判决。警方和检察署说不定不会处理她的指控。毕竟，男人为什么要在这种事情上撒谎呢？这对他有什么好处？可是对于一个女人来说，你永远不知道她们"居心"何在。

电梯门打开了。我走出来，转过弯，发现法庭外的等候区里挤满了人。有些人穿着法袍，还有许多人推着手推车或抱着成箱的文件夹。他们三三两两地聚在一起，或是大声聊天，或是大声打着电话。从人群中穿过时，我的鞋跟在地板上敲出脆响。人们纷纷转向我，陷入了沉默。我看到两个原本手托着假发窃窃私语的律师也停止了对话站在那里。我无疑是在场最年轻的，但就像谁都不会欺负女王的柯基犬，也没人会无视法官的助理。走起路来，我身上带着的是法官的影响力和人们对他的敬意。那种感觉很好。人们会聆听我的话语，不去打断我、质疑我，因为我的话就是法官的话。

那天早上我才意识到，我将多么想念这些法袍，又将如何在余生中重新争取人们对法袍加身的我表现出的尊敬。它就像是一种超能力——一身"富有老白男"套装竟能赋予我特权的超能力。

我经常思考法庭上的着装和仪容仪表问题，思考我们有多低估自己的偏见。这些偏见与金钱、优先事项和我们接受的培养方式有关，而且这一切都会在法庭上被放大。当人们醒来，在一个普通的星期二早晨穿衣打扮时，通常是不会知道多年后要在监控录像的片段中反复寻找自己，或是要向一屋子拼命寻找意义的陌生人证明自己的着装决定是否正确的。律师们会让客户在出庭时尽量穿得体面一些，因为他们知道，陪审团在对原告、被告双方进行分类与评价时会寻找捷径。一件灰色的帽衫下盖着一个寸头——这就表达了某种含义。整洁的黑色宽松长裤搭配舒适的旧芭蕾平底鞋也具备某种含义。文身和耳洞也不例外。

在试图解读一个身穿迷你裙的女人想要表达什么时，人们有时会感到困惑。女子的着装有什么意义吗？当然有了。但这和她有权好好过日子、认为自己不该成为暴力犯罪的受害者有什么关系吗？没有。

助理法袍无疑是我一直以来最喜欢的衣服，是我从前任助理丽贝卡的手中买下来的，而她也是从她的前任助理手中买下来的，以此类推。这些法袍是有谱系的，从历任主人的身上吸收了价值。穿上它们，我就不必为自己的体重而紧张，因为它们能够隐藏我的身形，而且我也无须在穿着它们时展露身材，因为它们突出的是我身上最优秀的资产：头脑。我可以行色匆匆，看起来像是有什么重要的地方要去。我可以凝视远方，透过某扇大玻璃窗俯瞰城市，想着中午是否要吃烤串，看起来却像正在进行一场关于正义与人性的内心独白。和律师打交道时，记住这一点是很有帮助的——不能因为他们穿着法袍、戴着假发，就认为他们无可挑剔、从不犯傻。

那天早上处理到"鹰嘴豆案"时，我已经受够了这群律师。律师席的两侧各有一名普通律师，外加一名高级律师和一名御用律师。他们的脖子上都戴着不同的褶边。我在笔记中写道："趾高气扬的公鸡都需要羽毛。"共有七名见习事务律师和助理在忙前忙后，法庭后方的几排座位上挤满了记者。

一名商人为了省钱，没有遵守澳大利亚对进口商品的严格熏蒸要求，遭到了逮捕。他个人和公司都有可能面临数十万澳元的罚款。鉴于今年早些时候我们曾在大楼的同一层审理普尔曼的案子，当时没有一个记者现身报道一个孩子反复遭到暴力强奸的事，那个案子似乎就显得没那么重要。但是鹰嘴豆？！见鬼！你为什么不早点告诉我！快给《信使邮报》的人打电话！

其中一名御用律师朝着我的办公桌走来。另一名御用律师看到后，也离开谈话对象，加入了我们。

第一个人对我说："早上好，助理女士。目前的情况是这样的：如果我们能再等几分钟开庭，可能就能在整体上节省不少时间。"

我看了看另外一名御用律师，对方点了点头。

楼上的办公室里，法官听到我转达的消息，喜忧参半地笑了笑。尽管十分怀疑这场审讯能否解决问题，他还是为它做了好几天的准备。所有人都清楚，雇用这么多的律师参与审讯是非常昂贵的。

重新开庭时，我不得不传讯这家公司，由公司的法人代表发起抗辩。这太荒谬了，惹得我脾气暴躁。

午餐休息时间，我和爸爸见了面。"和那些努力把儿童强奸犯关进监狱的人相比，现在律师席上的那几个人凭什么能赚那么多？"我尽量压低嗓门，问他，"我有没有告诉你，这是一桩和鹰嘴豆有关的案子？"

"告诉了——"

"鹰嘴豆哎！"

"是啊。"他缓缓答道，还微微笑了笑。

"你能想象政府要花多少钱才能雇用御用律师参与所有的强奸案审判吗？"

爸爸只是点了点头，我们陷入了片刻的沉默。紧接着，一个可怕的想法突然涌上我的心头。要是我的案子上了法庭，分到的却是一个糟糕的检察官怎么办？要是塞缪尔雇了一个御用律师又怎么办？一条提醒短信打断了我的思绪。短信中说，我预约的心理咨询就在明天。回头望向父亲的脸时，我还以为自己会哭出声来。我计划第二天下班后接受心理咨询，然后和父母一起吃晚饭，把塞缪尔的事情告诉他们。

我对爸爸说我必须回去工作，便提早离开了。留在那里却对他只字不提，这让我感觉自己太过表里不一。

回到办公室，我向法官提出了刚刚问过父亲的那个问题，希望得到不同的答案。"为什么鹰嘴豆就能得到御用律师的辩护，而被普尔曼强奸的女孩得到的却是检察署办公室里最缺乏经验、最廉价的律师？"

他对我笑了笑。我已经慢慢明白，他的这种笑容并不带有居高临下的意味。"十二岁的孩子是出不起那么多钱的，不是吗？"

"法官，这不是我想听的答案！"

看到他捧腹大笑，我转身走出了他的房间。"是鹰嘴豆哎！"我在走廊里对着空气大吼。谁都知道这有多不公平。他们之所以会笑，是因为他们理解我的愤怒，可在这个行业里，愤怒似乎是无法持续的。楼下的文件柜里摆满了亟待审理的案件。当一个案子结案、被取消或不予受理之后，又会有另外两个案子飞进来。何况为十二岁的孩子伸张正义是无利可图的。

我知道自己不可能雇用什么昂贵的律师。刑事犯罪是针对个人犯下的，但会由皇家检察官起诉。我一分钱都不用掏，这很好，但也剥夺了我的权力。

一群助理正在一起吃午饭。我加入其中，悄悄坐进小厨房尽头的一张椅子上。

"我们正在比较人们为自己辩护时说过的最荒唐的话。"尼基告诉我。

"哇。"我点了点头，示意他们继续。

"我见过一个被指控强奸的家伙，"阿曼达说，我们全都点了点头，"在警方的记录中，他反复表示自己知道女方不同意，但他并没有'强奸'女方，因为他并没有在她体内达到高潮。"我们哄堂大笑，我还拍了拍桌子。"他没有得到法律援助，没有代理律师，所以到很后面的阶段才认罪。"

"天啊。"我张大了嘴巴。

"我懂你的意思。"阿曼达边说边摇了摇头。

"我猜女方还挺走运的，因为他的确蠢到没有否认罪行，对吧？"

"我猜是吧。"她耸了耸肩答道。

法官把鹰嘴豆案的宣判推迟到了第二天，便离开去开会了。我开始做思想准备，打算给警察打电话报案。我不敢冒险让任何一位法官看到我用自己的手机打电话，因此不得不使用办公室的座机。我也不能在家里打电话，因为我住的是一座昆士兰典型的老房子，永远有至少一个室友能够听到我说话。所以办公室就成了我唯一的选择，而我已经为这样的机会等待了大约一个星期——法官不在、又属于正常工作时间的绝佳时机。

L形的办公桌前，我坐在旋转座椅上缓缓转了个圈，欣赏着三百六十度的全景，浸泡在成堆装满量刑判词的文件夹、一摞摞用于未来审判的口供以及背后塞满书架的课本与活页本中。我每天都在呼吸着这一切——它们提醒我，我受过的虐待不过是腐臭大海中的一小滴眼泪。我不知道自己的指控会不会进一步阻塞司法体制的运行。某个地方会不会也有另一个年轻女性正在等待这样的时刻？肯定有的。我闭上双眼想象着她，把手放在文件上，想起了我在法庭上见过的所有女性与儿童的面庞。我看到过她们哭泣。当她们在洞穴般的屋子里，面对满室愤怒的成年陌生人回顾内心的恐惧时，我感受过她们心中的惊恐与呆滞。我想起了坐在办公桌后沉默且中立的我想要告诉却不能告诉她们的一切。我想说我非常敬佩她们。她们很坚强。野兽是真实存在的，而这些男人正是野兽的化身。每个人都有权得到公平的对待。我也一样。

我用力按下了一串电话号码，一个女人的声音传了过来。

"你好，达顿公园警察局，我是坦纳警官。"她口齿清晰，却不太热情。

"下午好。我打电话是为了报告一起我在小时候经历的犯罪事件。"

"好的，当然没问题。"她回答，我能想象她在电话那头坐直了身子，"你现在方便跟我说说此事吗？"

"方便。"

"你在来电中提到的事情是多久以前发生的？"

"大约十五年前，我还在上小学的时候。"

"好的，我将把你的电话转接给刑事调查局的人，可以吗？"

"当然可以。"

等待转接的过程中，我听到了一段鼓励人们拨打枪支问题匿名举报热线的音频。可这一整年，我的办公桌上没有出现过一份涉及枪支的庭审或判决材料。为什么不提供一条家庭暴力的匿名举报热线呢？

"你好，你还在吗？"警官问道。

"在的。"

"不凑巧，刑事调查局现在没人有空。你愿意让我记录一些信息，好转告局里的调查员吗？"

"好的，当然可以。"

在我进一步阐述细节之前，她记下了我的个人信息。

"你能不能跟我说说发生了什么？"她问。

"好的，事情只发生了一次，"我对抗着重新翻涌起来的那种动弹不得的感觉，"对方是我哥哥的朋友，比我大六岁。我当时穿着小学制服，和他们一起在屋后的蹦床上玩耍。后来，我的哥哥进屋去了，把我单独和他留在了屋后。他把我仰面按倒在蹦床上，然后……啊……"我说不下去了。

我开始冒汗，惊恐，难以睁开眼睛。我全身的肌肉都绷紧了。

电话另一头的女子一言不发地等待着。我艰难地说完了其余的细节，将它们一点点罗列出来。血流涌回我的身体核心，让我的手指如同被针扎过一般，于是我笨拙地抓着电话。她问了些我没有听懂的问题。我愣住了，沉默片刻，思绪飘去了另外一个地方。

"你好？"她提高嗓门问了一句。

"哦，是的，是的，我还在。抱歉，你说什么？"

"你和这个人还有联系吗？"

"不是完全没有，不。他有时会来参加我们家的家庭聚会。我还不得不邀请他参加了我十八岁的生日派对。我去探望哥哥时，他偶尔也会在场。他还会在我的脸书账户下留言。"

"好的，但你觉得他已经不会再有所行动了，对吗？"

"哦，是的。"我回答。

"你能否告诉我他的名字，还有你知道的有关他的任何细节？"

"可以。他的名字叫作塞缪尔·莱文斯。"这句话从我的嘴里说出来感觉很脏，但还不错。就像呕吐一样。

我给警官留下了我的手机号码，挂上电话，感觉浑身上下臭烘烘的——汗水已浸透了我的衬衫，又沾湿了我的夹克。我起身去上洗手间，却无法掌控双腿，踩着高跟鞋摇摇晃晃。

我知道自己必须在下一次见到文森特时对他和盘托出。今晚下班之后，我们就要见面了。我可以和父亲一起喝着咖啡，看着他的双眼却对他只字不提——对文森特却做不到。和文森特在一起时，一切必须是真实透明的。几年前，我俩有一次喝得酩酊大醉。我曾经提起自己小时候"可能"遭遇过的事情，但我不记得我说了多少，也不记得他作何反应了。是时候据实以告了。我必须诚实地告诉他，我曾经遭到猥亵。作为回报，我相信他也会诚实地告诉我，他是否已经对我失去了兴趣。

我把脑袋靠在厕所的镜子上，任由冰冷的水流过手腕，努力调节着自己的呼吸。每一个小小的障碍都会令我重温那种动弹不得的感受。现在还无从得知事情会变好还是变坏。我不知道自己是否有机会感受沃里克的乔治说到过的那份解脱。与此同时，我必须小心不要丢掉工作或是男友。我望着镜子，尽力修补花掉的睫毛膏，还拍了拍双颊，好让脸色能够恢复些许红润。我可以离开这份工作，去找新的岗位；但我太爱文森特了，爱到心都痛了。这会不会让我变成一个不够格的女权主义者？

现在是下午三点半。我还有一个半小时的时间决定要向他坦白多少。哪些话能透露，哪些话该保留。我怎样才能在诚实与安全之间划定界限？他至少需要知道哪些内容，才能理解这一切？要想让他依旧喜欢我，他能听到的最大尺度的话是什么？

回到办公室，我拿着纸笔坐下来，试着打草稿。话说到什么份上时,我可以停下来,好给他机会举起手说"够了"？故事讲完之前,明知道他当下也许什么话也不会说,明知道这种痼疾会慢慢腐蚀他对我的欲望,在令人筋疲力尽的几个月后毁掉我们的爱情,我还得等上多久才能询问,这会不会改变我们之间的关系？

诚实地说,这些才是最让我害怕的事情。

我相信所有人都会相信我的话,却不知道这是否能改变什么。我想起了乔治,想起了他是如何哭着离开证人席,像个心碎的孩子一样倒在妻子的怀中。他没有去看妻子是否会接住自己,因为他知道她就在那里。这对夫妻是坚强的。要是文森特离开了,留下我独自一人,我会更难坚强起来。但我知道自己必须去冒这个险。我可以余生都孑然一身,但至少要能接纳自己。

文森特和我在我那间小小的帕丁顿合租公寓门前的平台上坐了下来。刚刚搬进来时,我曾觉得自己无论如何也不会光着腿坐在平台的沙发上,它暴露在雨水和午后的阳光中,撕开沙发的边角,里面腐烂的填充物便露了出来。但是为了它所能带来的些许景致,我还是心不在焉地陷了进去,向后仰着脑袋,一边深呼吸,一边努力地遣词造句。

走进房门,我放下背包,拥抱了他,说:"有件事我得告诉你。"他没能掩饰住眼神中的一丝惊慌,这让我笑了出来。"我没有怀孕！"我们都笑了。"嘿,我们抽支烟吧？"

他默默等待着,知道我有时需要花上好一阵子才能准备好开口。

"你还记得我跟你提过哥哥的一个朋友吗？"我问,"那时我们在聊自己从未对任何人说起过的事。"

"记得。"

"我打算报警了。"

"好。"他点了点头，等待我再说些什么。我努力掩饰着在搜寻他开始厌恶我的迹象时，内心涌出的慌乱。要是他在那一刻向远离我的方向跷起二郎腿，或者甚至抱住双臂，我也许会心碎。"我记得你说，你不记得那是不是梦了。"

"不，"我吐了一口烟，"那只是我想尽量不去处理它时的一种说辞。我也不知道。但是事情发生了，我的意思是，小孩是不会梦到那种恶心事的。"

又是一阵沉默。

"那你想聊一聊吗？"他平静地问。

"不太想。我是说，现在不想。这段时间事情可能会有点糟糕。不过我会随时告诉你进展的。"

"好吧。我爱你，支持你。我想，如果有什么我能帮忙的，告诉我就好。"

我掐灭香烟，靠在他的胸膛上。他亲吻了我的额头，用一只手搂住我。太阳正从住宅楼上方落下，骑着自行车的人们呼啸而过。

我指了指我在刚搬进来时种下的植物："我不知道这棵金合欢树为什么不长。酸橙树长得挺好，玫瑰和薰衣草也很茂盛。所以这不可能是我的问题。我不知道它想要什么。它简直就是个大小姐。"

"金合欢树不是本地的品种吗？"

"是啊！所以它应该超级茂盛才对。那个花盆对金合欢树来说就像是欧洲豪华游。"

他又吻了吻我的额头，问我晚饭想吃什么。他的吻告诉我：我知道你想要假装一切都没有改变，假装一切都会好起来的，那我们就这么做吧。和他一起讨论比萨与咖喱的优劣时，我突然想到就在两个月以前，我还对看似平淡无奇的布里斯班心怀恐惧。平凡的生活令人窒息，我渴望更大的东西，思念纽约，想要刺激和冒险。世事瞬息万变，现在我只想被我的城市拥抱，将它视作理所当然，让它在我应对这一切的过程中为我遮风挡雨，让我有饭可食。

第二天早上，"鹰嘴豆先生"被判高额罚金，还将遭到短期监禁。他的故事出现在了第三天的报纸上，被高价请来的人群则就地解散。然而，普尔曼的案子是永远也不会出现在报纸上的，塞缪尔的也一样。

我很高兴自己当天不必处理什么太过沉重的案子，因为我的内心已十分煎熬。早上我喝了一杯咖啡，却还是不得不一直拍打脸颊，揉搓手指，才能让自己专注当下。我满心惦记的都是下午要去做心理咨询的事情。我得保持冷静，等到身后的房门咔嗒一声关上，才能和一个允许我想说多久就说多久的女人坐下来聊聊。

律师给出量刑建议后，法官提议休庭一小时让他考虑一下。我随他返回办公室，确认自己不需要做些什么，便去了厕所，合上马桶盖坐下，将身体靠在贴了瓷砖的墙壁上。当我闭上双眼，我看到自己出现在一部恐怖片中，两条腿已经废了，只能拖着身子在地上挪动。我想要睁开眼睛，但是自动感应的灯光太过刺眼，于是只能紧紧闭着它们，眼前却又出现了那个蹦床，后院里反射着午后阳光的泳池，还有那种动弹不得的感觉。泪水夺眶而出。我把厕纸揉成一团按在眼睛上，听到有人穿着高跟鞋朝隔间走来。我锁门了吗？

我清了清喉咙，听到那人停了下来，又转身走了回去。

"该死。"我低声咒骂，起身看着镜中那双泛红的眼睛。

"法官，你介不介意我今天早点下班？"我站在他的办公桌前，开口问道，"我有个约会，要去城市的另一边。"

"什么？"他假装愤怒，然后露出微笑，"我怎么不知道这事。"他看了看时钟，现在是下午四点五十分。"我猜我能应付过去，一个人加班到深夜。"

"要是你也想早点回家，我不会告诉任何人的。"我装出一副狡黠的样子，转身准备走，"老实说，我们这一层似乎已经没有几个人还在工作了。"有些时候，我也会用无礼的话提到其他法官，但他从不上钩。

"不用了，不用了，没事。你走吧。明天见。"

"谢谢，法官，明天见。"

走过其他法官的办公室时，我很好奇若是自己的案子走上法庭，会被分配到其中哪一位的手上。我无法想象坐在他们中任何一位的对面，注视着他们的助理，待在诉讼程序的另一边。他们也许会把它登记给南港或伊普斯威奇的某位法官——某个我永远不可能与之共事的人。也许塞缪尔的律师会试图辩称这不合规定？

话说回来，司法部门中有多少雇员也做过重大刑事审判中的原告？这我永远也无法知道。毕竟大家哭泣的时候都会躲进厕所。

令我大失所望的是，第一次和心理咨询师见面之后，我并没有被治愈。我去了不到十五分钟就哭了起来——老实说，应该是哀号——因而看诊的大部分时间都被用来记录我的问题，好明确治疗的方案与手段。

"好了，"她在结束时说道，"我们要做的事情很多。"

我大声擤着鼻涕以示回应，从面前的盒子里又抽了一张纸巾。

"你确定要在今晚向你的父母坦白吗？"她问，"不用着急，你今天已经够累了。"

我决定坚持并告诉她，鹰嘴豆案是我这一年见过最不"累人"的案子了。

"既然我已经下定决心，就一定要把它做完——我觉得没向他们坦白的每一分钟都是在撒谎。"这是我发自内心的回答。

"好吧。"她递给我一本小册子，上面印着自杀求助热线和紧急呼叫中心的电话号码。我笑了。她却没有。

补好妆，我从心理咨询师的办公室直接去了爸妈那里吃晚饭。我吃惊地发现，外公和外婆也在那里。他们也住在这个城市，和我们一家十分亲近。但我不想把事情告诉他们，所以不得不在享用晚饭、甜点和咖啡的过程中假装没事。这一晚快要结束时，全家一起走到外面的汽车旁送外公外婆，我假装要去厕所，一直等到外公旧汽车的引擎声消失在道路的尽头才现身。

"我离开之前，能不能和你们谈谈？"我对爸妈说，他们酒足饭饱后满足的笑容随即消失了。

讲述这个故事时，我不敢望向他们的眼睛。在你能对父母倾诉的事情中，这应该是最糟糕的一桩。

"你想做些什么吗？"爸爸问我。

"我想报警，而且已经给警察打了电话。我想做正确的事情。"我又哭了。妈妈走过来，拥抱了坐在椅子上的我。爸爸也走了过来，抱了我们两人很久。

"乖，乖。"母亲说，"没事的，没事的，一切都会好起来的。"她轻拍着我的头发，抚摸着我的肩膀。我原以为我已经哭干了大部分眼泪，但在父母的怀中，我却感觉到原来自己可以放下那些强装出来的自嘲与坚强。

又回答了他们的几个问题后，我坚称可以自己开车回家，便离开了。坐进车里，我驶上车道，望着在车前灯的照耀下正在挥手、飞吻的父母，不知道他们回屋后会对彼此说些什么。

你怎么可以这样对待他们？

我感觉我随时都有可能吐出来——丰盛的晚餐和甜点在我的肚子里翻江倒海，被压倒性的负罪感糟蹋得乱作一团。回到家，我穿过前门，径直钻进浴室，吐了个痛快。

13

接下来那星期的某天中午，我在影印室里偶然遇到了埃伦——一名来自南港的助理。我们好好聊了一番。我发现她和梅根一样，和其他工于心计的助理相比就是一剂振奋人心的良药。她是来布里斯班进行巡回审判的，最近刚刚去过金格罗伊。在所有的巡回审判地点中，金格罗伊的名声就算不是最差的那个，也是最差的几个之一。埃伦说，他们经手了三起儿童性侵案的审判，但涉案的男子全都被无罪开释了。

其中一起审判是关于某男子与继女乱伦的。继女声称，这段关系始于她十一岁时，但她却只能拿出十七岁以后的短信和照片等"证据"。陪审团之所以裁决被告无罪，是因为不相信乱伦发生在原告具备性同意的能力之前。何况这项针对乱伦的指控是存在漏洞的，因为双方都是成年人，而且不存在血缘关系。

"他们确信事情在她十七岁的时候发生了，而且他基本上就是她的父亲，但他们却完全无法想象，在她十五六岁时，他做过同样的事？"我向埃伦提问，心中已有答案。

她只是点了点头。复印机在我们身后不停地复印着文件。机身玻璃下往来穿梭的怪异光线反射在埃伦的眼镜上，仿佛是在表明时间的流逝。我站在那里，沉默地想着我们在相比之下有多幸运。至少我猜埃伦从未经历过那种事情。她可能也以为我不曾遭到过猥亵。我在她眼中搜寻着信号，却只能看到从左至右一闪而过的机器灯光。我想到了那些被我认为工于心计的同事，不知其中有多少曾被我误认为是"幸运儿"。从统计学上来说，我们中可能至少有十二个人遭到过猥亵。

"不过，那个继父好恶心，不是吗？"我问她。

"哦，是的。"埃伦回答，"太恶心了。"

梅根走进影印室，把一堆文件夹重重地放在我们面前的办公桌上。

"哦，天啊，我简直不敢相信。"她开口说道，"我们正在审理一起强奸案，怎么说呢。这个家伙在圣诞派对上把好朋友的女儿带到楼上，强行压住并强奸了她，然后他居然还能下楼继续享受派对。"

"呸。"埃伦感叹道。我也叹息了一声。

"但是，再听听这个！"梅根接着说，"刚才有个陪审员递给我们一张纸条，说他们在午饭时看到一名保安走到原告的父亲身边，要把他带走。他们想问问法官，陪审团是否不应该看到此事，此事又是否意味着什么。于是我们找来了那名保安。据他所说，前来观摩庭审的一名女学生在休庭离场时感觉有人正在摸她，她回头一看，发现原告的父亲就在她的身后。"

"什么鬼?！"埃伦和我异口同声地喊了出来。

"你是说，"我接话道，"强奸案原告的父亲在走出法庭时摸了一个女学生的屁股？"

"没错。"

我们三人全都陷入了沉默，复印机嗡嗡作响。

"不过，"梅根澄清道，"这还未经证实。"

那个星期晚些时候，我早早来到空无一人的十三层，再次在网上找到正确的电话号码，用办公室的电话拨了过去。趁着还没人接，我把听筒夹在脸和肩膀之间，把刚刚削好的所有铅笔按在需要编辑的厚厚一沓打印文件上，倾斜着压住笔芯，感受木制笔杆的微微颤动，将注意力集中在笔芯即将折断的那一瞬间。我的心中充满了焦虑与愤怒，仿佛有一群蚂蚁正从毛孔钻进我的皮肤，沿着静脉疾走。我为什么还要重新拿起电话？我想象着自己和哥哥还是孩子时的画面，那时的我总是不由自主地用手扇向自己的脸：你为什么总是自己打自己？

"你好，达顿公园警察局，我是伊恩·格雷警官。"电话里传来的无疑是个年轻男子的声音。我坐直身子，重新抓起听筒，丢开已经没用的铅笔。

"早上好，伊恩。我打电话来是想跟进一下自己一个多星期前报的案。我留下了自己的详细信息，他们说会有人在一两天内回复我，可我并没有收到回复。"

"哦，很抱歉听到这个消息，我来查一下吧。请告诉我你的姓名和出生日期？"

我告诉了他我的姓名和生日。

"我没有在记录中看到任何信息。"他往下滚动屏幕，注意力稍微有些分散。

"我投诉的是一桩以前的儿童性侵案。"我把打电话的时间和日期都告诉了他。他问我致电的是否是达顿公园警察局，我说我拨打的是同一个号码。于是他又问我接电话的人叫什么，我说我不记得了。就这样，在一问一答中，好几分钟过去了。他叫我别挂电话，起身查看我打电话的那天早上是谁值的班。我静静地坐在办公室里，注视着铅笔和满是麻点的纸张。

警官终于回来了，他吐了一口气，说："很抱歉，系统里没有你的报案记录。"

"什么？"

"我明白，真抱歉。我不知道出了什么问题，也无法做出解释。你方便和我稍微回顾一下案情吗？我只需要一些基础信息，好转达刑事调查局，今天晚些时候就会有人联系你的。"

"可他们上次也是这么说的呀？"我听起来肯定像个迷路的孩子。

"是的，我很抱歉。"

"哇。"我停顿了片刻，"好吧，那么，我说一下我的基本信息。"我又从头开始讲了一遍。

警官倾听着，问了和上次一样的问题，并重新记录了我的生日和联系方式。他告诉我，四十八小时之内就会有人给我打电话。

挂上电话，我把身下的带轮座椅推离办公桌，俯身将脑袋埋进了双膝之间。不知怎么，我的心里阵阵刺痛，有 种夹杂着羞耻与窘迫的被抛弃的感觉，同时也感觉不知所措。想到自己花了那么久才鼓起勇气拿起听筒，拨出第一个电话，把我的故事讲给一个陌生人求救，我简直就要崩溃。我一生中最糟糕的那个时刻，最黑暗的那个时刻，回想起来差点要了我命的那个时刻，在警方看来，竟然微不足道到可以忽略不计。这个经常令我难以呼吸的野兽般的案子，竟在不知不觉中掉到了某人的办公桌后面。在那些应该去关心别人、领着用来关心别人的工资的人眼中，对我如此重要的事情竟然无足轻重——我感到心灰意冷。

一整天，疑虑在我脑中萦绕不去。要是和警方必须处理的所有大事相比，我的控告着实渺小而愚蠢怎么办？毕竟我应该比大多数人更加清楚，不该用一件只发生过一次的陈年旧事占用警方太多的时间。是我想要的太多了吗？是我太贪婪，一心只想博取人们的关注与同情吗？

他们问过，此事对我是否还存在持续的威胁，我说"没有"。于是他们告诉我，会有人一有空就尽快打电话给我。有多少比我宽宏大量的女性不会去跟进？她们的控诉甚至不会被录入系统，不会被计入统计数据。

那天下午晚些时候，当我的手机响起时，那份自我怀疑再次加剧，变为一种如同被火蚁爬过一般的感受。来电的警官自称肖恩·汤普森。我们约定，我将在下周下班后的某个时间前往警局，讨论接下来的步骤。

那天法官下班后，我站在他办公室的尽头，眺望布里斯班西部，也就是我长大的地方。亮粉色的落日下，城市呈扇形铺展开来，如同由罪行组成的星群。我站在那里，看着对我犯罪的人加入了其他罪犯的队伍。那颗小小的警示灯闪烁着微弱的亮光，在人类苦难的地图上占据了一席之地。云彩在天空中疾驰，云端还泛着橙与黄的高光，仿佛整个都在燃烧。我迷上了看着人们忙忙碌碌的生活。我会细数高速公路上的汽车，算出若是其中一半是女司机，且所有司机的年龄都在二十五岁以上，那么当天下午市内环城公路上经过的每一辆红色汽车都代表了一起性暴力案的受害者。

我迈上阳台，把头探出栏杆。恐惧令我血脉偾张，它提醒着我，我一定不是真的渴望死亡，于是我转身回家去了。

一周的工作日就这么平淡无奇地过去了。我的桌上堆了近二十份判决书要订正，只要一有时间，我就尽力去读。星期一的工作又是一场教科书式的审判。原告是个深色头发、五官端正的年轻美女，脖子上戴着一条金色的十字架项链。她的母亲完全不知道自己的男友会虐待她的女儿。案情还涉及到了处方药。我不知道那个姑娘第一次打电话报警是什么时候，也不知道她要是没有收到回复会怎么做。在她详细地发表证词时，我在小纸片上涂鸦起来。被告就坐在我的对面。我十分庆幸自己在这个体制中只是不起眼的一部分。听到她在法庭上陈述他曾用手对她做过的事情，我忍不住望向了他长满老茧的粗壮手指。每一个细节都令人无法承受。

量刑的修改令我惊慌失措，我过了很久才意识到，这是一个再简单不过的创伤转移① 的例子。

阅读一直是我生活中至关重要的一部分：我喜欢那些让我神往的书，喜欢那些仿佛能让我在书页中亲自冒险的作家。对阅读的热

---

① 在心理学中，指个体将过去的创伤经历的情绪和反应无意识地转移到新的人际关系或情境中的现象。

爱会让你成为一个坚定的读者，就算是一本平淡无奇的书，我也总是会尽力让自己成为情节中的一部分，去接近角色。可我不知道怎样在阅读其他文本时关闭这个机制。法律事件是需要创建背景与地点的，然后才会介绍主要人物、对话与冲突。它们跃然于纸上，转移到我的身上，钻进我的脑海。我可以告诉你《哈利·波特》的每一本书、谭恩美的每一部小说和马尔凯姆·格拉德威尔的每一篇论文中写了什么。我阅读和编辑过的法庭案件也如同一座病态的图书馆储存在我的脑海中。每一个女性都是我。每一份判决书都会引用许多事实相似、可以被拿来比较的其他案例，就像全无创新的原罪在无穷无尽地积累。

接下来的那个星期，爸爸在开车送我去警察局的路上和我聊了一些家长里短。我观察着他，想看他是紧张还是悲哀，却看不出任何异常。我这才突然想到，他已经失去惊愕与难过的能力了——也许是因为他当警察的日子太久，不觉得有什么东西是神圣或不可触及的了吧。他把车子停进了访客停车场，儿时的一段记忆随之涌上我的心头：爸爸把车停在家门前，当时我正在对他说阿伦的朋友们的事情，还提到了他们都有女朋友之类的话，然后伸手打开了车门，可爸爸却没有动。

"要是他们中有谁抚摸或者亲吻你，一定要告诉我。"他的语气十分坚定。

"为什么？"我瞬间有些不好意思，却又不知道为什么。

"因为那是违法的。"

"为什么？"

"因为你还是个孩子。"

一想起这件事，我就脸颊发烫。我喜欢那些男孩。他们是时髦的象征。我想要他们的衣服、玩具和他们的注意力，而我们之间的年龄差距尴尬得令人痛苦。虽然无法理解那些邋遢的发型与嘈杂的和弦，但我还是会假装喜欢他们的音乐。

现在回想起来，曾令儿时的我苦苦纠结的许多事情都已清晰明了：贯穿童年的顽劣假小子行为；七年级时，即将年满十三岁的我心中的挣扎与孤独；还有以前每年暑假都会和我一起玩的同班男孩却不再请我参加他们的生日派对。

"你为什么不请我参加你的派对？"那年我询问朋友迪伦，困惑得已经意识不到自己听起来有多可悲了。

他耸了耸肩："这是只有男孩子才能参加的派对。"

对被阿伦的朋友们关注的渴望令我突然倍感困惑。我是个女孩，这意味着如果我想引起他们的关注，那就与他们是男孩而我是女孩有关，不过十二岁的我是无法理解这对十八岁的男孩来说意味着什么的。我们那时还年少，可以一起在后院玩耍，可正如塞缪尔所证明的那样，那些男孩已经大到可以把我们看作玩不到一起去的其他生物了。

和父亲一起坐在车里那次，我的羞愧来自害怕被贴上"女孩子气"和"寻求关注"的标签，但我是真心渴望能像男孩一样酷。他们的友情似乎有一种令我羡慕和向往的深度与从容。这些都是我无法通过任何方式或语言去理解或形容的。

六年级时，在我刚开始感觉自己最好的男生朋友们正纷纷离我远去时，一位老师在课堂上把我拉到一边，说我数学不好是因为我

"对男孩着了迷"。我的脸红了。因为害怕她说的是真的，我差点哭了出来。我的确渴望引起他们的注意，也的确因此感到可悲，但我不明白自己做错了什么。我对性一无所知，即使有了解，也无法理解它与我和我的同伴们有什么关系。在那之后不久，我那幼稚且短视的"要与其他女生不同"的阶段便开始了——我像大多数人一样，试图以不合理的方式避免女性在少女时期明显固有的那种羞耻感。

正是多年积攒的不安令我在蹦床上动弹不得。塞缪尔知道它的存在，他嗅得出这个不曾意识到自己正处于过渡阶段的女孩绝望的困惑。我怎么能冒着永远做不了时髦女孩的风险去"喝止"别人呢？人们看到我时，已经觉得我是个在为男孩疯狂的可悲生物了，我不能让事情变得更糟。

如果我能完全直面自己的记忆，将它从深不见底的井里拉出来；如果我能把它举到光线中，抹掉上面的污泥；如果我能诚实以对，我会想起那天下午我是带着某种幸福感从塞缪尔的身旁走开的，为他能注意到我而快乐。我的自我怀疑已经到了如此严重的地步，那时我甚至还没有经历月经初潮。

就这样，在曾是警察的父亲的陪同下，在遭到猥亵的十多年之后，我终于能够无视潜在的社会影响，走进警察局的大门。积累的女性主义思想终于让我意识到，我已经彻底没什么好顾忌的了。虽然仍旧害怕被人称作骗子或是遭到忽视，但我已经过了要让别人替我讲述经历的阶段。

当柜台旁的女警察认出我爸爸时，我看到了她脸上一闪而过的困惑。一瞬间，之前所有鲁莽下定的决心统统冲出了背后刚关上的门。爸爸可能也在为自己的出现感到羞耻或难堪。要是消防员的孩子引发了火灾，他会作何感想？要是老师的孩子需要课后辅导，又该怎么办？爸爸曾是一名警察，又做了十多年的公诉人，现在却还要和女儿站在警察局的办公桌前，陪她控告以前遭到的性虐待行为。我抬头注视他的脸，却还是什么也看不出来。这种事情的特点是，犯罪者大多是受害者信任的人，以家人或朋友的身份掩人耳目。我知道爸爸对此心知肚明，却也知道羞耻与尴尬并非总是合乎逻辑。不过，即便心里痛苦，他也没有表现出来。他那一代的男人都是这样。

肖恩从侧门走出来，向我们做了自我介绍。他穿着警服，神态放松得近乎疲惫。

"你带了书或是别的什么等待时可以看的东西了吗？"听到肖恩让我跟他去楼上的会见室，我问爸爸。

"没有，没有，我等着就好。"爸爸一边回答，一边坐了下来。

"那你做些什么呀？"

"我有耐心，亲爱的。"他一如既往地笑了，我却在转身离开时充满了悔意。我应该自己到警察局来的，跟在肖恩身后爬上楼梯时，我心想。

狭小的会见室里开着日光灯，吱嘎作响的空调吹着冰冷的风。待我迈进房间，第二位警官走进来关上了房门，于是我只身和两个男人共处一室。

"准备好了吗？"第二位警官问道，他把一盒纸巾丢到我面前的桌子上，在我的对面坐了下来。

我根本就不该来做这件事。

多年来，我一直决心忘记蹦床上的事件，然而我对它的回忆竟然如此清晰，真是讽刺。大多数时候，我都会在心里设置一个停止标志，以阻挡我回顾那天下午所有细节的通路。然而，那些经历有多痛苦，闭上眼睛顺着它们回忆就有多简单。塞缪尔话里奇怪的细节、侵犯的过程，都足以轻易否认这是由一个孩子在脑海中伪造出来的可能性。

"他对我说：'我的妹妹很喜欢我这么做。'"我告诉两位警官，然后哭了起来。

肖恩挑起眉毛，垂下嘴角，做起了笔记。我哭是因为想到这一切是多么恶心，但同时我也如释重负。我花了这么多年时间去认为事情全都是我的想象；在大部分的少女时期，我都假装这件怪诞的事是自己杜撰的幻想。

在我讲述的过程中，第二名警官挑了个十分糟糕的时机打断了我："你还记不记得，他的手指有没有插入你的阴道，还是只停留在外面？"

"没有插入。"我如实回答。这个问题我已经预料到了。

"哦，所以不算强奸，只是性侵害。"他把身体的重心移回椅子上，跷起了二郎腿，"哦，不是'只是'，不过你懂我的意思。"他挥了挥手，示意我继续。我哭得太凶，没有回答他的任何一句话。听我讲到最后时，他说："好了，那么根据你在电话里的描述，这听起来是一桩强奸案，但其实更应该是一桩猥亵案——如果你当时还在上小学的话。"

"是的。"我又累又难过，已经没有力气辩称自己两次致电时说得并没有错了。

肖恩说明道，如果我已经准备好，当晚就可以提交正式笔录。

要是我愿意，下一步就是找个借口给塞缪尔打电话，尽量让他在没有意识到电话被录音的情况下承认罪行。我只在工作中听到过这种托词电话[①]的内容——律师们总是会竭尽全力让其内容无法作为呈堂证供被法庭采纳。我本就害怕和塞缪尔说话，但我知道自己必须一试。我想，要是能让他在录音中承认一切，我就能走捷径，跳过通常需要数年的审前准备过程。我需要这种乐观的心态来增强心中的力量，但现在回想起来那只不过是幼稚的傻气。

跟随肖恩爬上另一段楼梯时，我的思绪回到了正独自坐在大厅里的爸爸身上。一个多小时过去了。我想知道爸爸在想些什么，却又不忍心下去问。也许他已经睡着了。有一次我们去看芭蕾，他就睡着了。他在看电影的过程中也睡着过无数次。我们的家庭影集里充满了他饱餐过后在沙发上打盹的有趣照片。

肖恩和我在他的办公桌旁坐了下来。他解释说，我们要准备一份书面报告。

"我还得把所有事情从头复述一遍吗？"我困惑地提问。

"没错，这一次我会把它全部写下来。"

我竟然得把自己的话重复两遍，这似乎太过荒谬了，不过在接下来的一个小时中，我还要不断重复这些复述的话，因为肖恩是用两只食指打字的。我又想起了正在楼下等待的爸爸，心中再度涌起一阵愧疚。我想要尽快把故事讲完，因为在任何地方纠结的感觉都太糟糕了，尤其是某些细节，然而肖恩会举手示意我停下或是慢点

---

① 原文 pretext call，指在执法部门的监督下进行的录音通话，通常在性侵案件的调查中由犯罪受害者打给犯罪嫌疑人。

讲。他还会打断我的话，向我重复确认某些词语和名字。从他按下回车、敲击左键后按下退格的方式看，他不明白文档排版的方法，所以花了不必要的时间去统一每个新段落的格式。在讲到一段糟糕得让我哭出来的情节时，肖恩抬头将视线从键盘转向屏幕，意识到自己打错字了，于是笨手笨脚地将光标挪回了那一行的开头，去更正错误。

又过了一个小时，我感觉皮肤上像是有热蚂蚁在爬，我想把键盘从他的两只手指下狠狠抽出来，砸在他的脸上。我要了一杯水，接过来，流程还在继续，而爸爸依然在楼下等待。肖恩终于打出了一份草稿。我核对了一遍，指出每一页的错误，然后和他坐在一起，看他将全文重新修改了一遍。这就是我们伟大且有力的司法部门吗？这就是我的捍卫者吗？

我在报告上签名后，另一名警官走进了房间。我又冷又累，他却在懊丧我无法精确指出自己受到侵害的日期。"我又不是傻子！"我想说——我当然知道无法确定日期是个问题。

"我只记得自己穿的是小学校服，可我要是再说得更精确一些，那就是在撒谎了。"我回答。

"检察署通常是不会受理这种诉讼的。"第二名警官看都没有看我一眼，"你懂的，如果你无法缩小时间范围，就算我们做完所有的调查工作，他们还是有可能不受理。"

我惊恐地张大嘴坐在那里。

"不过，我们经常发现，人们一旦开始起诉，就会渐渐想起更多的事情。"肖恩说，"给你一个星期左右的时间好了。要是你想起任何事情，随时打电话给我，然后过来写一份补充报告。"

"我能不能今晚就给他打那个电话？"我问肖恩。我一直希望能把这道丑陋的疮痂撕掉，想要在当时当地就做完一切。

"不行，"肖恩说，"必须由我们来安排时间，你也需要时间来计划一下采取什么方式。"

"采取什么方式？"

"我不能告诉你在电话里该对塞缪尔提什么问题、说什么话，不过我建议你好好考虑一下——想想他是哪种人、你想知道什么信息、该问哪种问题，以及如何展开对话之类的。"

第二名警官正要离开房间，他补充道："与此同时，看看你还能不能想起关于日期的更多细节。"

"也要做好他会否认一切的准备，"肖恩说，"目前要避免与他发生任何联系。在他接到电话之前，我们不会派任何警员去敲他家的门，否则会令他起疑。想一想，要是他不想说话或者生气了，你要怎么说。"

肖恩站起身，我跟了上去。离开的时候，我在一间摆满成排空桌的大房间尽头看到了那第二名警官。"谢谢。"我挥挥手朝他说道，可他并没有抬头，而是用椅子的后腿作为支撑来回摇摆，一边用手机看视频，一边哈哈大笑。

"今晚的事情都完成了。"我朝爸爸点头微笑道，"一个星期以后还得回来找个借口给塞缪尔打电话。"

我们与肖恩握了握手，感谢了他，回到了车里。

"抱歉耽搁了这么久。你不觉得无聊吗？"我一边系安全带一边问爸爸。

"不会，不会。"

"那你有没有打瞌睡？"我问，并终于在他脸上看出了些什么。

"没有。"他坚定地回答，语气里透着一丝失望。

我已经认不出后视镜中的自己了。我的父亲当然不会睡着了。并非所有的男人都是禽兽。

我和他就给塞缪尔打电话的问题聊了聊。"我必须计划一下，要在电话里跟塞缪尔说些什么——这就是我本周的家庭作业。"

那是一个雨夜，城市的街景飞快地从车窗前闪过，留下一片闪亮而模糊的光影。爸爸开车回家的途中，收音机里播放了一则关于维多利亚警察局普遍存在性骚扰问题的消息。爸爸略微跟我讲了一些警察部门里的坏蛋。他曾抓到过一名先后对几任伴侣实施暴力的警官，此人利用职务之便登入系统，删除报案记录以掩盖罪行，好让自己在每任伴侣报案时看上去都像是初犯一样。爸爸说这名警官是在滥用职权，这话没错，但我仍十分困惑。为何仅仅因为被告是初犯，单身女性的控告就得不到认真对待呢？总要有第一次的——要是所有的第一次犯案都被忽视，我们又会因此遗漏多少次再犯呢？

接下来的七天时间里，我几乎无时无刻不在思考即将给塞缪尔打的那通电话。有时是在感觉皮肤上有蚂蚁爬过时，有时是和文森特头挨着头地靠在枕头上时，有时则是跪在淋浴间里呕吐时。工作中的我处于自动驾驶状态。我们手头又有一桩新的案件要审理——一个小孩据说遭到了家人的一个朋友的虐待——不过我已经知道事情会如何发展了。

和往常一样，陪审团要求再看一遍孩子证词的视频证据，这给了我四个小时为塞缪尔接电话时我要说的前几句话打草稿。阿伦的三十岁生日即将到来，我打算问问塞缪尔关于礼物的建议，然后表示自己想在和大家见面之前先和他单独见一面，聊聊另外一件无关紧要的小事。我在心里预演他可能给出的各种答复，却不知道他若是生气了，我该如何是好。

日子一天天过去，我愈发担心他会否认一切，对我的恶意指责大发雷霆。就连睡梦中也有他的声音在我脑海里回荡，说事情一直都是我的想象。也许他会大喊大叫，说他就算拿着一根三米长的杆子也不会碰我一下，或许还会说我以前就是个对男孩着了迷的疯女孩，现在还要捏造这么恶心的事情来毁掉他的人生。恐惧如同一块巨大的石头压在我心底，醒来之后，那种感觉也不曾消失。我甚至来不及理清思绪，想不起它为何会存在。而且我无法将它一"吐"为快——天知道我有多努力。

尽管害怕，我在看到文森特时还是会微笑，会感到快乐。我会去他家，也会邀请他来我家。不知怎么，他可以压制住我脑海里那些吓人的声音，仿佛向我伸出了一只手——当我握住它，就能被带去一个平静的地方，坐得高高的，得到短暂的清醒和片刻的喘息。那段时间，尤其是那个星期，他就像是我与这个世界之间唯一的联系——在他身边，我就不是一个令人讨厌的家伙。一个人的时候，我会不停地写字，给电话的内容打草稿然后修改，让自己处于一种紧张的状态，相信自己能为即将发生的事情做好万全准备。文森特是唯一一个能穿过这一切抵达我内心的人。

一天下午，我的脚趾踢到了床角，痛得我喘不上气来，眼泪止不住地涌出。

　　"我好害怕。"当文森特搂着我、让我靠在他肩上的时候，我说，"我太害怕、太害怕了。"

　　他说我很勇敢，他为我感到骄傲，他还说他爱我。我相信了他。

14

在做笔录和打电话之间的那个周末，我和一位老朋友出去吃了顿饭。因为几个月以前就约好了，我不好意思取消，但对于能否玩得开心，我却并不乐观。结果我们喝了一瓶酒，还在吃完饭后又一起待了很长时间。那是一个温暖晴朗的春夜，我们在城里一家不错的餐厅，坐在户外的露台上讲了无数个有趣的故事。大约晚上十点我们才分开，之后我步行返回帕丁顿的家。酒精似乎软化了我紧绷的神经，我一边走，一边抬头看着夜景，甚至还半路停下来买了一个巧克力冰激凌球。我记得自己当时心想：这是你这段时间第一次这么开心和放松，当心别得上"舒张性"偏头痛。

路过法院大楼时，我在路口停下来等红绿灯。一辆车在黄灯前放慢速度，停在了我的对面。车窗降下，我喜欢的那种摇滚乐在空荡安静的街道上流溢开来。司机把靠近我的那只手臂伸出了车外，副驾驶座位上的人则弹了弹烟头。绿灯亮起时，我开始往马路对面走，那司机对我吹起了口哨，我没有理会，盯着前方径直走去。可当我经过那辆汽车的引擎盖时，司机却朝我吼了起来。我看都没看就朝他竖起了中指，然后左转迈上了对面的人行道。当我用余光扫视过去时，我看到副驾驶座位上的男人从车窗里探出了大半个身子。我们之间的距离还不到两米。

"你这该死的贱人！"他大声吼道，唾沫几乎喷到我的身上。

我直视前方，尽可能放松地往前走，然后躲到旁边的一个公交车站后面，在包里摸索着手机。汽车轰鸣着朝反方向开走了。我拨出了文森特的号码，在等待时抬起头四处张望，心怦怦直跳，发现四周全都是监控摄像头，可那朝向罗马大街公园方向的摄像头让我心里一紧。

"嗨。"文森特的声音从电话那头传了过来。

"嗨，你忙吗？"

"不太忙，没什么事。"

"我刚才……"我停顿了一下——给他打电话是不是很傻？"我刚才走在回家的路上，被几个坐在车里的家伙吼了，他们非常凶狠，我离他们的车很近，吓坏了。他骂我是个该死的贱人。"

"他们走了吗？"

"嗯，嗯，他们开走了。我只是，我只是，"我叹了一口气，"我正在罗马大街公园旁边，有个女人曾在这里被人多次强奸。"

"太糟糕了。"

"那是梅根今年早些时候负责的案子。你能不能跟我聊会儿天？在我到家之前别挂电话？"

"好啊，当然可以。"他回答，"你想聊什么？"

"什么都行。普通人的事情。开心的、无聊的事情。"

第二天一早，我经过公园去上班，走进梅根的办公室，把事情告诉了她。

"更糟糕的是，我一直都在想你负责的那起案子。"

"我明白你的意思。几年前，有个韩国女人也是在那里被人谋杀的，就在公园的另一个地方，还记得吗？"

"嗯，没错。死于库利尔帕桥附近的那个法国女孩的谋杀案很快也要开庭了。"

"哦，对。"梅根说。

"这个法国女孩也被人强奸了。我都没有意识到。"

"嘿，要把这些案子全都记下来可不容易。"

那天，法官要对一个个人经历复杂的被告做出宣判。事后我们回到办公室，法官再次向我抱怨，说辩方提交的辩护材料称其当事人"智力低于平均水平"。

我心生同情。"我也讨厌他们声称当事人患有抑郁症却不再深入。"我补充道，"他们只是一时不快乐吗？他们确诊过吗？这和创伤有关系吗——是什么严重的抑郁症吗？"

"嗯。"他点了点头。

"要是他们不说得具体一些，我们怎么知道被告是不是仅仅有些不高兴？我是说，没有人每天都是百分之一百一十快乐的。"

"哦，这就不好说了，你看上去就很快乐！"法官由衷地露出了灿烂的微笑。

我只是张大了嘴巴站在那里。

去警察局给塞缪尔打电话的那天，我是让妈妈送我去的，因为我觉得自己需要把麻烦尽可能少地分摊到每个人的身上。妈妈也会在我哭的时候抱住我，而且我知道，只要情况允许，我肯定会哭。这种恐惧是没有道理的，如同狗在暴风雨时躲到床下的颤抖哀号。我整个星期都在骂骂咧咧、痛不欲生，精神的敏锐度不足以支撑我去冷静思考和自我安慰。我正在为一种谁也看不见、谁也理解不了的东西害怕。但我相信无论那晚发生什么，妈妈都会一样爱我。让她等待，我并不感到愧疚。这倒不是因为她为了不让我内疚而带了一本书，而是因为我知道，她在内心深处明白我正在对抗一种巨大的无力感。如果我那晚被骂作骗子或婊子，她还是会支持我。我们一起坐进她那辆小小的大发汽车中，就像坐上了驶向战场的坦克。

肖恩的桌子上已经摆好了一台录音机。他说，由于法律原因，录音机不能接触或连接我的手机，不过他可以将它打开，然后离开房间。只要使用免提通话，通话内容就会被录音。我之前没想到我会被单独留在房间里，这使我一阵慌乱。

"你有塞缪尔的电话号码吗？"肖恩问我。

"有的。"我回答。于是他打开录音机，陈述了日期以及我们的身份，然后就离开了。

我紧张得衬衫都已被汗水浸透，身体却因为吱嘎作响的空调而瑟瑟发抖。我拨打了阿伦给我的电话号码，按下免提键，眯起眼睛，等待手榴弹爆炸。

电话响了又响，我希望它直接转到语音信箱，这样我就能逃跑，就能找个地方躲起来。

"你好？"

"塞缪！"我兴高采烈地说，"我是布里，你好吗？"

我坐在椅子的边缘，两腿交叉，双手紧握着放在桌下的大腿上。我紧盯着电话旁边塑料桌面上的一块磨损的地方，陷入了某种只有在我喝醉了酒或狂奔了很长一段时间之后才会出现的精神状态。那种感觉就像是身处水下，戴着护目镜，呼吸很浅，有些头晕。

我和塞缪尔寒暄了几句，说的都是我花了好几个小时、煞费苦心完善的内容，接下来，我们又围绕生日礼物聊了十五分钟。计划奏效了。他的回答落入了我预想的一种反应模式的流程之中。我问他在什么地方，准备做什么。不出所料，他迫不及待地谈起了自己，还花了点时间解释他人在美国，正在准备一项激动人心的新投资计划。这是个能迅速致富的计划，他十分自豪，而我已经准备好突然袭击他毫无戒备的自负心。我叫了他的名字很多次，让他感觉良好，因为每个人最喜欢的词就是自己的名字。他告诉我，他将在一笔新的交易中赚到数百万澳元。这个讨厌的傻瓜口中说出的蠢话越多，我就越生气。

"嗯，还有一件事，我想和你在见到派对上那一大群人之前简单谈谈。"我漫不经心地提起正题。这种说话方式我已经演练过一百次了。

"什么事？"他的回答有点过于缓慢、低沉。他迟疑了几分之一秒才回答我，语气不够怀疑。他并不好奇我接下来要问什么，他知道我想说什么。

我的心怦怦直跳，仿佛那潜在水中的两只耳朵都能听到心跳的声音。那一瞬间，不知为什么，我明白现在的问题就在于他会不会怀疑我正坐在警察局里，身旁摆着录音设备，门外站着一个侦探。

"是关于我们小时候发生的那件事。"我说。

"啊，"他的声音变了，"我们小时候？"

"嗯。"

"你这话是什么意思？"他真是个糟糕的骗子。

"就是蹦床上的那件事。"我回答。就是它，就是这句话。他的回答将能改变我的一生，改变我对自己记忆的信任。

"啊，对，那件事。"他说。

我的心里有什么东西破裂了，我飞快地用冰冷的双手捂住了嘴巴。和当初被他猥亵时一样，肾上腺素激增的反应又不由自主地出现了。仿佛一个卡扣猛然爆开，我体内黑暗的、可怕的液体流了出来，流遍了小小的房间。那个在过去十年害我自暴自弃的恶心生物已经不在我体内了。它不属于我的内心，从来都不，它属于正在与我通话的这个男人。

"我猜……我的意思是……我最近一直都在回想这件事，有点想要消除误会，你懂我的意思吗？"

"哦，懂的，当然没问题。"他回答，"只不过现在我身边都是人。"

他起了疑心，或许是紧张，我能感觉到，要是我不能保持平静随意的语气，他随时都有可能挂上电话。

我推进着对话。"那你能不能出去一下，一下就好？"尽管害怕，我也——有史以来最明白无疑的一次——要确保我与一个男人的关系不会恶化。不过，我这二十四年间都在和派对上的失败者、言行不当的同事打交道，知道如何让对方冷静下来，知道说什么话能确保他的自尊心不受伤害，也知道该如何让他低估我。这一部分我甚至没有练习过——因为不需要——那对女性来说只不过是一块天生就知道该如何收缩的肌肉。我使自己的声音轻快活泼起来，又耸耸肩，用手垫住下巴，仿佛他就在这个房间里。"你懂的，我只是想把事情放下。"

我这是在向他表达：很抱歉打扰你，请迁就我一下就好，这样事情就能一笔勾销，你也会没事的。

"稍等，让我看看可不可行。"

"好的。谢谢，塞缪。"

我永远会做好万全的准备。

塞缪尔在电话里说的话烙在我的脑海中，永远无法磨灭。他的声音就像烙铁一样。他说他会一直和自己的妹妹保持距离，因为他"下意识地"害怕自己会对她"做些什么"。他小时候曾遭到一个年长男性亲戚的侵犯，却从未告诉过任何人。

"我不是那种会成为受害者的人，"他的语气相当坚定，"我很肯定。"

他还有另外好几个理由，让他庆幸自己从未把遭到虐待的事告诉过别人，这些理由以一种离奇的方式触动了我的不安。

"如果我对爸妈说这件事，他们肯定会非常难过。所以我为什么要那么做呢？事情已经过去了，不会再影响我的生活了。可一旦它泄露出来，会真的伤害到我的父母。"他说。

同时，他也十分抱歉。小学时，他曾被抓到对女生做了些不太恰当但并非很严重的小动作——偷窥裙底之类的——不过没有什么后果。他说他所做的一切都属于机会主义，只不过是做做试验，或者向大家证明他不是同性恋。他告诉我，他从没有"强迫"成年女性做过任何非自愿的事情，还说自从成年之后，他就和女性建立了"正常的"关系，总是待她们很好。

最糟糕的是，当他提到"这种事情我还做过两三次"，我突然精疲力竭。我本该刺激他说些细节，尽量从他口中套出更多证明他有罪的详情，尤其是日期，但我做不到。我就是说不出口，所有的勇气都已被我消耗殆尽。

接下来的对话中，我甚至没怎么提问，任由他滔滔不绝。他问我日子过得如何。我说我做了法官助理，也会写点东西。警方录音的最后十五分钟内容都是他针对创业精神和出版行业给我的建议。他说他最近一直在思考如何成为一名优秀的文学经纪人。他认识一个写科幻小说的女孩，做了她的代理，虽然她的作品没那么优秀，但他还是至少卖出去了一本。他说我应该写点奇幻的内容，就是书呆子喜欢的那种，因为那样好卖。我含糊地回应了几个单词，想要结束这场磨难，可他并没有停下。我累坏了，却害怕自己要是无法强装冷静，他就会从电话里蹦出来抓我。

他最近的商业计划显然就要成功了。

"你懂的，我其实不该谈论自己正在做些什么，因为我们确实赚了不少钱，不过无所谓了，我能告诉你一个不可以跟别人说的秘密吗？"他用厚颜无耻的语气问我。

"可以啊，当然可以。"

"到目前为止，你保守秘密的能力还是不错的。"

"哦。"

"嗯，这么说有点不公平，不过——哦，你看，这是个双关语①
呢——啊，我要说的是，星期五的时候，其实在星期五到来之前，
我就又能赚到两百多万澳元了。"

当他终于说完出版业有多瞬息万变，我又该如何通过自费出版
来省钱时，我已经坐都坐不直了。我说我必须挂电话了，阿伦三十
岁生日那天再见，还说了一句"别见怪"。听到他欢快地与我道别，
我手忙脚乱地挂断了电话。

既然已经借此机会向我道了歉，或许他感觉身上的压力都减轻
了。或许他有点自我感觉良好。

我打开门。肖恩一脸期待地抬起头来："结束了？"

"嗯。"

"怎么样？"

"他承认了。"我感到眼泪夺眶而出，双膝一软，向后瘫倒在椅
子上。

肖恩试图问些细节，但很快意识到我的精神状态不佳："你想下
楼去找你妈妈吗？"

"想！"我对他呼喊出声。我在他的搀扶下朝着大厅走去，一
步一个台阶，跌跌撞撞地穿过他为我撑开的门，直接扑进了母亲的
怀抱。她像我小时候那样摇晃着我，轻抚我的头发，用侧脸抵住我
的额头。我哭得筋疲力尽，久久无法停歇，眼泪和鼻涕把她的衬衫
都沾湿了。她亲吻着我，直到我安静下来。

---

① 前文"不公平"的英语原文是 below the belt，字面意思是"腰带以下"。

"怎么样?"她轻声问道。肖恩一直默不作声地在门口等待。

"行动非常成功,"我回答,然后擦着鼻涕、眼神呆滞地笑了笑,"他承认自己做过。"

当晚晚些时候,妈妈在送我回家时说:"我知道这件事非常可怕,不过答应我,你不会让它毁掉自己的人生。你已经拥有了如此美好、不可思议的人生。你是个了不起的姑娘。我知道这很悲伤,你也可以悲伤,但是答应我,你不会让他获胜。如果你让这件事大大影响了自己,他就赢了。"

回想起那时的自己,我感到有些怜悯又有些钦佩。那晚我精神崩溃,之后的几周都情绪低落,以为最糟糕的部分已经结束,却没有意识到,这还只是个开始。我不知道塞缪尔有没有意识到,他刚在电话里承认虐待过我,就开始以男人的口吻对我的职业选择进行说教。这已经不是我第一次庆幸他就是这么一个混蛋了——和塞缪尔相处的时间越长,你就越容易憎恨他。除此之外,支持我撑过接下来这两年的是脑海中他说过的一句话:

"你不是唯一一个。"

每当我想要放弃起诉,都会在心中重温他的话和声音。我会像检查拼图一样检查每一个短语,将它从我的记忆中取出、翻面。当我把这幅拼图尽力拼好时,真相便一清二楚:我有可能是第一个打出这个电话的女孩,但还有其他女孩——不止一个女孩,而他一直都在等待我们中有谁会打来这个电话。要么是我打来了第一个电话,而他已做好准备,要么就是他之前接到过类似的电话,有时间完善自己的答案。

几天后，当我把对话的内容转述给文森特时，他用了一个词质疑塞缪尔曾遭侵犯的真实性："胡说八道。"

我叹了一口气。我也花了几个小时思考这个问题，不知该如何是好。

"我知道当一个人害怕别人不相信他说自己曾经遭人侵犯是什么感觉，"我回答，"所以我不会放弃仁慈的立场，质疑塞缪尔声称自己曾遭侵犯这件事。"

"很公正。"他点了点头，没有再去理会那件事。

我的话听上去像是什么装腔作势的豪言壮语，因为的确如此。我很想认为塞缪尔在撒谎，但这样一来，我就不得不让自己像他一样卑劣。我已经卜定决心，希望自己永远都是那种愿意尽量相信原告的人。在接下来的几个星期、几个月、几年中，我会对他的人性彻底绝望，但始终拒绝放弃自己的人性。

不过我真的很纳闷，塞缪尔是怎么在全然不知我已决心报警的情况下，还能对我说出那种让我内疚的话的。没错，我似乎一直过着正常的生活，没告诉过任何人他做了什么——我读完高中，考入大学，还从家里搬了出去，交了新的男友——人生轨迹平淡无奇，没有大的差池。在听他提起"我并没有以受害者的身份生活"时，我却感觉遭到了冒犯，仿佛自己是在小题大做，扮演困境中的少女。还有一件事情他说对了：我此前之所以不愿站出来，是因为这会令我的父母和哥哥身陷痛苦。

塞缪尔也曾遭人侵犯意味着情况更复杂了。加害者曾经也是受害者。要是我继续申诉，我也就成坏人了——这种感觉令我挣扎。

如果他的话是真的，那么我们很可能拥有同样的痛苦——一种我应该能够理解与同情的后遗症。我以为自己在那晚打电话与他沟通时很有策略，但他也对我耍了手段。我差一点就放弃控告，因为他在我心里播下了一粒种子：他有可能不是什么坏人，而我有可能会成为坏人。通过为一些偶然发生的事情小题大做，我将扰乱他的生活和家庭，也将扰乱我的生活和家庭。报了警、打了托词电话之后，我每天都会早起，迈进外面的世界，过着完全美好的生活，但我的内心已被他击碎。几个月来，我一直在反思自己扮演的是什么角色，是好人还是坏人，努力基于道德和逻辑做出决断。情绪大起大落，好坏取决于我的体重，取决于文森特，取决于天气，取决于任何东西。这一分钟，我还在为自己的勇敢感到骄傲，因为我揭露了他对我家人信任的阴险背叛。下一分钟，我却成了一个残忍的女妖，为了谋取关注，让所有人都不得安宁。

对塞缪尔而言不幸的是，我所从事的行业让我每周都能接触到他这种男人：面对被自己伤害过的女孩和女人，他们的说辞如出一辙，没有一句是原创的。

在为法官核对判决书时，一段引述跃入了我的眼帘：一个冰毒成瘾的男人说服了他尚未到青春期的继女，她若把他的侵犯行径说出去，这只会让她母亲难过——她因此心生愧疚，只好缄口不言。他还会利用她的兄弟姐妹作为筹码。核对完文件后，我在大楼里转了转。之前在此审理过的所有案件，所有的起诉书与文件，只能代表一小部分被送上了法庭的施暴者。我没有什么特别之处，塞缪尔也一样。

那天下午是我第一次想到"她"。她的面容是我一年来在法庭上见过的所有女孩与女人面孔的合成体。她就在那里，就在某个地方。也许她还没有给塞缪尔打去电话，也许她打了，却不是在警察局打的。她就是我要去守护的人。

我经常想，要是塞缪尔的父母发现了此事，让他不得不把自己受侵犯的事告诉他们，那会怎么样。我要为由此带来的痛苦与折磨负责吗？从某种程度上说是这样，但是换个角度，这样想就太糟糕了。在我小的时候，他就用他的方式给我洗了脑，如今我是个成年女人了，他却还能故技重施。

我对文森特说："我觉得他对遭人侵犯的事不采取任何行动是他的权利，但我也有权对自己遭遇的侵犯采取行动。"

"当然。"他实事求是地回答，尽管这个答案本身就是不言而喻的，不会因为层层叠叠的羞耻、愧疚与困惑而模糊不清。

"我觉得，要是谁都闭口不提，这个循环就会继续下去，对吗？"我问。

"没错。像你这样的人才能打破这个循环。"

"或许我把这个该死的循环打得落花流水。"

"真是我的好姑娘。"他笑着拍了拍我的大腿，亲了亲我的脸颊。

我知道塞缪尔之前没有性侵犯罪记录，因为肖恩在我看不到的电脑屏幕上浏览记录时，曾心不在焉地说过他"没有案底"。我下定决心，为了那个"她"，我一定要在塞缪尔的记录上留下些什么——无论她是谁，又身在何处。这样一来，当她终于决定站出来时，人们就会相信她的话。盖在他姓名上的那个标记也许还能警告他潜在的女友，并确保他无法参与和孩子或青少年有关的工作。

拨通那个托词电话是我做过最勇敢的事。我坐在警察局里，门外是一名警探，楼下还坐着我的母亲，我坐在软垫座椅上，拿着一杯水身处空调房中——但这仍是我此生最害怕的一次。勇敢只存在于恐惧的对立面。这可能是老生常谈，却也是事实。我此生最害怕的，就是内心的阴影是我自己编造出来的；在可悲的对男性关注的渴望中，我编造了一件孩提时的我无法理解的恶心事；我显然不受欢迎，于是只能幻想在另一个世界为人所渴望。不仅如此，还有这样一种可能：为了向公众宣称自己如何魅力超凡，我竟在编造的故事中不仁不义地构陷了一个无辜的男人。

那个电话本可以毁了我。我不知道要是塞缪尔否认了整件事，并表现出了令人信服的震惊反应，我该何去何从。一个火坑正在我的眼前熊熊燃烧，我召唤心中的怪兽，只身朝它奔去。

那一年，许多类似案件的审理与宣判如潮水般无情涌来，终于让我摒弃了之前荒谬的想法，即以为自己的处境在某种程度上是与众不同的。但其实，所有的女孩、女人都和我心怀同样的恐惧，而所有的男人都具备和他一样的借口。生活在澳大利亚的市镇，我一直都是孤独的。孤独迫使我剥开层层回忆，将自己送上法庭，去反思自己思绪中有矛盾的地方。

打完托词电话的第二天，我和往常一样去上班，与法官一起在地区法院的战壕里主持正义。

几天之后，电话带给我的焦虑开始逐渐消退。我买了些食材，给自己做了顿不错的晚饭，还在电视上看起了历史题材的女性侦探剧。洗碗时，我正想着自己也许真的能坚强到足以熬过接下来的一年，可当我从水池上方的窗户望出去，看到邻居正在后院里将全新的蹦床组装成型时，却再次感觉皮肤上仿佛有蚂蚁在爬。盘子从我的手中滑落，重重摔在台面上，碎裂开来。声响和碎片吓得我放声大哭。这诱因是多么平淡无奇啊！我对自己翻了个白眼，叹了口气，将手浸入温暖的肥皂水中。将来，文森特与我可能会有儿女，他们可能也会开口要一张蹦床，就像每个孩子都想要的那样，但我会说"不行"。我们会假装这是为了他们的安全考虑，或是家里买不起。

"如果我们买到的房子后院里有一个旋转晾衣架，我会雇一辆小卡车，把它从地里拽出来。"我曾经这样告诉文森特。

孩子们是不会知道这其中的缘由的，邻居们也一样，但我相信文森特会帮我把它拖去垃圾场。这似乎就是爱情的一个优秀范例。

15

当我出差前往金皮巡回审判时，文森特留宿在了我的合租公寓里。半夜，他被一个男人的声音吵醒，听到对方在外面尖叫我的名字。文森特以为是塞缪尔来找我了，而这间平房的卧室窗户是敞开的，于是他在床铺的一边蹲下去，爬进厨房拿了一把刀，然后爬回卧室里等待。他一动不动地站着，望着伸手不见五指的漆黑夜色，聆听一切动静，做好了有人闯进来的准备。

然而那个男人只是不停地喊叫，渐渐地，实际情况才终于被搞明白。隔壁的女人好像与我同名，和一个脾气暴躁的男友住在一起。深夜回家时，她尽力不去吵醒他，但显然没有成功，听到他激动而愤怒的吼叫声，她便跑进花园躲了起来。

直到听见那个女人开口回应自己的名字，确信没有人来找我，文森特才终于放松下来，钻回了床上。我是在两周后回到家时才听说这件事情的，因为一把刀落在了我的床边。

"我之前不想告诉你。"文森特说。

"为什么？"

"我不知道。我不想让你多想，或是让你担心。"

我的确会多想，也的确会担心，但不是为了自己，而是为了隔壁的"她"。我的室友曾和我交流过那个男人对自己子女说话的方式。他这人似乎缺乏耐心，也不友善，会大吼着责骂他们为何不听话，为何如此差劲。我不喜欢住在他的隔壁，不想碰见他，不想回忆起在法庭上目睹的一桩桩案子，还有那许多甚至不曾被录入系统的案件。他会不会动粗？有时我很想让他知道我在关注着他，可我其实还是会怕他。我们之间没有席位和栏杆的分隔，我不能把法袍带回家来保护自己，他也不必穿上政府发放的连体衣。他在车道上洗车时，我会提醒自己，怪兽这种东西是不存在的。形形色色的人都处在一杆滑动的天平上。瑞斯特、贝克、菲利普斯，他们都有车要洗。谁家的后院里又没有蹦床和旋转晾衣架呢？

我小的时候，有一次问爸爸白天上班都做了什么。他告诉我，一个男人看到女朋友坐在车里和另一个男人说话，便走出去揍了他一顿。我觉得这是件非常浪漫、颇具戏剧性的事情。

我问爸爸："这难道不意味着他爱她吗？"

"不，这意味着他善妒又暴躁。"爸爸回答。

不过，对于一个还在读小学的女孩来说，能让两个男孩为你大打出手就算酷到极致了。我记得我当时心想，要是一个男人善妒又暴躁，那仅仅意味着他无法自制地被对你的爱深深影响了。虽然我那时还小，但我知道嫉妒与激情是什么感觉，一想到自己将来也有可能激发别人的这种感觉，我就兴奋不已。

我还记得那天下午，想到爸爸把这种做法说得好像很傻似的，我就满心希望能有个男人愿意为我而战。

金皮为我对法律行业残存的抱负钉上了棺材上的一颗钉子。驱车赶路的途中，我和法官聊起了他的前任助理丽贝卡和她现在的生活。去年，她跟随法官的最后一次巡回审判就是在金皮进行的，当时她问了当地的事务律师有没有空闲的职位。随后六个月不到，她就成了无人监督的当值律师，获得了她在大城市从业多年都无法得到的经验与责任。对于一个出身布里斯班、具备相当资历的年轻女性来说，搬去金皮一两年是一种在生活方式上的巨大牺牲。丽贝卡大多数周末都会开车回布里斯班探亲访友，在这边去超市时不会碰到客户在乳品通道里向她承认自己刚刚酒后驾车。

"选择永远都有。"法官漫不经心地告诉我。他指的是丽贝卡"下乡"的举动。我看着乡间的景色从窗前闪过，不知自己若是离开城市还能否快乐。我不介意拥有一座平凡的小屋以供写作，可光是想到在法庭上靠为被告辩护赚钱的未来，我就暴躁不已。一年多来，丽贝卡见过的恶心事和我一样多，她怎么还能做得了辩护律师？我对法官撒了谎，说我就是个世故的城里人，并在心底怨恨他充满鼓励的友善提问。我已经让父亲大失所望，再让第二个人失望就太过分了。

我们住在开发区的大公寓里，旁边是一片深绿色的高尔夫球场。公寓大门一带修剪得整整齐齐的美化景观对面，是起伏的山坡上遍布的破旧墓地。那里的草坪既稀薄又干枯，只是成片掺有碎石的烂泥，墓碑间散落着沾有灰色树胶的老树枝。这里的坟墓间距比布里斯班墓地的远得多，好像金皮人就连死时也会把土地放在第一位。

第一天清晨，我尝试绕着社区慢跑，上班后才得知当地普遍结冰，还听闻了上个月发生的抢劫案的数量，其中最年轻的劫匪还是个十四岁的孩子。于是我修改了路线，留在靠近开发区的地方。因祸得福，我在那个星期的晚些时候看到了兔子和小沙袋鼠，还撞破了属于一只巨大金圆蛛的、闪着晨露光芒的蛛网，而当我努力摘掉头发里黏糊糊的蛛网并在冰冷湿润的草地上擦手时，我感觉自己又恢复了些许活力。我得以喘息。久违地呼吸到了新鲜空气。那两个星期里，我只呕吐了两次。

第一天早上，我们要准备的是一起危险作业致死案的宣判。梅根和我又发起了邮件。与驾驶有关的案子都很棘手，因为人们的行为总有意外，但造成的风险却如此之高。大多数罪案会让你在法庭上听审时害怕事情发生在自己的身上，但与驾驶相关的案子不同，你之所以会害怕，是因为你也可能做出这种事来。梅根今年已经参与了好几起类似的审判，在邮件里表达了与我一样的恐惧。

事情发生在两处房产之间的一段道路上，距离金皮法院不到一小时车程。一个年轻的德国男子载着两个朋友行驶在路上。他没喝酒，因为被朋友们指定为司机，但那时已是深夜，在后来被法院认定为"疏忽大意"的分神状态下，他开着开着就回到了自己过去学习的驾驶方式中，将车开到了德国规定的那一侧[①]。车子穿梭在灌木

---

① 澳大利亚为靠左行驶，德国则是靠右行驶。

丛中，又几乎没有任何标志提醒他正身处地球的另一头，他转了个弯，就迎面撞上了一辆车。对面车里的女子一直在道路正确的一侧行驶，她四十多岁，正打算回家照顾孩子。

法官休庭了很长时间，回来后判处德国青年一段时间的有期徒刑，而非彻底缓刑。法官的语气十分柔和，但宣判过程却比我那一整年经历的都更加正式。我明白，与其他所有案子不同，此事带有的终结感代表了一个生命已经结束的事实。危险作业罪是地方法院一级能够处理的唯一一种致死罪行，不必直接提交最高法院处理。

青年的母亲从德国赶来，正坐在公共座席区哭泣。死者的四名家属也在旁听，同样流下了眼泪。我准确地把握时间，做出了一份完美的流程记录，将注意力集中在法庭的程序细节上，在自己与眼前撕心裂肺的痛苦间设起一段缓冲，不然情绪很有可能失控崩溃。

在法律意义上，"疏忽大意"是个十分微妙的概念。我们希望按照客观的标准去爱护彼此，但同时也承认，我们都会在无意中令对方失望。这种失望有时是灾难性的。疏忽大意就是"不够好"的一种花哨的说法。它是一根伸出的食指，提醒人们不能鲁莽地践踏生命，不能对自己的行为可能给他人带来的影响漠不关心。

那个周末，我读到了几封写给《澳大利亚人报》编辑的赞美信。那些政治不正确的守旧派在信中对这个做什么都要承担责任的新时代表达了怨气：不经意的残障歧视、文化剽窃、潜意识的性别歧视——这些都是经常使人们受到大声指责的坏事，也是人们在言论和行为并非出于犯罪或自觉的恶意时拒绝承担责任的事。这些人会将双手举在空中说"你这么认真干什么"或者"我又不是故意的"。我希望这些写信的人在高中时都学过法律，就像很多学校教过的那样，知道伴随权利与特权而来的也有责任。

因行为疏忽为某人判刑也是一件棘手的事情，因为一切刑事判决的主要目的之一——特别威慑——在这一点上并不适用。德国青年入狱的原因属于普遍威慑[①]，它提醒我们其余的人，驾驶车辆伴随着与潜在伤害相匹配的责任。一台巨大的金属机器可以压碎一位母亲的骨头，让她的家人在法庭上哭泣。即便你并不认为自己是个"坏人"，但若是不时刻保持警惕，就有可能要为这样的恶行负责。想到这一点，当然还是很可怕的。

在成为法官助理的许多年前，当我第一次想起遭人猥亵的经历时，曾担心自己有一天会对别人施加同样令人不安的折磨。那时正好是我学习性知识的重要阶段，塞缪尔的行为却总在我的脑海中闪现。在购物中心的洗手间里看到有人给婴儿换尿布时，我曾被不祥的预感吓到，害怕自己可能会对他们做出什么可怕的事。在绝望地试图理解施虐者的过程中，我将自己投射进了他的经历，过度地想要将他人性化。我以为自己只是暂时无法理解这件事的意义，直到人生中的某种际遇使我也变得如此麻木不仁。

在给塞缪尔打托词电话并得知他曾受侵犯的许多年前，我读了一些有关虐待循环的文章，由此确信丑恶的遭遇已经植根于我的内心，一旦放松警惕就会泄漏出来，加害毫无戒备的受害者。长久以来，

[①] 又称一般威慑，国家以立法的形式规定犯罪应受的惩罚，使人们因惧怕受罚而不敢犯罪。前文提到的特别威慑指已亲身体验过刑罚的人因惧怕未来的惩罚而不敢再次犯罪。

我一直以为，若是缺乏自我监督，我就会在疏忽大意中延续这个循环。塞缪尔的行为莫名将我纳入了这样一类人：一颗可能爆发出残忍行为的定时炸弹。有某种东西沉积在我体内，不断试图打破我意识的表面，释放出令人发指的行为。

除了和塞缪尔一起坐在圣诞树旁的地板上、身边围绕着我亲切宽宏的家人，我还能怎么度过圣诞节？在我十八岁的生日派对上，哥哥想要找个朋友做伴，除了邀请他来，我还能怎么办？我告诉自己：他一定不是个坏人，不然别人肯定也会看得出来，并对他恨之入骨。他的行为不是恶意的，只是太疏忽。这么长时间以来——从童年到我成为法官助理——我一直以为需要转换思维的人是我，是我需要把他和他的罪行包容进我这种年轻女性的生活。

德国青年被判刑后的第二天早上，我在金皮的墓碑间慢跑，努力克服着昔日的恐惧。在刚刚过去的几年里，也就是我二十岁至二十三岁的这段时间，我曾在某一刻意识到自己绝不会猥亵一个小男孩，这个想法本身似乎就很荒谬。一想到对某个还不到青春期的男孩产生性方面的冲动，我就会畏缩，更别提在不征得他同意的情况下为所欲为了。但我还是感觉得到体内的那股沉淀，担心如果不加注意，它就会钙化。我强迫自己向山上跑去，向内心更深的地方挖掘。吸引我的为何是男人而非男孩？我在哪里划下了界线？是的，我可以和比我年轻的人发生性关系。对方可以是十七八岁，前提是他们看起来十分成熟，并且主动与我发生接触。至于十六岁嘛——这是昆士兰州法定的性同意年龄——就牵强了。现在我长大了，再回想起那个年纪的男孩的样子，会感到我们之间的差别似乎不可逾越。我遗漏了什么吗？

爬过高尔夫球场的山顶，我的心率飙升到了一百八十四。我想象自己正在亲吻文森特，他就是实验的对照组——一个必定能让我充满欲望的男人。我为什么能和现在的他上床，而不是十五岁时的他？再好好想想，姑娘。我跑得更卖力了。塞缪尔为什么会想触碰还是个孩子的你？你为什么不会被年纪小的男性吸引？你们之间有何区别？我在胸口紧紧攥住拳头，感觉心口被缝上了一针。我思考了自认为最性感的时候，那是我被追逐的时候，是有人追求我、不断向我保证我会被人渴望的时候。说不定，要是有个非常年轻的男孩对我展开猛烈追求，让我彻底相信他是下定了决心想要我，我是可以和他上床的。但即便对象是十八岁或二十一岁这种年龄相对成熟一些的男孩，我也不会强迫他们。如果这种男孩喝醉到了影响决策能力的程度，我是不会觉得他有什么吸引力的。年龄与性同意之间存在联系——但它们之间缺少某种动因。对我而言，这一动因就是能将年龄、性同意以及作为结果的性吸引力联系起来的心理因素。

我大步向前，强忍痛苦，喉咙里喘着粗气，熬过了回家的最后几百米。我想象自己触摸着一个男孩，又想象塞缪尔在触摸着我，这才明白二者截然不同。我的鞋在这所临时住的小屋门前的碎石上绊了一下。我摔倒在地，倒抽了一口气，迫切地想把自己想象成施暴者，可就是无法成功。

我翻过身来仰面躺着，感受冰冷、锋利的石头紧贴着我的皮肤。天空蓝得如此明亮，看得我双眼含泪。我永远也做不出塞缪尔做过的事情。一个害怕且不情不愿的人是无法令我高兴的。我不想那样做。我确定，我永远都不想那样做。这甚至不是把自己的快乐凌驾于他人之上的问题——而是相互排斥的状况。另一个人的恐惧与困惑会令我兴致全无。要是我在朋友家后院的蹦床上，有机会以背叛别人神圣的身体自主权为代价，不用承担后果地满足自己，我也是做不出塞缪尔那种事情来的。

这样看来，他和我从本质上就是不同的人。我认为，一个人做出他那种行为需要具备三个不同的要素：他想要猥亵我；他不害怕这样做的后果；他不在乎我的人生。我可能永远无法理解为什么有人会觉得特别年幼的人性感，但若是以为塞缪尔对我的所作所为不会带来现实影响，那就错了。性侵犯的种种行为要不就是故意的施暴，要不就是无意的酷刑；每一次恶行中，极度惊恐的受害者的人生都被施暴者完全贬抑。我永远无法彻底克服这种伤害，也绝不可能去造成那种伤害，即便是出于疏忽大意。

我感觉轻松了不少，或者说是莫名摆脱了束缚。塞缪尔没有在我们之间建立起任何难以遏制的联系。这种想象中的联系仅仅出于我单方面的恐惧。他将一段经历带入了我的人生，成为我无法忘怀的回忆，但它并不是什么不可获知、神秘邪恶的东西。我将它存在心里的一处空间，让它与我其他所有的回忆、思想和感受共存。我永远无法打败恶魔，也无法将它驱除，我只能学着凌驾在它之上生活。

那天早上，我感觉自己不仅与身体建立了联系，更明白了自己的心。躺在碎石地上，我呼出的一团团气腾空而起，身上冒出的蒸汽让我舒适得宛如新生。

说来有种病态的巧合，在我反思完责任与受害者心态的问题之后，我们在金皮的下一场重要宣判恰好与儿童色情材料有关。又一次，差不多的男人给出了差不多的借口。辩方的辩词围着他们希望自己能够说出口的话打转：他又没有真的下手，只是看了看。

梅根曾经审理过这样一起案件：被告男子是某知名大企业的老板，他打印出一个年仅三岁的孩子遭人强奸的图片，又打印出自己继子女的照片，将他们的脸剪下，贴在被强奸的孩子身上，并将自己的脸贴在图中的男子身上，对着这幅独一无二的拼贴画手淫。辩护律师始终声称，他的当事人是为了放松才这么做的，在现实生活中不会"冒险"在继子女身上满足这种欲望。

梅根和我就这个案子的道德与哲学含义讨论了很久。这基本算得上是持有儿童色情材料最极端的犯罪案例了——相比在真实的孩子身上下手，对儿童图片发泄要好一些。这些人全都声称自己是个例，情况比较特殊，他们的癖好对这类内容生产与传播的供求链不会产生太大的影响。法官起草过一份适用于儿童色情材料宣判的回复草稿，每次只需针对具体案情对回复内容进行些微的调整——这种案子就是这么缺乏创意。

联邦检察官依规被派来处理案件，还成立了特别工作组展开调查。因为人们是不被允许在一个特定部门工作多年的。

"他们中曾有人告诉我的朋友，在那里工作的三年时间里，他看着视频中的一个孩子逐渐长大。"有一次，梅根对我说，"他们就是找不到视频是在哪里录制的，只能一次次地看着这些孩子越长越大。"

我叹息了一声，使劲揉了揉眼睛。

"法官说，我们关错了人。"梅根补充道。

和我们在一起的还有另外一名助理，丽塔。"有一次，我看到某个儿童色情片的内容是里面的人在吃一个婴儿。"她说，"我没有亲眼看到，你们懂的，因为有信封包着，不过事实就是如此。"

梅根和我都无言以对。

检察官将一个文件夹递给老法警，里面包含了他们在被告硬盘中发现的上千张图片中"具有代表性的一组"。

法警走过来想将它递给我，却被法官打断了。"请直接交给我。"他边说边伸出了手。在他打开信封、斟酌其中内容的那一刻，法庭上所有的人似乎都屏住了呼吸。大家纷纷垂下头来。

"你看过这份取样了吗？"法官询问辩方律师。

"没有，法官大人，除非您要求，否则我宁愿不看。我相信这位博学的同仁选择代表性材料的能力，我已经准备好了针对这些内容的本质进行口头陈述。"

信封里的内容到底有多糟糕，以至于连你自己的律师都不愿去看你做过的事情？众人又安静地坐了片刻。我听到法官在我身后翻看着照片。

"好了。"法官说。我转过身，接过他递来的信封。信封很重，重得令人难过。我把它放在面前，在封面上贴好识别标签，却抑制不住内心的好奇，将信封翻了过来。法官已经在上面贴好封条，让我松了一口气。

爸爸曾对我说，他在去交通事故现场出勤时注意到，交通并不是因为一条车道被堵塞而恶化，而是因为每个路过的司机都会放慢车速，想要好好看看支离破碎的车辆和尸体，才使路况越来越差。

我就是那些可悲又恶心的人之一，和其他人没有什么两样。

我看没看到信封里的内容并未带来太大的区别。在接下来的近一个小时里，法庭上所有的人都不得不聆听这个男子下载了哪些可怕的图片。哪样更糟糕：是一个接一个地看到那些图片，将它们烙印在你的脑海中，还是听人为你描述，让你有时间去脑补那些空白、想象那种恐惧、探究在故事间隙放声尖叫的"谁"和"为什么"的问题？

辩方律师表示，被告只喜欢非暴力内容和看似已满十六岁的女孩出镜的内容，而且这些作品"看上去并非是不经同意拍摄的"。但我觉得谁也不会相信这些话。被告一天要手淫两三次，还会通过俄罗斯的图片分享数据库和世界各地的人交换素材。这个国际网络拥有一百五十一名用户和五万五千一百八十五份文件。被告四十多岁，未婚无子。听审的过程中，法庭里充斥着一种感觉，我将它形容为"道德上的闷热"：空气中充盈的不是水分，而是一种会让我们想起人类能有多糟的东西，在场的人全都在里面游来游去；就算我们在今天结束时试着冲个澡，身上也仍会散发出它带来的臭气。

辩方律师宣读了被告写过的一封电子邮件，其中，被告在和网络上的另一个用户比较并分享文件，还打开了一个文件夹查看图片。被告对收信人写道："不行，这些对我来说太年轻了。"

我瞥了一眼坐在被告席上的那个男人，看到了他瞬间的畏缩。"我喜欢十岁和十岁以上的、发育了的身体。"他是这么写的。他摇了摇头，做出一脸怪相。他是真的为自己感到恶心，还是在作秀呢？他是在为下载和分享图片感到恶心，还是在为自己的行为被我们公开而羞耻？被告席左边的安保人员也垂下了嘴角，两只手紧紧握在身前。我为自己不必坐在距离被告那么近的地方而庆幸。

"被告的行为促进和鼓励了儿童色情产业的发展。"法官在宣判时表示。该男子被送进了监狱。

"我觉得,相比实际人身伤害案件的宣判,这次这种事情更令我难过,"收拾东西准备下班时,我问法官,"这是为什么呢?"

"我觉得一部分原因在于这些素材的规模实在太大。这次的家伙拥有成千上万张图片。"他说,"他们都有,却还试图表示事情没有那么严重。或许他们本就觉得此举不是那么严重,因为图片中的人并不是'真的'人。"

"至少他们看上去认罪了。"我试图从积极的角度看待此事。

"他们怎么能不认罪呢?"他回答,"东西都存在他们的电脑里,他们能怎么办?说这些图片是别人多年来,在他们不知情的情况下,用他们的电脑下载收集起来的?"

"被告保存记录的方式确实把我吓到了。"我说。听到这话,法官只是点了点头——他还能说些什么呢?

被告在排列文档与文件夹时会用专门的名字指代不同年龄的孩子。有些文件夹里只包括特定几个孩子的照片和视频,内容却十分丰富,无疑是他主动搜索、一一添加进去的。有个问题一直在我的心头挥之不去——在这类网站,难道还有某些孩子比其他孩子更受欢迎吗?难道什么样的作品最受欢迎也是有趋势和模式的吗?

检察官还宣读了被告在无意间留下的一些搜索历史。他的偏好既残暴又罕见,并且十分明确。他坐在被告席上,一次也没有抬头,直到被法官叫去面前接受判决。我仔细端详着他的脸孔。要是你在别的什么地方遇见他，怎么才能知道他是这种人呢？

我经常想起法官在金皮说过的那句话：他们怎么能不认罪呢？要是能有什么办法，让现实中人对人的侵犯罪行也达到这个阶段就好了。如果有一天，我们能以某种方式做到让所有的性侵罪犯都被判刑，而不是只在庭审走个过场，那该有多好。

在昆士兰州，要是你的电脑上被人发现存在某些违法的内容，就好比有人开着你的车超速行驶——或者更加准确地说，就好比警察在你的家里发现了毒品。法律可以因为房子、车子是你的，从而推定超速或持有毒品的人是你，除非你能提供充分的不在场证明或是在法庭上找出有罪的一方。但奇怪的是，当性行为的发生必须征得正面同意一事有望立法时，人们竟会如此愤怒，真是引人深思。"你不能动摇无罪推定原则！"他们又踢又叫，不过在法律的许多领域里，我们一直都是这样做的。我们都知道，也都赞同，开车就是在控制一个极其危险的东西。如果出了什么事，有人受了伤，我们就会问："车是谁开的？"找到车主后，我们会说："这是你的责任，除非你能证明事实并非如此。"开车与发生性行为都是到了某个年龄段才能获准拥有的特权，如果鲁莽行事，二者都会造成不可挽回的伤害，可只有开车需要考试、检查站和执照。

我不明白，针对性同意这个问题，政府为何不通过学校或公共教育项目教导所有人，就像教育人们不要酒后驾车一样。毕竟，过量饮酒后做这两件事往往都会带来可怕的后果。为什么同样水平的酒精可以让一个喝醉的男人因酒后疏忽大意、鲁莽驾驶被指控，却又可以让他辩称自己是因为喝醉才误以为一个女人是自愿与他发生性关系的，从而使强奸指控无效、让他无罪释放？

"假设一个男人载着一个女人酒驾出了车祸，两人都在车子毁坏后来到路边，"我曾对梅根说，"他可以趁她失去意识时强奸她，然后在法庭上以酒精为由对强奸行为进行辩护，说他错误地认为她答应了，同时，酒精却可以被用来指控他危险驾驶。"

"没错。"

"汽车的残骸是证据，但女人受到侵害的身体就不是，因为女人会撒谎。"

"没错。"

我们在金皮的第二周，正好碰上了由丽贝卡担任事务律师的某起案件。涉案男子被控性侵却拒绝认罪，于是我们将此案列在了周二的审理清单中。不过事情非常奇怪。在法庭和检方一切就绪时，我们却发现被告朗先生突发癫痫。庭审被搁置了一个小时左右。急救人员到场后告知律师，这并不是癫痫，而是恐慌症发作。又过了三十分钟，我从法警那里收到了一张便条："朗先生已经接受了药物治疗，并与我们重新讨论过了。他已经知道自己要做什么，并已做好准备。"

朗先生非常担心自己会被关进监狱，坐在被告席上一脸困惑，我看到他用力地咬着嘴唇。我读了他的报告：出生时缺氧，家里有十几个兄弟姐妹，父亲虐待成性。他患有时常发作的癫痫和恐慌症，而且不会读写。有那么一刻，我曾在心里默念："他当然会出现在法庭上了。这是怎样的人生开端啊！"紧接着，我却开始好奇法官会如何处置他。如果一个人的饮料被人下了药，无意中摄入了某种物质，致其无法控制自身的行为或意识不到自身行为的错误性，是不会被追究责任的。但是天生患有胎儿酒精综合征①的人呢？对那些生来就终身带有这种综合征的人来说，智力低下和行为问题是最常见的两种副作用。这种被告要为自己的行为负起怎样的责任？过分严厉地处罚他又什么用处或理由呢？

就在这时，我听到检察官重复了被告犯罪时说过的话："别的东西你都已经得到了，现在享受最好的吧。"他堵住了她的去路，抚摸她，还强迫她亲吻自己。他一直等到她带着刚出生的孩子独自在家时才动手。这名女子表示，她现在很难和丈夫亲热，因为被告令她在家里也失去了安全感。

辩方提出了一条"温柔但有力"的故事线：被告只不过是"不明白事理"或"不知道自己的力量有多大"。这让我想起了曾在法学院里学过的一个案例。被告男子患有十分严重的自闭症，于是他的律师成功地辩称，被告无法理解原告的面部表情或声音，不知道对方不同意进行性交。被告强奸了原告却被判无罪，因为他发自内心且合理地认为她是同意的。但是有证据表明，一个群体中女性被诊断患有自闭症的频率明显低于男性，是因为所有女性在成长过程中都不得不比男性更多地解读社交暗示，这又是怎么回事呢？在群体中，女性被要求以比男性更高的标准修习情商。

难道和金皮这名被告一样的男人们之所以能逃脱强奸的罪名，就是因为人们并不指望他们会有更好的表现吗？这难道不会让所有人觉得恶心吗？

---

① 母亲怀孕期间酗酒对胎儿造成的永久出生缺陷。酒精会进入胎盘，阻碍胎儿成长，造成独特的脸部小斑，破坏神经元及脑部结构，并引起体质、心智或行为问题。

"我为自己的所作所为感到非常抱歉。"他说。我的怒火平息了。他三十八岁,独居,靠做园丁的微薄收入维持生活。他会有机会和一个女人两厢情愿地发生亲密关系吗?他孤独吗?他的手那么大,个子又特别高,瘦削的身子上顶着一个奇怪的方形脑袋。

宣判的过程中,法官用到了"袭击"这个词。"她反感你的行为是完全可以理解的。"他告诉被告,"你能明白吗?"

我看到被告垂下双肩,羞愧地低下脑袋,点了点头。我的心如同一颗在法庭上被人打来打去的网球,从"好人"的手里打到"坏人"的手中,永远无法落下。

法官急于尽可能多处理几件事,所以我们在第二天又安排了一场庭审,可被告在陪审团被选任出来后立即认了罪。辩方律师用光了八次质疑权来质疑我抽出的每一个女性的名字,所以陪审团最终由两名女性和十名男性组成。我当时还无法相信辩方竟然能获准这样做,所以很高兴听到被告认罪,这样一来,严重不平衡的陪审团就派不上用场了。宣判时,我们听到检察官说,被告刚刚与女友分手,当晚没地方过夜,就从窗户爬进另外一名正在熟睡的女子的卧室,试图脱掉她的裤子。

在女子挣扎时,她的兄弟跑进卧室,赶走了这名闯入者。被告对她大喊:"你是我在镇上认识的少有几个女孩之一,却这样对待我,你们这群狗!"

他认为自己对她们的身体有多大的权力?对他而言,这种行为不就相当于对着当地的 IGA 超市大吼大叫,只因为它在他想去的时候没有开门,而它是他在镇上所知的唯一一家超市吗?对他而言,当一个女人说"不想"和他发生性关系时,她就自动变成了一只"狗"吗? 要是女子的兄弟没有跑进来怎么办? 她会在没有目击证人的情况下遭到强奸,也许不会走上法庭,也无以得到任何正义。

相比之下,我们在金皮的其余经历就简单多了。米歇尔·佩恩[1] 赢得了墨尔本杯。我与法官就我为何在为她感到高兴的同时却对赛马从整体上感到厌恶的问题展开了激烈讨论。

法官与我、丽贝卡、来访的检察官以及当地的几名事务律师一起吃了晚饭。再次看到丽贝卡与法官之间的互动,我的心中感到一阵微妙的刺痛。这提醒了我,我与他相处的时间很快也会结束,而我会想念他的陪伴。

想到自己即将离开地区法院,我既兴奋又害怕。我知道这份工作固有的重要感会让我逐渐沉迷。工作中语言的真切感也是如此——我对可怕细节的容忍度更高了,等待和领取裁决时的急迫感则在逐渐消退。

没有多少其他工作能让我每天都有机会审视生活和自由,不过见到丽贝卡是个好时机。我们简短地聊了聊她的工作与生活方式,我很快就清楚地认识到,法律行业——尤其是出任辩方——并不适合我。

"你的法律执业培训怎么样了?"听了我的抱怨,她心领神会地笑了笑。

"快完成了。"我点了点头,"这是它唯一的积极之处。"

---

① 米歇尔·佩恩(Michelle Payne, 1985—),澳大利亚女赛马骑手。

我们都笑了。

我即将结束助理的工作，获得法律执业资格，将塞缪尔告上法庭。我的余生就只能顺其自然了。

16

星期五下午，从金皮回来后，我直接去了文森特家。我在卧室里找到了他，笑着将他拽入怀中，两人一起倒在床上。

"你为什么总是不在我身边？"我开玩笑地问他。

"宝贝，"他用假装电影明星的声音答道，"你知道我得走遍澳大利亚内陆，宣扬正义。"我们再次捧腹大笑起来。

第二天早上，我被电话铃声吵醒了。还没睁开眼，我就开始担心电话是塞缪尔打来的。我轻轻从文森特的身上爬过去，把手机调成静音，紧盯着屏幕：是一个我没有存过的手机号码。不知怎么，我知道这就是他的号码。我惊恐地注视着电话，感觉手掌在伴随铃声的节拍振动，灯光闪烁着，在黑暗的房间里照亮了我的脸庞。

振动终于停了。我等待着，低头紧盯着这颗小小的"手榴弹"。时间一分一秒过去，我坐在床垫边缘，身上的每一块肌肉都僵住了，血液在耳朵里怦怦作响。"嗞——"手机再次响了起来。说来荒唐，我竟然吓了一跳——仿佛自己正在烤面包机前等待，明知它会突然蹦起来，却还是会被吓到。

"您有一条新的语音信息。"

我忘了自己身在何处，按下了播放键。我的预感应验了，其威力与音量仿佛因为我心中的恐惧才变得这样巨大。塞缪尔低沉的声音在房间里响起，打破了文森特与我平和而充满爱的宁静，我们此前一直沉浸其中，幸福而无知。

我听着。塞缪尔已经回到了澳大利亚，想知道我是否愿意见面聊聊。留言的最后，他漫不经心地说了句道歉，并提出请我喝上一杯。留言一播完，我就按下"#3"键，将它删除了。

"是他吗？"文森特在半梦半醒中问我。

"是的。"我把手机放在地上，用脚推远。

"他想干什么？"

"他只是再次道歉，还问我愿不愿意见个面、喝杯酒聊聊。"我困惑地回答。

"呃，"文森特把头埋在枕头里呻吟道，"回来睡觉吧。"他把我拉回了被子里。可我并没有重新睡着，而是感觉遭到了入侵，仿佛自己不知怎么失败了，竟让塞缪尔爬上了我们的床铺。我害怕文森特无法忘记此事，害怕他有可能会排斥我，就像我排斥自己那样。谁会想要一个残破而肮脏的家伙当恋人呢？

那天晚些时候，想起被我破坏的证据已经派不上用场，我对自己火冒三丈。我知道不该这样。我看过太多的庭审，核对过太多的判决书，研究过太多的案例，却毁掉了自己的证据。我想起杰西卡曾在证词中说她把满是证据的卫生棉条冲进了马桶，还想起她在两次审判中都没有拿到有罪判决。

我给肖恩发了一条信息，告诉他塞缪尔回国了，然后等待着。我们都以为若是事情发生在自己身上，我们会知道该如何应对，可处在动弹不得的状态下，情况就截然不同了。

生活还在继续，时好时坏。又是一个被短裙卡住腰部的炎热夏天。见到妈妈时，我会让她别和我谈论此事。上班时，我会充分利用法官与我相处的时间，向他请教这样那样的问题。我对室友们的了解逐渐多了一些，会在日渐风化的楼后露台上抽烟，眺望昆士兰州火红的日落。

我参加了法官与助理的高尔夫球日活动。活动要花费一百多澳元，我的法官不想去，所以与我搭档的是另一位十分和善的法官。我穿了一条碎花茶歇裙出席，没有意识到高尔夫在许多人眼中是一项需要特定"运动装"——也就是拉夫·劳伦牌马球衫——的"运动"，服装颜色最好是能让人想起意大利冰激凌的浅色。还有斜纹棉布裤。满眼都是斜纹棉布裤。

"这是我见过最令人兴奋的高尔夫球装了。"那位法官边说边高高地挑起半边眉毛，要是他还有发际线，眉毛都能与它合二为一。

"是吧，我只穿最好的衣服打高尔夫球。"我假装行了个屈膝礼，以示回应。

这个活动再次证明了我不属于那个世界。接下来的午餐和我一个表姐的婚宴差不多——那是这对年轻人成人生活中最重要的一天，攒了一年的钱才得以举办——我肆无忌惮地大吃起来，身边是一群假装没有撞衫的二十多岁青年，我则在假装自己是故意穿得与众不同。美味的葡萄酒源源不断地被端上来，我畅饮了一番。一整天过去，我最生动的记忆就是趁着某个安静的时刻远离所有人，踢掉脚上的鞋子，看着几只彩虹鹦鹉，感受凉风穿过我的脚趾。

"玩得怎么样？"接下来的那个周一，法官问我。

"我喜欢开高尔夫球车。"我耸了耸肩，和他交换了一个会心的微笑。

一天下午，下班后的我正在房间里忙碌。我踢掉脚上的高跟鞋，拉开紧得不可思议的铅笔裙，这时一个电话打了进来。

"嗨，我是达顿公园警察局的肖恩，你有时间吗？"

"当然。"我在桌旁坐了下来，一把抓过记事簿和笔。

"我们派了几名警员去敲他家的门，所以他现在知道发生什么事了。"

"好的。"

"首先，我觉得你应该多加留心。虽说这十分罕见，但被告有时会试图寻找或联系受害者。"他说道。我没有提起文森特的恐慌经历。"如我所说，这非常少见，但请务必确保锁好房门，随时提防有人跟踪之类的。"

"好的。"

"不过我也收到消息称，塞缪尔雇用了一名事务律师，并向辩护律师简单介绍了情况。"

"哦，"我困惑了，"但是他们知道他在之前的电话里承认了自己的行为，对吧？"

"是的，不过……啊……他们基本上已经决定卷土重来，声称他当时十岁。"

"什么？"

"事发时，他动手时，十岁。"

"哈？"

"我懂你的意思。"

"这太荒谬了！"我说。

"他们说，事发时塞缪尔一家刚刚搬来，当时他十岁。"

"这不可能。他至少比我年长六岁，而我那时候穿的是小学制服。要是按他说的，那我当时就是四岁！我连四岁时发生过什么都不记得！"

"是啊，你看，我觉得他们只不过是在试探。在这个阶段，要是你拿不出强有力的证据证明事发的日期，我就没有什么话可以回复他们。"

我怒不可遏。"十岁是一个人不能被判有罪的年龄上限，事情不会和这有关吧，对吗？"我问道，差点讽刺地啐上一口唾沫。

肖恩为我概述了接下来几个月即将发生的事情，告诉我要做好奋力一搏的准备。塞缪尔和他的律师似乎明白，他们无法就侵犯发生过的事实进行抗辩，因此能做的就是在事发的年份上做文章。我尽量看向事情积极的一面——他们是不得不出此下策。挂上电话，我有些难过，但更多的是愤怒。身体里有什么东西在我体内燃起了熊熊斗志。我思考了片刻，觉得我也许已经不再是从前那个无法行动的姑娘了，或许我真的能够将他打败。我想起了麦琪，想起她是如何在飞机模型室里动弹不得，后来又是怎样在面包车里奋起反抗，并站上法庭作证。我想我也许可以学着像她一样坚强。说不定，经过这么多年，我已经和他势均力敌，有了学历、工作、伴侣和家人撑腰，我可以为自己而战！

　　没有人会告诉你，即便你打算起诉那个曾经猥亵你的男人，你仍然要去上班、完成工作，并像个正常人一样与人交往——更困难的是，你还是那个正常的自己。在你身处困境时，生活是无法暂停的。你还是会把刚刚做好的烤肉掉在地上，还是会错过公交车，还是会用光卫生纸。各种各样的琐事都会令你怒火中烧，因为，该死，难道老天看不出你还有更重要的事情要做吗？我有过开心的日子，偶尔还会连续好几天，可紧接着就会喝到大醉，把晚餐吐个精光，或是割伤自己。有时候，我的心情好坏取决于法官和我那周审判了什么新的狗屁案件。

　　我很少去做心理咨询，因为我在工作之余找不到合适的时间。而且，再过几个月，我就要获得法律执业资格了，我担心到时候自己不得不坦白精神健康情况：文件中包含一部分内容，用于记录可能影响你"是否适合"执业的事项，包括犯罪记录、欺诈诉讼、超速罚款、精神疾病等。我甚至不知道该向谁咨询这个流程，才能不被一眼看出我正在治疗或是在考虑治疗心理健康问题。与此同时，我的体重一直起伏不定。我买了许多廉价的白葡萄酒和备用的创可贴。一次下班回家的路上，我又买了鲜花、葡萄酒和创可贴，随后在拥挤的人行道十字路口放声大笑，笑自己生活得一成不变。

　　成年后的几年里，尚且年轻的我们大多会在某一时刻突然醒悟，原来重要的事情是没有指导手册的。在你最渴望大步离开父母的羽翼时，也会前所未有地渴望他们的指导与安慰。在心情最低落的那些夜里，我会想到妈妈，想到就算我把身边的一切都烧个精光，只要我拿起电话，她也还是会来帮我。和我的大多数女性朋友一样，我很少和父亲吵架，却经常和母亲斗嘴。不过谁都清楚，危急时刻，妈妈会第一个追上来保护我们。有时我会想，我能否像她那样成为一位母亲，能否把一个女孩带到这个她有五分之一的概率会遭到猥亵的世界里来。我独自度过的某些夜晚是非常危险的，而妈妈甚至不知道，正是因为她，我才得以渡过难关。我从未给任何人打电话诉说过这件事。我不知道整个诉讼过程要花费多少时间，也不想在这场游戏中过早地耗尽人们的耐心。

"我有样东西要给你。"一天早上，法官递给我两张打印好的纸。这是家庭暴力法的更新草案，其中按照昆廷·布赖斯报告中的建议，在具体罪行中增加了一项"扼喉"。

"哦，给我的！您本不用给我的！"我们都笑了。不过我的笑容是发自内心的。

二〇一六年四月，非致命扼喉终于在昆士兰州成了一项单独的刑事犯罪罪名。七个月后的《信使邮报》在报道中称，针对非致命扼喉的指控已经超过五百起。

那个早晨对我意义非凡。我喜欢法官为我打印的法律草案，感激他知道我在乎，知道我看到这份文件会欢呼雀跃。这说明他非常了解我，也许甚至像我尊重他那样地尊重我。

我带着打印文件去和爸爸见面喝咖啡，得意地打算把这项进步告诉他。但我才高兴了大约五分钟，就因为人类竟有必要为这种事情立法难过起来。我告诉他，我很害怕，害怕工作中、街道上到处都是坏人。他对我说，许多从事我们这类工作的人都心力交瘁，因为他们目睹的是社会横截面中最糟糕的那一部分。他还说，真正的坏人还是少数，世界上绝大多数人都是友爱、善良的。

"你只看到了那百分之五的阴暗面。"他说。

"百分之五?！二十个人中就有一个会伤害别人？"

"不是的，我的意思只是说，坏人没有那么多。"

"二十分之一可不少！"

"没有二十分之一。"

"那么，又有多少呢?！"我大声质问，泪水涌上眼眶，"有多少人其实是罪犯？"我指向咖啡馆的四周。

他沉默了片刻，并没有给我一个答案。"你这话是说给某个人听的吗？"他仿佛在提问。

我想我是一直在对某个人说话。

睡着的时候，我会做有关性虐待和性侵犯的噩梦——那些醒来后会让我感到羞愧的可怕事情。梦境中，有时事情发生在我身上，或是我目睹它们发生在身旁的某个女人身上。其他时候，我飘浮在某个场景周围，谁也看不见我，我则静静观察着周遭。我从未认出过梦中人的长相，但他们各有不同——永无止境的一连串男孩、女孩，一众外表各异的女子，还有许多我以前从未见过的男子。这让我担心在金皮时对自己的看法是错的，担心噩梦源自内心深处某个地方的恐惧，担心我白天的头脑就是脓包上可悲的创可贴，会在我闭上眼睛后从腐朽黏稠的身体上滑落。如果文森特睡在我身旁，听到我的哭喊，他会将我摇醒，打断这些噩梦。

一天晚上，我在梦中穿过了一所像是我母校的小学。所有人都看不见我，所以我只能眼睁睁地看着这一切。我看到一个男人牵着一个男孩走开了，便跟上去，钻进了附近的灌木丛。那个男人身材高大，肩膀宽阔，一头棕发，留着短短的胡子，穿着休闲狩猎服，和我在北美森林中见过的那些以消遣为目的的猎人一样。我们身旁的灌木丛十分干燥，却沾满了从小树上滴落的树胶。那一定是个秋天，因为地面上覆盖着典型的澳大利亚灰棕色树叶。男人领着男孩一路踩踏着嫩枝和沙沙作响的干树叶，我则从上空飘过，无人看得见。男孩是个发型整洁的亚洲孩子，他一直没有看向那个男人，甚至不曾环顾四周，只是面无表情地盯着前方的地面。他的双脚还在移动，这是毫无疑问的，但我无论在哪儿都能认出那副动弹不得的神态。我看着他们来到溪谷中的一座小丘，男人把男孩推倒并跨坐在他脸上，插入男孩的嘴巴，直到男孩开始呕吐并流着鼻血坐起身来。我什么也没做，眼睁睁看着男人从卡其色的背包里掏出一满瓶班达伯格朗姆酒，把酒瓶的瓶颈像奶嘴一样塞进男孩的嘴里。他引导男孩用自己的双臂托住酒瓶，男孩目光呆滞地照做了，甚至没有哭泣。男人随即开始侵犯男孩的肛门，起初动作十分缓慢，然后越来越猛。我再次望向男孩的脸，却认不出他是谁，就在这时，我醒了。

天已经亮了，文森特正在我的身旁熟睡，几乎与我头顶着头。我哭了起来。我会不会毒害他？我怎么能产生这么污秽的想象，还把它带到了我们的床上？我不认识那些人，也从未听说哪起案子中提到过男人对男孩做出这种事情。而且我为何什么也没做，就那么冷眼旁观——我真的在场吗？如果我的内心没有任何丑恶的东西，那么事情就讲不通了。难道它离开后又卷土重来了吗？那晚，半梦半醒的我想象那丑恶的东西变得越来越兴奋，伸出触角钩住了我的大脑，挤压着我的眼球。我已经控制不住它了。

17

我休了一周的假，去墨尔本探望朋友安娜。她参演了一部新的舞台剧，名为《活色生香的性感女人博物馆》，我想去支持她，约她喝上几杯、抽支烟，放松一下。她为自己裸体出演的那一部分编写了一段令人难以置信的独白，还在另一部分里从阴道中抽出了一根卷尺——真是惊人之举。出于某种复杂的原因，我必须把塞缪尔的事情亲口告诉她。安娜小的时候曾被继父虐待。二〇一一年，我去海外做交换生时，她曾和塞缪尔上过床。

"哦，我的天，听到这个消息我好难过。"当我把一切都告诉她时，她惊呼道，"谢谢你告诉我。"

"真的很抱歉，你跟他约会时我什么也没说。当时我自己都没准备好应对这个问题，还身在地球的另一头。当我发现你已经和他上过床时，才知道为时已晚，还有……啊，这些都是借口。我真的非常抱歉。"

"你不必为任何事情道歉。"她回答，"我完全理解。"

"谢谢。"我擦了擦脸颊上的一小滴泪珠。

"老实说，我一点也不惊讶。"

"你这话是什么意思？"

"我和他上床从不是因为我真的愿意。"她告诉我，"我的意思是，这不属于强奸，但他绝对是在操纵我。那时正值洪水期间^①，他告诉我他真的很挣扎、很脆弱，因为他家的房子被淹了，害他失去了一切。如果我能和他亲热，他会感觉好一些。他把这种无情的压力全都施加在我身上。没过多久，我就屈服了。"

"哦不，很抱歉听到这件事。"

"我觉得好恶心啊！"她说。我们笑了笑，拥抱了很长时间。

"我曾很担心文森特待我的态度会有所不同，"我说，"不过现在我觉得不会的。"

"嗯，我懂你的意思。我不会为自己遭遇的事情感到羞耻，你是了解我的，我现在已经可以平静地谈论它了，可是我非常讨厌人们因此揣测我的心理状况。"

当晚晚些时候，我看完她的演出后独自步行回家。谷歌地图告诉我，步行要花费四十分钟，而我正好想要伸展一下腿脚。可随着太阳落山，我意识到自己正经过一大片没有灯光的墓地。我摘下耳机，恰巧听到一个男人的声音，他从一辆呼啸而过的汽车里探出车窗对我喊道："肥婊子！"车里的四个男人大笑着吵嚷起来。

后来在安娜家会合时，我把事情告诉了她。

---

① 2011 年 1 月，澳大利亚昆士兰州辖区内 40 余个城镇因强降水遭遇洪灾，1243 处房屋被淹，上万处房屋受损。

"你应该多加小心，"她对我说，而我刚想表示对我指指点点可不像是她的作风，她就接着说道，"吉尔·米格尔① 就是在这附近被人带走的。"

我们一言不发地坐了片刻，很多事情不需言语。我们都知道自己不该被迫改变自己的行为，却也比大多数人更明白，那些怪物都是人，而那样的人是真实存在的。

"人们总是告诉我，要把生活与工作区分开来，"我给我俩各倒了一杯酒，"可走在马路上时，我就是无法不去强行提醒自己，我在法庭上看到的强奸犯和街上的强奸犯没什么两样。"

"亲爱的，我都不知道你是怎么完成那份工作的，"她伸手拍了拍我的膝盖，"你太了不起了。"

我朝她笑了笑。"不，你才了不起呢！演出真棒！快跟我说说。"

她说了起来。我们聊得十分尽兴。

回来上班时，法官问我在墨尔本玩得怎么样。

"非常开心。谢谢！"我回答。

"你朋友演的是什么样的剧？"他问道。

我停顿片刻，微微抬起头，笑了："实验性的。"

"懂了。"他回答，然后继续干他的事情去了。

一转眼，哥哥的三十岁生日到了，大家聚在一起举行派对。

"塞缪尔呢？"他的一个朋友问道。我试着表现得随意一些。

---

① 2012 年 9 月，29 岁的澳大利亚广播公司女职员吉尔·米格尔（Jill Meagher）在墨尔本被奸杀。此案在澳大利亚引起了广泛关注，曾有三万人参与过纪念游行。

另外一个人回答："哦，你们又不是不了解这个家伙，他总是临阵脱逃。"其余的人全都笑了。

我没有把塞缪尔的行为公之于众的一个原因是，很长一段时间以来，他是哥哥仅有的两个真心朋友之一。我总是担心他会因为失去塞缪尔而深深受伤。我又开了一罐啤酒，抓了一把薯片，心想自己竟然累积了这么多令人内疚的事情。

餐桌上，有人问起我的工作，我刚解释完，他们就自顾自地聊起了巴登－克莱的案子。此案的审判曾引发全国关注：一个男子被控杀妻并抛尸，他的脸上有抓痕，长期有外遇，拒不承认谋杀，却被陪审团裁决有罪。该判决随后被上诉法院推翻。《信使邮报》的许多读者都对他获得轻判后还要上诉的行为怒不可遏。我很高兴人们似乎突然关心起了家庭暴力的受害者，却也厌倦了这起案子竟能引起如此多的注意力。那样的话，法官和我听过的每一件事都值得黄金时间的节目报道。我也受够了人们对法庭和司法体制的要求越来越多——巴登－克莱之类的案子暴露的问题多属社会层面的，而非法律层面的。我尽力向聚会上的人解释自己的沮丧之情，却害气氛低落了不少。

谋杀为什么是个严重的问题呢？它为何能够获得如此多的关注？谋杀有可能在一天之内发生。几个小时就足以让人表现出杀人的意图。基于蛋壳头骨原则，杀死一个濒临死亡的人仍旧算是谋杀。可数十年的性虐待最终导致的自杀呢？我还记得美国广播公司新闻频道里那张学童的合影，记得照片中那些被涂黑的脸庞。至少教会案中受害的学童还能得到摄像机和记者的关注，可我在法庭上见过的那么多的女性呢？我读过很多受害者影响报告，其中的受虐幸存者们都描述自己曾多次试图自杀。有多少次自杀代表着施害者没有因犯下谋杀而被送上法庭？又有多少男人的行径随着女孩的尸体被深埋于地下？

那个周末，我接到了肖恩的电话。塞缪尔的律师问我是否愿意考虑"庭外和解"。

"这是什么意思？"我问。

"意思是将有一场为时半天的联合咨询，"肖恩解释道，"你将和心理医生倾诉，他也一样，之后你们会一同与医生见面。"

"是这样啊。"

"费用由他支付。"

"还真大方。"

"不过你得知道，接受庭外和解的条件是心理医生永远不能被传唤为证人。"

"这样啊——"我回答，"那好，我真的一点也不感兴趣。"

"律师表示，考虑到事情已经'过去许久'，这样的做法才是明智的。"

我尽可能不去嘲笑他的说法。事情对谁来说过去许久了？"不用了。我就是要让他背上这个记录。"

据我所知，他多年来一直在逃避自己的混蛋行为。也许如果我奋力一搏，在下次有人站出来时，他至少就会认罪。无论那个她何时才会现身，无论她是谁又身在何处，我这么做既是为了她，也是为了我自己。

某个星期天，文森特和我去外公外婆家吃午饭。爸爸、妈妈、哥哥和他的女友也在那里，为三个生日在十一月的寿星庆生。

和外婆坐在屋后抽烟时，我假装愉快，眼睛却紧盯着他们的旋转晾衣架。洗好的衣服拍打着晾衣架，在湛蓝天空的映衬下显得格外洁白。外婆已经越来越虚弱了，大家却还是假装没什么大不了的。抽烟可能会要了她的命，可我还是很高兴能够陪她抽上一根。当着家里人的面陪外婆抽烟是件天大的事情。其他人都不抽烟。妈妈经过时严厉地瞪了我一眼，但她却不能骂我，否则就会中伤外婆，所以我是安全的。我还记得小时候曾经问过父母："你们为什么要花钱让这些东西慢慢杀死自己？"不过，那时的我还没有理由为让自己在某种令人放松的物质的陪伴下盯着远方看上十五分钟寻找借口。和外婆坐在一起抽烟时，我可以抱怨男人，嘲笑工作中那些自以为是的家伙。当我们祖孙二人坐在一起眺望同一方向、好像有事可做却实际上无所事事时——被促使着停留在这里，但没有非得出什么特定结果的压力——烟雾笼罩下的我们就成了朋友。这样的时刻我们仅仅共度过十几次。

和文森特一起开车回家的路上，我们说起了外婆愈发虚弱的身体，还聊到了自己想要如何度过此生。这是一种你不会自发开启的对话，因为只有在出生、死亡和婚姻等外部事件的迫使下，你才会考虑这样的事。回到住处，我和他一起躺下来，对他诉说了他对我有多么重要，还说自己有时能感觉到他在我的心里游来游去。

"我想我会永远爱你。"我对他说。

"是啊，当然了，我们会一起变老、一起变胖。"他毫不犹豫地回答，并再次亲吻了我。

次月，我们一起搬进了一间合租公寓。

夏天意味着布里斯班的家庭聚会季到了。某个星期六，我在泳池旁和一个刚认识的女子聊起了工资差距的问题，还交流了几件工作上的趣闻。几个小时后的晚上，她穿过舞池再次找到了我。伴着室外泳池畔的凉风，她说她曾被自己的第一个男朋友强奸。

"我很抱歉。"我轻轻碰了碰她的胳膊。

"我甚至不知道自己为什么要在这个时候告诉你这些。我们可是在参加派对呢，对不起。"

"不用抱歉。你想说多少就说多少。你还好吗？"

"哦，嗯，那是很久以前的事了。我已经不再难过了，只是特别生气。我甚至觉得他从未意识到自己的行为有多糟糕。也许他都不知道那属于强奸。我心里很内疚，不知道他会不会因为没有被我揭露而对其他女孩做出这种事来，你懂吗？"

"我懂。"我点了点头。

我并没有告诉她，不过她让我想起了曾在耶隆加散步时的一次经历。出于某种原因，当时我和塞缪尔单独在一起，我们从他家步行前往我家，又或许是从我家前往他家。

"你有男朋友了吗？"他问道，却没有催着我回答。

"啊。"我耸了耸肩，似是而非地点了点头，想以撒谎来让他钦佩我。

"哈！酷！不错，不错。"他鼓起了掌，"那个……你给出去了吗？你懂的。"他用手肘用力推了推我的肋骨处。

"没呢。"我回答。

"嗯,挺好,不着急。"他点着头,仿佛是在严肃思考这个问题,"如果你觉得他急不可耐了,随时都可以给他来一次……"他做了个表示口交的手势,嘴里的舌头发着喉音,朝我咧嘴一笑。

当时,仅仅是他竟愿意和我这种丑陋而绝望的小不点说话这件事就让我感觉很酷。现在回想起来,我才明白这个卑鄙的家伙是在公然利用一个年轻女孩的童贞。

在那六个月中,当我开始向自己信任的密友讲述这个故事时,许多事情才开始浮出水面。与我相识数十年的人们耐心聆听了我的故事,给我拥抱,然后也向我讲述她们遭到强奸或骚扰的经历。我给汉娜——我多年前出国做交换生时最好的朋友——写信提及此事。她在回信中告诉我,她儿时在芬兰老家差点被学校里的园丁猥亵,她让这名男子受到了逮捕,还引出另外几十个女孩纷纷讲出了遭他虐待的故事。"多么奇怪呀,"她在信中说,"我们一起生活了那么长时间,经历了那么多,却不知道彼此还有这样的心事。"

我曾在噩梦中梦到在布里斯班碰到塞缪尔。有时我会动弹不得,有时则会对他大打出手;他有时会开口道歉,有时又会说些残忍的话。每次醒来,我都怒不可遏。为什么不是我说了算?为什么一切都不受我的控制?谁允许他趁着夜色来到我与恋人共享的美好卧室中,对我纠缠不清?他刺探的手指无处不在。从晾衣绳上摘下洗好的衣服时,一边慢跑一边感受大腿内侧脂肪的相互摩擦时,我都会想起他。在外散步、身旁有车停下时,我总有那么一瞬间害怕他就是司机。我为什么要让他闯进我的脑子?我为什么不能阻止他?

喝醉时,我会怀疑自己是不是塞缪尔虐待过的所有女性中最丑的那一个。要是我再漂亮些，他说不定就能认罪，因为只要看到我，人们就会理解他为何"情不自禁"。那年夏天，我还会偶尔呕吐，仍在思考自己的丑陋是否正是塞缪尔不好意思认罪的原因。我小的时候还稍微漂亮一些。我看过照片，记得自己曾非常可爱。照片中那个梳着金色马尾辫、穿着浅蓝色格纹校服的可爱小女孩能否帮助陪审团判塞缪尔有罪？"看啊！"我可以对他们说，"我并没有胡编乱造！你们可能觉得现在的我又胖又丑，但我当时可是个完美的小孩！一个可爱的家伙，一个不会让你们在潜意识里害怕和厌恶的人。"

刚开始去做心理咨询的那几次，我的咨询师只是坐着聆听我滔滔不绝的讲述。她就我的生活提出一个问题，我就能讲上二十分钟。听我说起某些事情时，她会表示震惊；听到另外几件事情时，她又会表示难过，看到我停下来攥紧双手，她便会默默等待，直到我找到恰当的措辞。前几次看诊，我一直尽量保持冷静或是设法抑制住情绪，随后的一天下午，她问我能否多聊聊有关文森特的事情。

"当然可以。"我说，然后又补充道，"老实说，我本来就想稍微聊聊他。他是我的未来,而所有与调查有关的事情都是我的过去。"

"我笔记中记过，你曾说你来看诊的原因之一就是想找人聊聊调查的事，因为你不想过多和文森特讨论，不想让他那样去想你、去看待你。你现在还是这种感觉吗？"

"嗯，是的。"我耸了耸肩，"我希望他——怎么说呢——对我有欲望，我觉得这是正常的。我希望我在他眼中是性感的，会被他看作伴侣。"

"你能不能告诉我，你不想让他'那样'想你，是什么意思？"她温柔地提问。我停顿了一下。

"像对待一个受害者那样？我希望他想到我现在是谁，而不是曾经遭遇过什么。被毁掉了或是其他的。"

"虽然你的情况不一定如此，但遭遇过虐待的人常说他们会觉得所发生的一切都是肮脏或羞耻的，因而不愿对其他人坦白。"我静静地坐着。"你会不会觉得，自己不想和他谈及此事的原因也许在于，你觉得这样不知怎么就是不好？会让他不再对你有欲望？"

我深吸了一口气，试图呼气时，泪水却夺眶而出，我哭了很长时间。她看穿了我，看到了蜷缩在我心里的那团丑陋的东西。

"我知道我不该遭受这些，也没有做错什么，"我用手指轻轻拍了拍胸口，"可我心里还是堵得慌。"

她说我们需要在我的自信心上下功夫。只有自我感觉良好，才能不依赖别人来肯定我的价值。

第二天，我为自己和文森特做了顿午饭。他说我的意大利面碗挺大的，然后我的恐慌症就发作了。事后看来，这事有点好笑，可我当时哭了又哭，还说我讨厌自己的身体，因为我越来越胖了。他似乎对此十分懊恼，离开了我的身旁。

但几分钟之后，看到我还在哭泣，他走过来抱住了我。

"这是怎么回事啊？"他问道，"你刚才还很开心来着。"

"我感觉心里有个丑陋的东西，我做什么都没有用。即便我瘦下来了，也永远是个丑八怪！"他吻了吻我，表示不同意，可我还是要试着告诉他我的感受，"走在街上时，我觉得人们看到我时也同样能够看到它。"我都快疯了。

"看到什么？"

"那个丑陋的东西。"

"什么都没有。没有什么丑陋的东西，你很美。"

我无法望向他，心里羞愧无比。

他用一只手有力地托起我的下巴，让我望向他。

"发生在我身上的那件事，一直都在我的心里。"我说，"我不想和你说起它，因为那样的话，你也会看到那个丑陋的东西。"

"你的心里没有什么丑陋的东西。什么都没有。你随时都可以和我聊天，想说多少都行。你很美。"

我们一起站在厨房里，他抱着我，我抱着他，就这样站了很久，直到我先放开手。

一天晚上十点，文森特和我开车前往警察局做补充证词的笔录。妈妈想起我的小学同学迪伦曾在玩蹦床时摔断了鼻子，意外发生之后，我们就把蹦床搬去了后院里的另一个砖更少、草更多的地方。臭名远扬的"断鼻"事件发生在二〇〇〇年，因此塞缪尔当时至少已经十五岁了。距离我报案已经过去了好几个星期，塞缪尔明知道那个下午的他是多大年纪，却还让律师用他们能拼凑出的唯一一种说法抗辩——他那时还是个孩子。我对他简直怒不可遏。

在我开车前往警察局的路上，文森特吃着麦丽素，和我聊起了一些愚蠢而美好的事情。和我们一同开车去所有地方时一样，他的一只手一直放在我的大腿上。我努力掩饰着内心的兴奋。

我们早到了十分钟，于是抽了支烟，开玩笑地说这里看不到一个垃圾桶，真不是弹烟头的好地方。迈上水泥斜坡、走向那座方正的混凝土建筑时，我想起了上一次到这里来时的情景，当时刚打完托词电话的我浑身发抖，几乎是被母亲抱上车的。我在楼里见到了满脸倦容的肖恩。令我吃惊的是，尽管已经和他见过两面，每次好几个小时，我还是难以认出他的脸。我试图回忆第一次见到他时的场景，却抖得更厉害了，于是将思绪拉回了眼前。

"谢谢你能抽空再来和我见面。"我说。

"哦，没事，没关系，谢谢你这么晚还能过来。"他解释称，自己上的是夜班。

文森特掏出手机，在接待处坐下来等待。我跟着肖恩上了楼。我们在一个摆着小型电脑的狭小房间里坐了下来，开始了令人懊丧的笔录过程。我还记得第一次坐在这里时内心沸腾的怒火，我把自己的话重复了四次，而肖恩一直在用两只食指令人痛苦地缓缓打字。这一次我平静多了，不用再被迫重温那段记忆，它感觉更像是房间里的一头令人不快的大象。

我们聊了聊接下来将要发生的事情，肖恩拐弯抹角地试探着我是否愿意出庭。"我只是想知道，还有没有能让你满意的其他解决方法？"他问道。

"比如什么？"

"比如一封信，或是和解会面之类的。"

我想象着塞缪尔坐在桌前，用十分钟的时间恶狠狠地说上几句道歉的废话，然后去喝啤酒。

"没有。"我回答，"我是说，首先，他在电话里承认了自己的行为，然后又雇了两名律师试图推诿，显然没有半点悔意。第二，他说我不是唯一的一个，至少在我之后，要是再有别的女孩站出来，她们就不会是第一个。因为他是个有案底的人了。"

"很好。"肖恩点了点头，脸上却没有一丝笑容。这也许是因为他的专业，又或是因为他太过疲惫。不过，基于对我父亲的观察，我知道肖恩在某种程度上是高兴的。"我只想确认自己明白你的感受，然后再继续下一步行动。"

"当然。"我平静地回答，同时将双手放在桌下，好让它们不再颤抖，"我会奉陪到底。"

"我是说，事情出了点问题——他的律师给我们寄来了律师函，主要是指责我们只是因为你的父亲曾在这个警局供职，才继续处理你的指控。"

"什么?!"

"我知道不是这样的。但他们说此事不符合公众利益，处理这么小的陈年旧事不值得花费时间和资源，因此我们一定是别有用心。"

回家的路上，我在车里把律师函的事情告诉了文森特。

"真是个无能的混蛋。"我加速驶过黄灯，浑身仍在发抖。

"我知道，不是吗? 他们的法子让这么多警察重视了这个案子，还要确保自己把每一件事都处理对了。"

"真希望他的律师在处理案子其余的部分时也这么愚蠢。"

"我希望他们能把他榨干。"文森特朝我笑了笑，再次把一只手放在了我的大腿上。

"我一定要扳倒这个混蛋。"我驾车驶过斯特里桥。

我踩下油门，超速行驶，看着城市的灯光在我们面前呈扇形展开，我感觉肚子里的那股火又重新燃了起来。我不知道这个新论点是否会在法庭上被提及。"这样的指控是没有实质意义的——调查只是因为原告父亲与警方的关系才得以推进。"真是典型的失败者举动：只要发生了什么他不喜欢的事情，他就不假思索地声称这是针对他的阴谋。哪种情况更糟呢：是他真的这样相信，还是他看到了什么能令他脱罪的方法？我把车开得又快又稳，车轮隆隆地碾过斯特里桥的钢梁，如同战鼓在我的耳边回响。哐当，哐当。也许蛋壳头骨原则的作用是双向的。哐当，哐当。你必须接受受害者本来的样子。哐当，哐当。塞缪尔只不过是个倒霉的混蛋，挑了一个不肯退让的女孩下手，而她的爸爸偏偏是个不好对付的警察。哐当，哐当。那时的我还小，现在的我已经强大起来了。哐当，哐当。

18

二〇一六年一月，圣诞假期刚过，我又回到法院，希望能在离职前为我的这段工作生涯画上一个圆满的句号。然而，我以法官助理身份参与审理的最后一桩案件却着实令人沮丧。拿到无罪裁决后，我在电梯里转身告诉法官："法官，在我们共事的一年中，这不是我第一次认为被告可能没有犯罪，但绝对是个白痴。"

他笑了。

他请我出去吃了顿午餐，我们点了一道上面盖着油炸黑蚂蚁的大菜。我已给他写好了一封信，把那些我要是当面说出口一定会痛哭流涕的话全都写了进去。我们向彼此承诺一定会保持联系，我还保证会完成法律执业培训并拿到执业资格。

我把法袍挂起来，最后看了它一眼，与那所有的威风道别。我觉得应该把它类比成什么，来说明它从来都不适合我，却怎么也想不出来，只好关上灯去和梅根喝啤酒。去年夏天，她和男友已经决定在她合同到期后一起搬去悉尼。

"难道这就是说再见的时候了吗？"我用夸张的语气问道，同时也感到一阵孤独。

"才不会呢，来悉尼看我呀，而且我也会回来探亲的。"

"那你可要信守诺言啊！"我严肃地点了点头，举起酒杯和她碰了碰，"丽兹下一步准备做什么？"

"她星期一时发现自己拿到了一份政府机关的工作。"

"哦，感谢上帝！"我如释重负地仰起了头。

"我懂你的意思。她会在公共服务领域找到理想的位置，和一群善良的人共事，她会过得很好。"

"她会过得很好，你也会前途似锦，而我会——"我停顿了一下，"留在这里。"

我给肖恩打去电话，询问最新情况，因为从我来做补充证词笔录的那天起，时间已经过去了一个多月。

"放心，他会被起诉的。他的律师说，如果他当时可能只有十四岁，他们会出庭受审；若是他肯定已经年满十五，就会认罪。所以首先我们需要等待医疗记录，证明迪伦是哪一年摔断了鼻子。"

"好吧，当然，没问题。"

"我们预期他会放弃抵抗。"肖恩说，"他的事务律师将建议他认罪，希望他能听他们的。"

"是的，我同意。"我点了点头。一切都会好起来的。我还有别的事情压在心上。

站在外公外婆家的后院里，我一边为外婆致悼词，一边紧盯着旋转晾衣架。今年的秋天十分潮湿，所以花园里郁郁葱葱。我说，自然世界被人们理解为一系列的行为和与之相对应的反应。我们之所以会为失去这个女人而悲伤，是因为我们如此深爱着她。她的离世带来的痛苦证明了她曾给我们的人生带来过幸福，缅怀与思念提醒着我们，能够有她在身边是多么幸运。作为人，当我们把爱带进生活中时，这就是我们要承担的最终风险。

母亲和我紧紧拥抱着彼此。那两个星期，我感觉心里发生了某种变化。我从三个女人中最年轻的一个变成了两人中最年轻的一个。我是个正在发表悼词的年轻女子，而不是自己的出生被全家视为近来头等大事的小姑娘。接下来就该轮到我生儿育女，或者发自内心地拒绝生育，令周围的人大失所望了。

我抬头望着旋转晾衣架，感觉心中所有的波澜都在撞击着一条巨大的裂缝。谁会把一个孩子带到这种地方来呢？

接下来的那个星期，爸爸租了一辆干净的汽车，载着我们从阿德莱德前往巴罗萨山谷。我们来到南澳大利亚州参加外婆的第二场葬礼，妈妈提议在葬礼之前去当地的葡萄酒庄进行一次两天一夜的短途旅行。这是个很不错的计划，能有一段属于我们一家四口的时间，一起放松放松。我们将住在一间廉价的汽车旅馆房间，四人各睡一张床。天气好极了：微风轻拂，阳光明媚。

我与哥哥在后座上斗嘴时，身旁的手机振了起来。来自私人号码——这是一个警示标志。我没有接，只是看着显示屏。语音邮件来了——又是一个警示标志。有人用私人号码给我打来电话，并留下了语音邮件。几分钟之后，肖恩·汤普森发来短信：请回电。

我知道是坏消息。我曾经一遍一遍地阅读我们发过的短信，寻找额外的信息和令人烦恼、失望或是乐观的蛛丝马迹，所以这一次我从他的措辞就能看得出来，显然出事了，有什么东西出了问题。我陷入了沉默。几分钟过去，哥哥问我："还好吗？"

"只是有点晕车。"我笑着回答，想知道还要多久才能停车，想知道肖恩是否有什么急事要告诉我。我计划在别人听不到的地方给他回电，因为我在妈妈面前无法隐藏任何细微的情绪波动。她太了解我了。不过，要是我走运的话，她会一直沉浸在自己失去母亲的悲伤中，不会注意到我。

近一个小时的车程过去，我已经不用再假装晕车了。在连绵起伏的山坡和平坦的公路上行驶的这几公里中，我一直都在思考最坏的情况。我是不是说错了什么，导致那个托词电话无法被采纳？是不是迪伦的证词及其中的日期和我的描述不符？还是肖恩终于断定我的事根本就不值得推进？

"外公怎么样？"妈妈问，"他看上去状态如何？"

我望向哥哥想让他回答。他不置可否地耸了耸肩。

"很伤心，不过还撑得住。"我回答，"我也不知道。我猜和你预料中的差不多。没什么好的，也没什么可担心的？"我不知道她想要我如何作答。外公和外婆十六七岁时就在一起了，如今外公已经年近八十。我成年才十年，就已弄不清生活中发生过多少事情，更别提六十年了。每当我以为自己已经接受了外婆的离世、快要不再难过时，我一看到外公，心就又碎了。

爸爸说，前方右手边有个服务区。我建议他停车加油，免得一会儿碰不到其他的加油站。他刚把车子停在加油车旁，我就跳下了车，走到混凝土墙边的桉树和灌木之间。

"嗨，肖恩。我给你回电话来了。"我尽量挡住呼啸而过的卡车发出的噪音。

"你好，谢谢回电。"他答道，我现在也能听出来这不是什么好消息了。他接着告诉我，塞缪尔的律师表示，无论事情是何时发生的，他们都会针对指控提出质疑，因为他们重听了托词电话，认为里面的内容并不是非常"有力"。肖恩打来电话是因为他必须询问我的意愿，看我是想继续推进此事，还是考虑以协商或道歉信解决。

"这完全取决于你，"肖恩表示，"不过我只想确定我们仍在按照你的意愿行事。我们想知道你的动机和意图。你想从中得到什么？"

我想到了那个她。她正在这世上的某个地方，假装一切都好，挣扎着接受心中那个丑陋的东西。我想从中得到什么？正义。

"不，去他的。"我对着电话说道，"对不起，我的意思是，我会奉陪到底。我想让他为自己的行为负责。"

"好的，没问题。"

"还有，陪审团喜欢托词电话！我知道这些破事是怎么运作的！不，我是不会让步的。他有的是时间承认自己的所作所为，却一直在拖延，只是因为他能拖。但是不行。他选错人了。"

"好，我已经转告他的律师，你对事件的回忆是令人信服的，还掌握了证词和通话录音，有很强的说服力。"肖恩对我表示了支持。

我的泪水再次夺眶而出。我知道他并不是想恭维我，却还是觉得有点受宠若惊。肖恩对我的信心是一个信号，表明我很坚强，或许坚强到足以把事情做成。我对他来电告诉我最新的情况表示了感谢。要是迪伦的证词出了什么大问题，我猜他会告诉我的。

我走到一棵高大的老桉树背后，躲开坐在车子前座上的妈妈的视线，扇了自己几巴掌，又做了几次深呼吸。几个月以来，这是我们全家共度的第一个欢乐的日子。一个我们深爱的人刚刚去世了。今天的主角不是你。我告诉自己，现在还不是该提起这件事的时候，在弄清楚是否会有庭审之前，我没有理由提起此事。

重新上路后，我坚持了十分钟左右，就再也忍不住了，泪水夺眶而出。我假装自己没哭，却怎么也止不住泪水，于是默默地坐着凝视窗外。

最先注意到我的人是妈妈，她叫爸爸把车停在路边。"出什么事了，宝贝？"她朝我伸出手臂，满脸慈爱与关心。

"我以为只要我们能证明他当时十五岁，他就会认罪！"我哀号起来，"可现在肖恩说，他们无论如何都要出庭！"我张大嘴巴，喉咙发出咯咯的声音，用两只拳头大力砸着自己的大腿。

爸爸也伸出手来，握住了我的手，可我无法望向他。我无法望向任何人。我心中那个丑陋的东西又复活了，塞缪尔已经将它重新唤醒，让它不合时宜、失去控制地打扰着我的家人。

"你凭什么一直祸害别人的生活！"我趴在膝盖上放声尖叫，不断拍打自己，身体猛烈晃动。

我的家人是完美的。他们询问我是否还想前往酒庄，还说了他们想对塞缪尔做的坏事。他们说了爱我，还说我们聊聊这个话题或者不聊都可以。我又哭了一会儿，然后在接下来的四十八个小时里尝遍了我能找到的所有葡萄酒。谁也没有再提此事，大家都玩得十分尽兴。在身处巴罗萨的剩余时间里，我一直保持着镇定。

回到阿德莱德，我和阿伦一起出去玩，好避开某些亲戚。这时我才告诉他，安娜小的时候也曾遭到塞缪尔的虐待，她还说塞缪尔当时一直都在操纵她。阿伦告诉我，塞缪尔现在的女友过去也曾被另一个男人性侵过。

"我不知道那是她小时候还是长大后发生的事情，不过她曾经告诉塞缪尔，自己有过这种遭遇。"他说。

"看在老天的分上。"我叹了口气，不知道她要是知道了塞缪尔对我做过什么，该作何感想。"你知道，"我对阿伦说，"我很走运，因为他是个混蛋。"

"哈？"他一脸困惑。

"人们会相信我，而且在当下或将来都不会感到吃惊，因为他是个自私鬼、试图骗别人的钱，还是个糟糕的朋友。想象一下，如果他是个招人喜欢、口碑绝佳的家伙，人们会怎么想？你能想象他们会围绕我如何毁掉了他的人生说出怎样的话吗？"

"但如果他认罪或陪审团说他有罪，就不会这样了。"

"即便如此，阿伦，如果他是个孝顺的儿子、暖心的伴侣——或者试想一下，如果人们觉得他是位好父亲——无论陪审团怎么说，在某种程度上，人们还是会让我为他的人生被毁负责。"

"你认为是这样吗？"阿伦问。

"我知道是这样。毕竟是我提起了十多年前的那件事情。大多数人都会觉得我过得不错，好像我是在小题大做，或者只是渴求别人的注意。试想一下，要是我毁了一个有家室的男人的声誉，会怎么样？要是他持有蓝卡①，从事与儿童相关的工作，却被我毁掉了职业生涯，会怎么样？陪审团说他犯了错也无济于事，人们还是会把我视为后续结果的起因。"

"人类真是糟糕。"他叹息道。

"讽刺的是，我很幸运碰到的是他这个废物。"我微微一笑，然后我们都笑了。

我们有一位年长的亲戚住在沙滩边，哥哥和我把车停在了他家的房子外面。沉默中，我听着海浪拍岸的声音，试着在心里计算自己认识的女性中有多少曾遭到侵犯。我的每个圈子中都有好几个这样的女性，却几乎没有人因为这种经历报过警，不过听到我的诉说，她们都对我表示了鼓励。我感觉自己正在她们的支持下从一大群沉默不语的受害者中升起，却也能感受到肩头正扛着她们所有人的重量。也许如果我足够坚强，她们就会知道，在重温受害经历的过程中幸存下来是有可能的。她们在看着我吗？看我爱的人会不会离开我，或者我会不会开始酗酒？要是塞缪尔出庭受审后被无罪释放，将会向我身边的所有女性释放一个信号——如同池塘里激起的涟漪——肯定她们心中的看法：没人会相信她们，正义不属于她们。

但要是我赢了会怎样？我能告诉多少女性？我能用多大的声音宣告我的胜利？在澳大利亚，遭到性侵的女性中只有不到三分之一会去报警。要是我们全都站出来呢？

外祖母的第二场葬礼前夜，身处南澳大利亚州的海边，我下定决心：如果我赢了，我会告诉所有愿意听的人。我会把事情发布到

_____

① 在昆士兰州，蓝卡系统是对从事儿童相关工作的资格审查，用于审核与儿童、青少年的发展和福祉相关的人员的身份和经历，创造安全的环境。——译者注

脸书上，会大吃大喝，也许还会举办一场大型派对。我知道获胜的感觉有多美好，因为我已经梦想过太多次。我知道喜悦的泪水，知道迈出法院大楼时阳光照在我脸上的感觉，因为我的大脑一直在睡梦中提醒着我，因为我还记得沃里克的乔治，记得获得了结的感觉是值得放手一搏的。

在车里与阿伦展开那段对话之前，我想过很多次，如果塞缪尔认罪或是被判有罪，我能怎么让他生不如死。这成了我的白日梦，如同对报应的幻想。当我一边抽烟一边独自遐想时，洗澡时或即将入睡时，我都会心血来潮地想到它。有几个星期，我曾以为这不过是我为外祖母哀悼的过程中自然而然的一部分：我学会了接受已经发生的事情，却还没有准备好放手。对我而言，这种想象方式也让我重新获得了对这个已成为我生活中决定性因素的故事的掌控力。

我不知道外婆对她的癌症是否也有同样的感受——她的时间、爱与未来一度都被这种外部的残忍事物所支配。它可以随心所欲地成长和改变，而我们只能沿着它未知的轨迹前行，接受它对我们人生的践踏。不过我很庆幸，至少我的"癌症"拥有姓名和脸孔，可以让我在白日梦里对它拳打脚踢。

不过，和哥哥在车里聊过之后，我意识到，我选择对塞缪尔做什么、我的主张可能给他的人生带来什么影响，真的尽在我的掌控之中。这是个充满希望却又危险的想法，因为我还不清楚他会不会在法庭上抗辩。我知道，他有可能被判无罪释放，而我一开口就冒着诽谤的风险。不过，我之所以会考虑这件事，是因为我想知道自己是个什么样的女人。如果最终轮到我，我会怎么做。

我想告诉他所有的朋友。他们已经怀疑近来他与阿伦之间的隔阂比以往更加严重，并且可能涉及一些非法的事情。当阿伦告诉他们，他已经不欢迎塞缪尔来做客时，没有一个人表示惊讶。

我想告诉他的现任女友。即使她向他坦白过自己曾被虐待，他仍有可能对她有所隐瞒。不过，我发现自己很难将"毁掉他生活"和"告诉她"这两种愿望区分开来。他们的恋爱关系与我有关吗？在思考这份想对她坦白的渴望是否是出于狭隘与自私时，我记起了安娜对我说过的话：她本不想与塞缪尔发生性关系，但他操纵了她。他发现了她的弱点并加以利用。他的现任女友也曾被虐待，这不可能是个巧合。话说回来，我们太多人都有过被虐待的经历。在她试图与自己过去的遭遇和解时，他担任那个爱她、支持她的伴侣角色的可能性有多大？我还会对一个本该被我理解与同情的女人造成多大的伤害？

但我知道，我的本意是对的，因为我的耳边总是响起他在电话里的声音：你不是唯一一个。

也许等一切结束，我可以和阿伦与他的女友谈谈，让他们把这个消息转告他们那些有妹妹的朋友，把我的手机号码告诉任何心存疑问的人。消息很快就会在这些人中传开，他们说不定还记得塞缪尔讲过的下流笑话，看到过他在派对上做过的事情。看到他的脸，他们可能会认为他就是个与自己相熟的普通男人，而看到我的脸则会认为我也只是个普通女人。这有助于他们意识到这是常有的事，意识到他们的言行是会产生后果的。

我想要告诉塞缪尔的父母，这一部分是因为他在电话里告诉我的另外一件事：他曾被家里的某个长辈侵犯。他们不知道可能有个残忍的家伙多年来一直与自己同桌吃饭。只有彻底理解儿子的行为是某种侵犯循环的延续，他们才应对他的所作所为加以谴责。和法庭相似，他们对他的宣判也许会减轻。不过换作是我，在做好准备接受冲击之前，我绝对是无法向父母坦白的，提前一天或一个小时都不行。要是有人把我逼到那样的境地，我可能永远都无法恢复。但我也从未伤害过别人，或是把往事当作借口。我可以理解塞缪尔，同情他曾是个受害者，但我绝不会同情他做了施暴者。

我可以竭尽所能，也可以无动于衷。我觉得我有责任提醒那些和我一样的女性去提防他，大声指出从她们身下的水底游过的鳄鱼。也许要是他能认罪、让我免受庭审的创伤，我还能对他多几分宽容，可他竟然试图通过法律的漏洞逃避指控，这对我已经是一种侮辱。他和他的律师发给警方的那封信是不可原谅的。他没有丝毫发自内心的悔意。如果他认罪，也只有可能是因为他重金聘请的律师设法说服了他，这样做才是对他最有利的。

肖恩曾在电话里给我预警，即便我在法庭上胜诉，也不会满意塞缪尔得到的判决。

"对此我已经做好了准备。"我回答。

"好，我觉得你可能已经心里有数，但我只想让你有所准备。如果你所做的一切都是为了看他受到惩罚，有可能无法如愿。"

又来了：肖恩仍不明白我为何要这样做，好像我们都没在司法部门工作，也不曾宣誓要保卫人民、服务人民。

所以，我想将塞缪尔的罪行昭告天下是不是出于一种对现行体制不满的朴素正义感？难道他就得不到法律应有的惩罚吗？难道我不相信司法体制能够带来正义吗？

是的，我不相信。

自从二〇一六年四月我在路边和肖恩通话之后，又过了一个月，塞缪尔的律师才终于排出将他带来警局接受问话的时间。等到他做出答复，他才会被起诉。事情仍有些悬而未决。我明显感觉到，这个案子随时都有可能被丢进垃圾桶。我给肖恩发短信、打电话询问最新情况，他的答复似乎每次都不一样，让我燃起了希望后又倍感失望。他总能为没去跟进律师的进展找到理由。塞缪尔的律师曾是一名警察，在这一行干了几十年。

"老实说，这个律师知道得可能比我都多。"肖恩告诉我。我不知道他想让我如何理解——他很有可能没有多想，话就像往常一样顺着下巴流了出来。不过不管怎样，我还是相信他的。至少我知道自己火力充足。

法官和我安排了一个时间共进午餐并叙叙旧，那时他应该不用忙工作。我打扮得十分得体，因为我们计划要去一家高级餐厅。不过，在进城与他见面的途中，我接到了他的新助理打来的电话——某个辩护律师把结案陈词讲得乱七八糟，所以法官必须在当天下午的总结中指出他的错误，以免审判无效。午餐变成了大约十五至二十分钟就能搞定的三明治。

"很抱歉今天这么匆忙。"法官在我们像老朋友一样拥抱后说道。

"没关系！"我轻快地回答。可是的确有个问题。我必须把审判的事情告诉他，可我还不习惯告诉任何人与这有关的一切。走进与法院隔街相望的一家咖啡馆，我们排在了午餐高峰期长长的队列后面，聊起了新闻，又聊起了我自由撰稿的近况。当我瞥向手表时，时间已经过去了五分多钟。我必须把话说出口，不能大老远跑来却临阵退缩。

"我想见你一面，是为了告诉你——"我的话被为我们点单的女人打断了。"啊，是的，澳式黑咖啡，谢谢。"我转向法官，趁着女子用力敲击键盘、把我们的订单录入电脑时轻声却清晰地对法官说："我想我应该告诉你，我小时候曾遭到过侵犯，我是说，性侵，我前段时间报了警。"

"先生，这是你的找零！"柜台边的女子将几个硬币放在了他伸出的手中。他停顿了一下，慢慢收回手。

"哦，我之前不知道。"他把钱包塞进口袋，扶了扶眼镜，"我们坐下来说吧。"

"没关系。"我随他坐了下来，"没有人知道。我是说，问题就在于此，不是吗？谁都不会谈论这种事情。"

"当然。这对你来说一定很难。"

"事情已经过去很久了。"我耸了耸肩，"我去年才意识到，他和其他所有人都一样。我也一样。真的该有人站出来，让他背上案底。我打了托词电话，他说还有其他的女孩，但她们谁都不曾站出来。所以我觉得重要的是我不能让步。"

"你真勇敢。毕竟，你比大多数人更清楚这个过程有多费力。"

"是啊。不幸的是，在这件事情上是没有幸福的无知可言的。"

"你打了托词电话，进展顺利，他却没有认罪？"

"没错。"

"好吧，他们都以为自己可以逃之夭夭。"

"我觉得他在拖延，看我会不会放弃。"

"不幸的是，很多人都会放弃。"

"是啊。不过我猜，我想告诉你的原因在于，我很快就要和他对簿公堂了。部分是因为这个因素，我才不想……"我在桌子底下攥紧了双手，"在与你共事的一年之后直接进入法律行业工作。我觉得自己没能执业会令你失望，但是我没有办法——至少在处理好这件事之前不行。"

他似乎十分惊讶，温柔地笑了笑："我从来没有对你失望过啊。"

一名服务员把我们的三明治放了下来，我赶紧用餐巾纸轻轻擦了擦眼睛。

"好了，严肃的话题到此为止，我们还有五分钟的时间！"我轻轻笑了笑，"跟我说说，你那里怎么样了？有什么新鲜事吗？"

那个月，在塞缪尔接受警方问话之前，我每天都在幻想他会告诉肖恩，他要认罪。这个白日梦能够带给我无比的释然。我把自己鞭策到了这样一种境地，认为他不可能让我出庭受审。他花钱雇来优秀的律师，律师却劝说他认罪，于是他顺从了。在流程的问题上，我问过爸爸，他说如果塞缪尔受到起诉，从那天起的三个星期之后，他才会出现在地方法院的法庭上。我想象自己坐在法庭后面的公众席，在塞缪尔不知道的情况下注视着这一切。

"有罪，法官大人。"他会站在那里回答，然后痛哭流涕。在对那一刻的空想中，我也会哭起来，首先是因为那想象中的解脱，接着又是因为现实的绝望。伴随彻底失控的感觉而来的绝望。

最终，他六个月后才正式受到起诉，出现在地方法院的法庭上。那段时间我经常以泪洗面。咨询师为我设计了一项练习：每当我难过时，要试着抵抗必然会逐渐升级的自我厌恶感。没人在家的时候，我会坐在合租公寓前的露天平台上，看着父母接孩子放学，看着和昔日的我一样穿着白蓝格连衣裙的女孩在黑色蹦床上玩耍。"我很焦虑。"我会大声说出心里的感受。"我有一种我很焦虑的感受。"然后将这种感受从自己身体里分离出来。"这种'我很焦虑'的感受让我觉得自己应该去死。"再对从这种感受中流露出的想法进行归因。有时这一招起效了，我就会以这样一句话结尾："发生在我身上的是一件可怕的事情，需要我花上一段时间才能解决，这没关系。"

这六个月中，我想与我相处过的大多数人都会觉得我看上去十分正常。我参加了两场文学节，一场州际的，一场海外的；我和家人一起待在家里；我边喝冰啤酒边陪文森特做晚饭；我去探望朋友、洗衣服。我还会打电话或发短信给肖恩，询问最新进展，他则会回复我，说案子还要花些时间。塞缪尔的律师还在制造困难。我需要耐心等待。余生仍在继续，而我只是随波逐流。

如今，我很高兴自己选择了这样的做法。如果我放下手头的一切，一心等待塞缪尔为自己的行为负起责任，等待事情得到解决，我将有两年多的生命白白浪费。

19

二〇一六年十一月的第二周注定充满了艰辛。全世界都在担心周三的美国大选，而我担心的则是周五：塞缪尔、他的事务律师及辩护律师和肖恩见面的日子。这一天，他们将讨论他是打算抗辩还是认罪。

星期三一早，我迫不及待地把暗示希拉里·克林顿仍有可能渡过难关的网页拿给文森特看。他一一否决了它们。

"对那些抨击和侵犯女性的人来说，这意味着什么？"我问他。当时，我们正站在合租公寓的电视机前，锁定美国广播公司的二十四小时新闻台。

"铁锈地带①的人想要拿回自己的工作，出于某种原因，他们觉得特朗普可以给他们这个机会。"

"你懂我是什么意思。"

---

① 美国等国原先拥有大量制造厂、如今却面临经济困难的地区，尤指美国北部衰败萧条的工业区。——译者注

"我懂。"他耸了耸肩,我们瘫倒在沙发上,"不过对穷人而言,这与性别平等或种族关系无关,只关乎他们的饭碗。"

"但是作风正派应该是必须的。我明白经济政策至关重要,但人类平等的基本信念肯定不能为任何事情而牺牲。这应该是个前提,而非候选人之间互相比较的要点。我不理解。我感觉周五的事情也与此有关。"文森特开口想打断,但我还是把那会让我听上去歇斯底里的、一闪而过的担忧说出了口。"我不是白痴,"我说,"我知道这一件事不会引发那一件事,可我感觉它们是有联系的——不,我知道它们是有联系的。能让特朗普当选美国最高领导人的那种态度就是让塞缪尔觉得自己可以四处猥亵女孩并逃之夭夭的态度。因为你显然可以这样做!"我在沙发上坐起身,指着电视大喊:"他就是这么想的!塞缪尔正在某个地方看着这段内容,聆听这种说辞、这种态度,说他可以对女性为所欲为,没有什么能够约束他。他或许还能做总理呢!文森特,我不知道该怎么办了。我该怎么办?"

他再次朝我伸出手来,我跌坐回去,倒在了他的怀里。"你已经在行动了,"他吻了吻我的额头,"你已经在和他战斗了。"

我不知道腹中那种感觉是紧张还是某种直觉,但我一动不动地坐了很长时间,看着特朗普咧嘴微笑的橘黄色脸庞在屏幕上转换了几十个角度。他布满皱纹的双手在欢呼的人群面前挥舞,我想象那双手"抓住"受惊女性的"阴部",短粗的手指挤进动弹不得的女孩的内裤。美国广播公司的主播们极力掩饰着内心的失望,以相当严肃的语气播报,仿佛不知道该如何以政治中立的方式平复观众的心情。

那天我还要进城办点事。那是布里斯班一个极其闷热的下午,出门后还没走到公交站，我就已经汗流浃背。不知为何，大家看上去都很沮丧。与我擦肩而过的所有人都猝不及防，被迫回想起了人性真正的丑恶。这就好像我们发现了一只被车撞倒、又被丢在街上等死的边境牧羊犬。还在法院工作时，我时常带着这种感觉下班：空调循环的空气里流动着恋童癖身上的死皮细胞，而我别无他法，只能品尝并吸入它们。十一月的那个下午，西方世界的进步人士试图告诉自己，我们不需要为选举结果负责。我们假装这炎热不是地狱之火，假装自己不会痛苦和受到牵连。

昆士兰州东南部常见的午后暴雨舒爽而壮观，却没能结束空气里的潮湿。它悬在街道上方，在我的脑袋四周旋转、聚集。一九九路公交车从我的身边驶过，我这才想起忘了招手让它停下。[①] 但我已经没有力气抬起手臂了。要是没有别人伸手叫停下一班公交车，我可能会在车站坐上好几个小时，等待大雨打破炎热，却怎么也等不到。

当晚晚些时候，我和室友坐在露天平台上，和几个共同的朋友喝着啤酒，聊起了特朗普。

"有一个刚到我们公司上班的人，曾经被指控强奸。"其中一个朋友史蒂文说，"我都不记得我是怎么知道的了，他好像是一个朋友的朋友的朋友。女孩在出庭之前就放弃了指控，所以他现在还像个没事人一样过着日子，下周就要和我在同一间办公室里上班了。"

"这太糟糕了，兄弟。"我无奈地答道，咽下一大口啤酒。

---

① 在澳大利亚，乘坐公交车需要招手示意，否则司机会以为无人要在本站上车而将车开走。

"我猜我也无能为力吧？"他的尾音上扬，像是在提问。

"我不知道。要是他追求你的一个朋友，你会怎么做？"

"我猜我也许会告诉她？我不知道。"

"我也不知道。"

"再来一杯啤酒？"

"嗯，好呀，谢谢。"

周三和周五之间的分分秒秒都过得格外漫长。一开始，我还能努力克服一波又一波突然袭来的焦虑，努力让自己忙碌起来。然而到了星期四的下午，我却坐在昆士兰风格老楼的前露台上，一根接一根地抽起了烟，浑身大汗淋漓，因越积越多的尼古丁和逐渐袭来的中暑感而犯着恶心。我已经连续两晚因为令人瘫痪的噩梦辗转难眠，与特朗普有关的新闻还在不断地给我打击。我再次强烈地感觉到，发生在我身上的一切——控制或独立，乃至基本的身体自主权——都不过是一种幻觉。我的身心和声音都已无法挽回地妥协了，就算它们不知怎么还没有被玷污，也随时都有可能被人从我手中夺走。我会探望朋友，会为临时的写作工作开具发票。我会去科尔斯超市，只为了推着购物车四处转悠、看看鲜艳的颜色，却绝对不会挑选我祈祷自己能有勇气吐出来的昂贵食材。我会打电话和妈妈聊天，却没有告诉她这周五有多重要。

在我得知未来会怎样之前，除了等待，我别无他法。在别人告诉我我内心的创伤是否重要，或者别人是否认同它曾经发生过之前，我束手无策。

电话打来时，我正在市中心的阿德莱德大街上等待回家的公交车。几个穿着工作马甲的男人正在乔治国王广场上布置巨大的圣诞树，还有一位母亲欢快地和小女儿聊着即将到来的学校假期。被我握在手中的手机已经沾满汗水，听到振动的声响，我笨拙地举着它从公交车站的人群中钻了出来，滑动屏幕，接起了显示为"私人号码"的电话。

"你好？"我问，用手指堵住另一只耳朵，走向一片超过其他人听力所及的阴凉地方。

"我是肖恩·汤普森。"

"你好，肖恩，感谢来电，事情怎么样了？"

"嗯，是这样的。"他开口答道。我的心都要跳出来了，就像发现包里的钱包不见了、打开前门时发现锁被撬了那样。"我刚刚结束和塞缪尔的问话，显然他打算对指控提出抗辩。"

我双腿一软，后退几步靠在市政厅的墙边。"我明白了。"

"他是带着事务律师和辩护律师一起来的，他们对我们还在推进指控的事似乎非常吃惊。"

"你这话是什么意思？"

"他们依旧声称，事发时他还是个孩子，而且推进此事不符合公众利益。"

"所以即便有了迪伦的证词，他还是说自己只有十岁？"

"他们辩称他当时是十二岁，还说没有证据证明蹦床不会经常在后院的不同地方被挪来挪去。"

"没错。"

"而且他变得……"肖恩停顿了一下，似乎在措辞，"我是说塞缪尔变得……在我通知他，根据你对那天下午发生的事情发起的指控，他将面临两项不同的猥亵罪名起诉，且第二项罪名显然比较严重时，他的情绪一下子激动起来。"

"可我的证词从没有改变过啊！"我脱口而出。

"是的，"他回答，"不过他们都很吃惊。听我提到会有两项不同的起诉时，他的辩护律师让我离开面谈室，好和塞缪尔商讨一下。"

"那你回去之后怎么样了？"

"他的立场相当坚定。"肖恩的声音中没有一丝乐观可言，"我觉得你得为持久战做好准备。"我把头埋进双膝之间，试着深呼吸，却还是感觉快要吐出来了。肖恩再次提醒我塞缪尔的辩护律师有多优秀，还捎带着提到需要再有一个人针对蹦床一事提供证词——也许是我的妈妈。他似乎是想先发制人地抑制住我内心的不耐烦，为他尚未预警过的延迟道歉。

"那现在怎么办？"我打断了他的话。

"地方法院将于十一月二十一日星期一首次提审此案，"他回答，"不过在一切走上正轨之前，可能还要提审好几次。我们需要将最终定下的所有证据整合为案情摘要，递交给检察署，然后事情就归他们掌控了，并且还要等待他们处理一段时间。"

为什么？！我想要朝他尖叫。为什么所有人都在叫我耐心？这应该是他们处理过的最简单的官司：我总在第一时间给出回应，意图从未动摇，还打了托词电话。塞缪尔说我不是唯一一个！难道大家不想让他背上案底吗？

"你能在提审之后给我打个电话，告诉我进展如何吗？"我冷静地问道。

"当然，没问题。那天下午我会联系你的，有什么消息都立即告诉你。"

"好的，谢谢，肖恩。"

"别担心，稍后再联系。"

我挂上电话，手机从我的手里滑落进包里，头顶的钟塔敲响了正午十二点的钟声。低沉而悠长的当当声响彻了整座大楼，回荡在我的耳边。钟声缓慢，我伴着声响来回摇晃，用膝盖内侧堵住耳朵，紧紧闭上双眼。

光天化日之下，我身处自己的家乡，身旁是成百上千个欢天喜地忙着购买圣诞用品的人，却总觉得塞缪尔的眼睛正紧盯着我。我深信，要是抬起头，就有可能看到他穿过商场朝我走来。

意识到钟声几分钟前就已停下，我不再摇晃，从包里翻出笔记本，趁着记忆还没淡去，潦草地记下了肖恩告诉我的基本情况。我能感觉到头脑中正有一股风暴猛烈袭来。我在地上挪了挪身子，手脚并用地靠着墙壁站起来，又戴上墨镜，回到车站。那个女子还在和孩子欢快地聊着天。我也想找我的母亲。

公交车来了，我在后排找了个座位，感到另一种恐惧正重返我的内心：我可能错了。我就是个愚蠢的小贱货。塞缪尔当时还是个孩子。我在毁掉他人生的同时可能也毁掉了自己的人生。他在电话里对我说的是真的——在追查这件事情的过程中，我不是仅仅在自己处理，而是给所有人都带来了毁灭。公交车一如往常地循着路线颠簸前行，而我惊恐地坐在车上，开始想象交叉盘问的场景。聪明绝顶的辩护律师会向我丢出一连串的问题，指责我是个迷恋男孩、精神错乱的疯子。我的呼吸又浅又急，我只得隔着牛仔裤不断地用力掐着大腿，努力让思绪不要离开我的身体。

我该下车的那一站到了，从公交车下往人行道的台阶比我想象的要高，我没有看见，踏在地上颠簸了一下，一直被我紧抓不放的、那层覆于平静外表之上的薄膜被震得四分五裂，我慌了。仿佛身上有个开关被按了下去，我的某些正常功能被关闭了。车站距离我家只有三个街区，我却花了二十多分钟才走到。所有的感官都在告诉我，我正身处水下——肌肉毫无反应，是在涉水而非走路。我的听觉和视线模糊了，双眼被太阳晒得无法好好睁开，整个人喘不过气来。我看得出，身旁经过的人都在紧盯着我，却什么话也没说，一言不发地目送我拖着脚步从他们的房前路过。我紧紧抓住经过的每一棵树、每一辆停着的汽车来寻求支撑，脚步摇摇晃晃，蹒跚着迈过树根和车道，手指张开向前摸索，仿佛被人下了药。

终于来到我家所在街道的转角处时，我还是没有抬起目光，连过马路时都没有。靠在邻居家高大的围栏上，我一边呜咽，一边拖着身子走完了最后几米。一推开院子的大门，我就倒在地上恸哭起来。我本以为回家后终于能够松上一口气，却意识到我只是没有别处可去。就算是在自己居住的房子里，我也不安全，做什么都逃不开即将到来的庭审。炙热的混凝土灼伤了我的脸颊和双手，我却甘之如饴。这种有事压在心头的感觉我还要体会多少次？无论等待多久、无论跋涉到何处，我都无法摆脱他用手摸我的那种感觉，无法从积累多年的耻辱中解脱。这样的无力感我还要领悟多少回？我的脸颊、下巴和手指的表层都被烤焦了，内心深处某个地方的哀号却依旧不断地从我的嘴里涌出。鼻涕滴到了水泥地上，在阳光下哒哒作响。我看着浑身无力的自己，这仿佛是一场噩梦，但我希望自己在梦里，却并不盼着能够醒来，我的身体比以往任何时候都更不受我控制。

一个人影挡住了我头上的阳光，呼唤着我的名字。他伸出双臂将我扶了起来，抱上楼、进了屋。他接过我的手提包，让我坐在沙发上哭泣，亲吻着我的额头，还将泪流不止的我揽入怀中。他问我问题，对我说话，可我只能重复："我好害怕。"时间一分一秒地过去，他为我倒了杯水。又过了一阵子，我终于听到身旁的他问我想要什么。我回答："我想死。"他再次亲吻并拥抱了我。这不是我第一次，也不是我最后一次想要知道，家里要是没人，我将何去何从。

那天晚些时候，待我冷静下来，我们一起坐在露天平台上抽烟。我将得知的事情一五一十地解释了一遍，然后掏出笔记本，看到自己在公交车上还写了些别的内容，笔迹十分潦草：他现在声称自己当时十二岁，可起初还说自己只有十岁。如果我当时穿的是小学校服，他肯定有十二岁了。

"他只是在编排让他合意的日期和辩词。"我告诉文森特。

"知道他在害怕，也挺好。"他回答。

"是啊。我感觉'情绪激动'这个说法可能太过保守了。他就是个该死的蠢货，我敢打赌，他已经丧失理智了。可我不明白，听到有两项不同的指控时，他们为何会那么惊讶。我不敢相信肖恩一直没有跟他们说过。我在证词里就说了，他对我做了两件事情，第二件极其严重。"

"是啊，这很奇怪。"

"我问了肖恩，他说他'十分肯定'自己之前跟他们说过，不过他一定没说，对吧？不然他们会记得的。老天。"

"但整个司法体制都是站在你这一边的。齿轮已经转动起来了，局势对他不利。"

"可他雇了一个曾经做过警察的人当辩护律师。我害怕他。"

"是啊，可是你有——"

"我有肖恩！"

"万能的肖恩！"文森特用逗趣的播音员嗓音说道。

"我身披闪亮盔甲的骑士！"我竭力模仿落难少女的声音滑稽地大喊，我们都笑了。"好了，他很快就会把案子交给检察署，没准儿我也能找一个优秀的检察官。"

"没错。"

"至少事情已经交给法院了。你知道吗，肖恩不能再磨磨蹭蹭了。要是有人想拖延，就必须要求地方法官休庭并出具理由。他们不能再无视我的要求了。"

"没错。"我俩暂时陷入了沉默。"你感觉怎么样？"文森特问道。

"我不知道。我担心他们会在盘问过程中拿我在网上说过、写过的话指责我是个女性主义者，而且我就是无法相信他竟然没有认罪。我真的无法相信。我知道你可能觉得这很蠢，但这种感觉还是和特朗普的事情很像，仿佛没人想得到噩梦会成真似的。我感觉自己被从侧面撞倒了，就像车前灯下一只倒霉的鹿，像个傻瓜。人们听说他真的遭到了起诉，竟然全都大吃一惊?！仿佛是在问，怎么搞的？难道我遭遇过最糟糕的、而且确实是违法的事情，竟是无聊且烦人的吗？对此我该作何感受？他们根本是在告诉我，我的人生和经历都不重要，塞缪尔陷入了一件本不该困扰他的蠢事里。"我停下来，抽了口烟，"我想我每次开始生气而不是悲哀时，我就开始做得很好。但我真的很害怕。"

"你刚才还无视我好一阵子来着。"他说。

"多么喜怒无常的女人啊，是不是？"我微笑着掐灭了手中的香烟。

第二天早上，文森特陪我沿街走去买咖啡。

"你知道《指环王》中的灰袍甘道夫死后重生为白袍甘道夫，变得更厉害了，简直成了有史以来最强大的家伙吗？"我问。

"知道。"

"这件事情结束之后，我也会变成那样。"我说。

"没错。"他一边回答，一边点头。

"如果我能熬过去，就他妈的无敌了。只要我能挨过庭审，无论结局如何，就谁也伤不了我了。说真的，没有什么能比这更糟糕了。我会骑着一只巨鹰从法院飞出去的。"

我和父母约了一起喝咖啡，沟通案子的最新进展。我得解释一下过程，再让他们打电话给肖恩，针对蹦床的问题额外提供一份陈述。他们到了，我们互相拥抱、亲吻，聊了些无聊的小事，好像默默就先点餐再谈论正题一事达成了共识。我还记得自己心想，人类用来区分是否文明及得体的方式还真是奇怪。那天早上我对他们十分无礼。在我抱怨肖恩办事拖沓时，爸爸一直在打断我，并替肖恩辩解。妈妈批评了他，让他好好听我说话。可随后爸爸和我谈起了法律相关问题，令妈妈陷入了困惑，她便用简单而愤怒的提问来插话。

"我不明白为什么他还没有被送进监狱!"她几乎是在大吼大叫,"他已经承认是他干的了,不是吗?"

"我告诉你了,妈妈,他不是在辩称事情没有发生,而是在争辩事情是何时发生的。他说他当时太小,不知道自己在做些什么。"

"可他比你大多了。"她没有放弃。我大声地叹了一口气,让爸爸接过话来,再给她解释一遍。

我讨厌事事都要向他们转达——把调查的每个阶段告知他们每次都是件大事——可我也讨厌他们不知道我只会跟他们讲述自己出过的一部分差、打过的一部分电话和发过的一部分短信。我不知道我想从他们那里得到什么。我设法说服了爸爸,耐心是一回事,但肖恩的无能是另一回事。塞缪尔和他的律师听说他被以两项罪名起诉时,竟然"大吃一惊",这实在是令我不安。我想,要是他知道我能事无巨细地记起他的种种恶行,他或许就不会这么早、这么努力地挣扎了。肖恩应该告诉塞缪尔他被控告的具体细节。

"你还要做好准备,一旦卷宗被交给检察署,如何处置就在他们的掌控之中了。"爸爸看着我说。

"我知道。他们甚至有可能对它置之不理。"

"即便他们会继续处置,辩护律师要做的第一件事也是给检察官打电话,尝试达成协议。"

"哦,该死。"我感觉自己仅有的一点保证也被夺走了。

"没错。"

妈妈插话道:"这是什么意思?"

"他们可以通过协议减轻指控,或者一致同意塞缪尔在案发时的年龄比我们所说的更小之类的，而且不需要征求我的同意。"我震惊于自己竟然忘了过程中还有这样一部分。也许是因为我的工作与专业，我想当然地以为这个案子不知怎么就会与众不同，到了现在，我才重新意识到，和其他原告一样，我也要受司法体制的摆布。

"他们怎么可以这么做？"妈妈问。

"因为这已经不再是我对抗塞缪尔的问题了。提起诉讼的人不是我，而是皇家检察官。是国家的人在对抗他。"

"我见过一些检察官，他们会与受害者保持交流，明确他们需要什么。"爸爸说，"但我也见过另外一些检察官，他们会和辩护律师一起站在法庭上，听辩方能够提出什么样的协议，连个电话都不打就当场接受。"

妈妈困惑不已："为什么？"

"因为这样一来，他们就省事了。"我悲哀地笑了笑，再度意识到试图掌控自身的处境只是徒劳，"接受有罪答辩比开庭审讯容易多了。"

"那我们能怎么办？"她问道。于是我告诉她，如果她能去警局提供一份附加陈述，阐明蹦床被移动的时间，会很有帮助。

"妈妈，别考虑我需要什么，或是这对我有什么影响。"我试图表现得严厉，却近乎居高临下地问道，"在你的记忆中，蹦床是从哪里搬去哪里的？"

"它原来在屋后很远的地方。"她斩钉截铁地回答。"后来迪伦摔断了鼻子，我们就把它搬去了有草的地方，这样比较安全。"她点了点头，总结道。一个女服务员走过来，要收走我们的杯子。"我是记得的，"妈妈一边微笑着将杯子举起来递给女服务员，一边补充，

"因为我们不得不挪开旧的旋转晾衣架，才能摆下它。"

服务员离开后，我仍盯着妈妈，紧握手中的空杯，抵御着这条新信息带来的令人混乱的生理反应。除了我之外，这个愚蠢的细节对这世上的任何人都没有丝毫的意义。这些事是怎么组合在一起的？我困惑地心想。这难道有什么意义吗？

不过现在我知道了，创伤后应激障碍的症状的糟糕之处就在于此：它们没有任何特别之处。颤抖与恐慌不是因为灵犬莱西 ① 告诉你有个男孩被困井中，也不是在暗示什么你一直知道却不曾串联起来的线索。你没有超能力，你的恐慌在这里也帮不上忙。

在爸妈离开之前，我们聊了些美好的事情。他们同意直接去警察局为肖恩提供附加陈述。我不能再给他借口拖延了。

我这边的事情安排得井井有条。万事俱备，只等十一月下旬的提审。等案子被送上法庭，我才有可能看到它推进，看到一切真正开始有所进展。那个日期被我记在了日记里。不过即便我努力去忘，也是忘不掉的。

最后一周过去了。星期一一早，我八点半就守在了电话旁。不到正午时分，我已经筋疲力尽，小便时都会把手机握在手中。到了下午两点，我又卷了一支烟，眼睛紧盯着电话，还时不时检查一下响铃是不是开着，可肖恩一直没有打来。

下午晚些时候，我给他发信息，礼貌地询问塞缪尔的律师说了什么、提审的结果如何。

---

① 指英国作家埃里克·奈特（Eric Knight）的小说《灵犬莱西》中的主角牧羊犬莱西，书中有一段情节是莱西对着主人汪汪大叫，主人这才意识到有个男孩被困在了井里。

本案已被提审，并将延期至二〇一六年十二月十九日再次提审。我觉得圣诞节之前，我们都拿不到任何的结果。不过在下一个开庭日，我们应该就能知道他的意图了。

我再度陷入了悲哀，心中重新燃起一团怒火，然后又等了一个月，直到十二月十九日。

布里斯班圣诞节前夕的预热和往年一样轻松愉快。周围的人忙忙碌碌，我却并没有被节日的气氛所感染。我买了包装纸和胶带，和收银台的少年开了个关于麦可·布雷 ① 的蹩脚玩笑，他没有听懂，于是我给安娜打了个电话。她给我讲了她在购物中心扮演圣诞老人的其中一个小精灵的工作。"这简直就是性别薪酬差距的完美典范。"她在电话里怒气冲冲地骂了起来，"我们的工作时间一样，可应付孩子、操作拍照设备的人是扮演精灵的我们，扮演圣诞老人的人却凭着让别人坐在他的大腿上赚到了三倍的钱！"

"伙计，这太可恶了！"

"是啊！合同上说，我们必须化好妆——粉底、睫毛膏、口红——化妆品贵得要死，我们没有因此赚到什么钱。"

"化妆品太贵了，我时常思考这件事。"

"而且他的全套道具服都是提供好的，我们却必须自带长袜、短袜和鞋子。"

---

① 麦可·布雷（Michael Bublé，1975— ），加拿大歌手，曾 4 次获得格莱美音乐奖。

"听上去真糟糕，伙计，我很遗憾。"

"呃，你能怎么办，是不是？"

"加入工会？"我俩都笑了。

"小精灵工会，当然，我们会反抗圣诞老人。不过说真的，这个圣诞老人太恶心了。他在发玩具的时候特别针对性别，会羞辱想要戒指的小男孩，还会批评想要卡车的小女孩。"

"去他的。"我抱怨，"怎么能这样。"

"我也觉得。我甚至因为他对待一个亚洲小女孩的行为正式投诉了他。他开了一些日本制造的玩笑。"

"什么?！"

"是的。"

"好吧，我这里也有个坏消息，我还是不知道案子在法庭上怎么样了。肖恩——就是负责我案件的警察——先一直说没事，接着说不妙，然后又说没事，接着又说不妙。很长时间以来，我一直相信他所说的话，认为我才是那个跟不上进度的人。不过现在我觉得，肖恩只是不擅长自己的工作。时间过了这么久，我都让塞缪尔在电话里认罪了。他们到底还想怎么样？"

"哦，亲爱的，听到这个我真难过。"

"我应该给你一点内容预警的，"我们都笑了，"抱歉。我只是——我知道你能理解。我想别人真的没有办法理解。"

"你随时都可以打电话给我，想打多久就打多久。"

"谢谢。"

"你还有文森特啊，对吧？他对这些接受得还好吗？"

"是的，他很棒，他只是……我不知道。和男人谈论这些时，我觉得自己就像在抱怨，但我其实只是想和他聊聊天，消化一下这件事。"

"我懂你的意思。即使他们什么话都不说都行。"

我坐在皇后街购物中心的长凳上，看着人来人往，与安娜聊了点相对快乐的事情，然后互致圣诞问候，并道了别。一则蒂芙尼广告在我面前飘动，淡蓝色的背景映着昆士兰州夏日的天空。广告图片中瘦削的金发女郎正看着崭新的订婚戒指，双颊微微泛红，一位男士则目光炯炯地望着她。我觉得夏天将万物都融化了，紧接着却想起自己四月时也曾有过同样的感受。我什么时候才能破茧而出？这一切何时才能尘埃落定，未来何时才能重新清晰起来？

"我星期一要去一趟地方法院。"那天晚些时候，我回到家告诉文森特。

"我能去吗？"他问。

我不知道自己为何不希望他去那里，但我停顿了一下才回答，肯定使他意识到了这一点。我知道自己为何要去——因为我无法信任肖恩会打电话告诉我进展。因为我明白他们会用什么话术——因为我知道辩护律师可能要求休庭的理由。我清楚"我的当事人正在考虑自己的立场"意味着什么，明白"我们正在等待完整的案情提要，会在那之后提交罪名不成立的意见"意味着什么。这两个休庭理由可能带来截然相反的巨大影响。

"我不会像上次倒在院子里时那么难过，但我希望回家时有你在等我。"

"没问题。"他耸了耸肩。我克制着因为把心里真正的想法告诉他而产生的内疚。

那晚淋浴时，我把脑袋靠在瓷砖上，意识到我哭并不是因为塞缪尔对我做过什么，而是因为他还在对我做什么。在我看来，"再次受害"的过程与性虐待无关，而与权力的持续滥用有关。在那个接到肖恩来电的周五下午，我发现塞缪尔的律师还在极力地推诿，而我竟被再一次问到是否真的想继续起诉、为什么，我感觉彻底失去了力量。就像又回到了蹦床上。塞缪尔重新取得了控制权。他占据了我的时间、精力和人生。与案子有关的电话侵入了我美丽的家。入睡时，我会突然想起接下来的提审。只要法律程序还在继续推进，我就仍然身处原告的位置——每隔两个、三个或四个星期，我就会被迫想起这一点。被迫想起我只是那个小女孩，想起自己曾被人推倒，仰面朝天，动弹不得。

20

那天早上，我沿着街道走向地方法院，为自己一个人前来感到后悔。我不知道塞缪尔会不会来，于是在恐慌中，我看到他无处不在。最安全的做法就是不在任何地方停下来喝咖啡，因此，我提前十五分钟就到场了。我也没有冒险走进报刊亭翻阅杂志，因为他有可能突然走进来买口香糖。我想象着，如果他中了刮刮乐、发了大财，我该有多愤怒。我任由这个念头使我心烦意乱。

等待红灯时，我下意识地瞥了一眼昔日的工作场所，它深在街区尽头，我看到六七个衣着得体的年轻人正端着新煮的咖啡走进法院大楼。那个版本的我看上去是多么遥远而荒谬啊。即便与我距离数百米之远，我还是渴望他们中有谁能够转身朝我挥挥手。我渴望他们能够认出我来，这将在某种程度上表明我还是特别的。可紧接着突然想到，我不想让去年的任何一个人认出我来。

绿灯亮了，我迈着大步从人群中挣脱出来，离开街道，走进大楼，想都没想就像工作人员那样径直走过金属探测器。然而，我却不得不尴尬地退回去，排在安检队伍中等待检查。我在这座大楼已经不再拥有权力了。打电话推进工作或索要文件也不再是我该做的。不到一年前的那个一月，我曾是司法体制中最德高望重的人物之一的代言人，然而没有了法袍，我感到自己竟是如此渺小！我和其他普通人一起被丢到了冰天雪地之中，老天啊，我现在更尊敬他们了。我提起了一项诉讼，成为了一名原告，而我指控的那个人会被假定无罪，因此我会受到必要的怀疑。正当程序竟然要求相关的重要人物不要相信我。我是否想象过保安在检查我的包时会停顿很长时间？我是不是该穿得更端庄一些？在我开始怀疑自己究竟该不该来这里时，我看到了这样一幕。凉爽的大厅里，电视屏幕上显示着数百个名字，但只有他的名字像我自己的名字一样引我注目：塞缪尔·莱文斯。

一道闪电从我的五脏六腑直劈内心，我仿佛被人从背后狠狠踹了一脚，却微笑起来。我没有编辑过那些电视显示器的程序，也从来没有将他的名字录入系统或是将他的案子安排在那天早上。他的名字是被受雇来查清事情真相的人录进去的，而事情最终的真相就是他有罪。我要做的只是不要退缩。

我转过身，抓起背包，走向电梯。等待电梯到来的过程中，我想象着电梯门打开时他就站在我面前的情形——或者更糟，他会跟着我进入电梯，门关闭后，里面就只有我们两人独处。恐慌症的症状悄悄爬进我的体内。"你要做的，"我对自己说，然后做了一次深呼吸，"只是不要退缩。"我吐气，电梯门在我身后关上，里面只有我一个人。

法官和我工作过的法庭中永远庄严肃穆，大多数时候都很安静。

除非是和法官对话或是轮到自己说话，否则是不会有人开口的。只有在绝对必要的时候，人们才会窃窃私语。在地区法院，你听得到大家手里的纸张摩擦的沙沙声和椅子挪动的声音，我还能听到自己敲键盘的声音，如果有人感冒了，你从吸鼻子的声音就听得出来。地方法院则与之相反，像是高峰期的中央车站。不停有人进进出出，交头接耳，向律师提问。检察署的四个人在一边，负责辩护的几十个事务律师和出庭律师则在另一边来来去去。民众拖家带口地走进来，互相询问是否找对了地方，坐下后又站起来。我都不知道塞缪尔的名字被叫到的时候我能不能听到。

有人的电话响了，我越来越生气。难道没有一个人把这里当回事吗？我坐在椅子边缘，向前使劲探着一只耳朵。就我听到的被提审案件的情况来看，大部分辩护律师都告诉地方法官，他们将于十二月至一月中旬休假。我大失所望。这么多人都在等待，他们怎么能休那么久的假呢？我想起了法官在南港和沃里克的作为，他会在辩护律师要求休庭时质疑他们。我渴望这个房间里的所有专家都能像他一样能干、高效，让人能感觉到他们真的知道自己在做什么。

和其他人一起在法庭后面坐了一个小时，我就放松了下来，相信塞缪尔本人不会出现了。等了三个小时之后，我已经无聊透顶。他的案子——也就是我的案子——是倒数第二个被提审的。朝法官席走去的事务律师十分年轻，双肩宽阔，一头金发，身穿浅蓝色套装，手中时髦的皮制公文包衬托着脚下擦拭一新的昂贵 R.M. 威廉姆斯牌皮靴。这正是塞缪尔曾经扬言要打掉其牙齿的那种毕业于私立学校的男孩。如今，塞缪尔却花费高价雇用了这种年轻的富二代。想到这里，我咧开嘴笑了。等待时，我曾看到这名律师和另一个年轻男人在一起，拿着手机比较周末的照片。我不知道他的时薪是多少，在这里等待的费用又是多少，反正我从自由撰稿的工作中抽出的时间是没有报酬的。

法官要求开庭。刚一开始，那名事务律师就提出了一个常规的请求，即他的委托人不能出庭。不过，他被打断了。

"看起来，你的委托人在上一次出庭时没有签署他的保释承诺。"法官打断他，同时翻阅着装订好的档案，"他必须在今天法院下班前出庭，否则我就得签发逮捕令逮捕他。"

我感觉就像中了一百万美金的刮刮乐，差点拍起手来。

"法官大人，能否允许我离开席位，去外面给我的委托人打个电话？"

"好的，最好如此。"她回答，"这是规定。"

律师离开时，我的脸上绽放出了灿烂的笑容。在他跑回法庭前的三十五分钟里，这抹笑容一直挂在我脸上。

"法官大人，我的委托人说他签署了保释承诺，并且也已经按照要求邮寄回了法院。"

法官在文件里翻找了大约一分钟的工夫。"哦，在这里呢，没错。"她从档案中抽出一份文件，"抱歉。它装订错了，但是是有的。"

"法官大人，我可以再给委托人打个电话吗？他正从海岸地区开车赶来。"

"当然可以。"

我还在咧嘴笑着。光是这个小插曲就值得四个小时的等待了。

当案件终于被正式提审时，法官只是下令说，我们需要在一月前向被告提供一份完整的证据摘要，以备二月再次进行提审。我大失所望。案子第一次被地方法院提审时——也就是我不得不给肖恩发短信询问的那一次——我本以为肖恩已经得到指示，要给辩方提供一份证据摘要，可那天似乎什么事也没有发生。

往公交站走的路上，我给文森特打了个电话，告诉他发生了什么，尽量把注意力集中在积极的一面上。"想象一下！"我的话音中充满了讥讽，"想象一下，他这一天被一件脱离了掌控的破事打断，心里会什么感受。"我们都笑了。

"大齿轮正在转动，"文森特说，"转向对他不利的方向。他肯定吓得屁滚尿流。"

我决定不提早上等待电梯关门时，我是如何把自己吓得屁滚尿流的。乘坐公交车回家的路上，我想象着塞缪尔终于意识到自己正受到起诉、破口大骂着坐进车里的样子——他变得"情绪激动"而且"心烦意乱"。他是否不得不找个借口来向老板请求离开？是否不得不取消和女友的午餐？这是不是他第一次接触到法律笨拙却执拗的手段？

"你还好吗？"文森特在电话中问我。

"嗯，嗯，我没事。"我回答。这是真的。特朗普当选后的那个星期五，接完肖恩的电话，我搭的也是这一班公交车，就坐在现在这个座位的前面。今早以来，我第二次感觉自己彻底改变了。我低头望向前面空荡的座椅，为那个女孩、那个旧的我感到遗憾，却也很为她骄傲。那天我到底是怎么坐上公交车的？

步行回家的路上，我从别人家篱笆上的灌木丛中摘了一朵伸出来的木槿花。几个星期以前，我还几乎在这里走不动路。我是怎么用二十分钟走过这段狭窄的步道的？我把花别在耳后，望向看上去重又变得短小、温馨而平凡的街道。我意识到，不会有一个单独的、被赋予力量的时刻：我已经变坚强了。我知道我不会退缩，余生也不会再害怕塞缪尔，因为现在是他害怕我。我头上插着一朵粉花，脚上穿着紫色的运动鞋在街上跳跃，黄色的短裙在大腿上随风摆动。要是他此刻开车经过，我在他的眼中该有多可怕呀。

　　六天后就是圣诞节了。我刚上大学那几年，总是竭力要求父母不要邀请塞缪尔来过圣诞节。

　　"塞缪尔为什么要来？"我问。

　　"因为他的家人眼下不在这里啊。"母亲回答。我露出了痛苦的表情。"哦，别这样，不要这么自私。他是阿伦的朋友，而且圣诞节的时候每个人都该有地方可去。"她就这么离开了房间。讨论结束。这让我想起了乔治在法庭上说，他曾要求母亲让她的男友离开这个家。

　　我经常回想起这一幕。我是个多么糟糕的孩子啊，就连母亲都觉得我自私，因为我连自我保护的需求都说不出口。那时我甚至无法用语言解释我为何如此恨他，他为何会让我起鸡皮疙瘩。要是我试图表达"他用怪怪的眼神看我"，谁会相信我呢？我会被当成一个小题大做的家伙，又在为男孩而疯狂了。

21

自澳大利亚高等法院设立一百一十三年以来，只有五名女性大法官。二〇一七年一月三十日，澳大利亚即将迎来有史以来第一位女性高等法院首席大法官。我的脸书上突然充满了法律界的朋友们分享的文章，文中满是欢庆的表情符号。在昆士兰州的最高法院，二十七名大法官中只有七名是女性，而地区法院的四十一名法官中只有九人是女性。

我在广播中和写作活动上演讲时，会碰到有些人（大部分是男性）问我，我们是不是只要耐心就好，因为年轻的女性毕业生需要花点时间努力才能走上巅峰。我想起了第一位雇用我的出庭律师，当他向我大谈他对法律职业"女性化"的看法时，我才做了他两周的秘书。他看上去忧心忡忡，却让我十分震惊，并且庆幸自己没有正式接受这份工作。

我本以为自己做得还不错，然而，第三次提审的前一晚，巨大的紧张又涌上心头。或者更确切地说，是在我切洋葱的时候，焦虑倾泻在了我的身上，我的泪腺接到指示，释放出了曾被它们勇敢克制住的眼泪之潮。当文森特问我想不想让他来陪时，我知道自己不该答应，却还是应下了。面对我的感谢，他在厨房里抱住了我，任由我的鼻涕沾湿他的衬衫。一整个礼拜，我一直在期待他会记得并主动提出陪我，可他之前只字未提。我也一样。

"我只是好怕塞缪尔会跟着我走进电梯，然后门就关上了。"我趁着抽泣的间隙说，"况且，我正在切洋葱。"

第二天一早，我们穿戴整齐，在我的手提包里放了几本平装书，一起坐上公交车前往城区。

"这不算约会哦。"我一脸严肃地对他说。他吻了吻我的脸颊。

地方法院里一如往常，熙熙攘攘。我们通过了安检，抬头紧盯着显示屏，寻找塞缪尔的名字。

"在那儿，"我指了指，"莱文斯——二十号法庭，走吧。"

我们走进电梯，门关上了，里面只有我们两个。

有文森特陪在我的身旁，法庭变得很有意思。流程中安排了与好几座监狱的视频连线，但每一次连线都有问题，以至于总有男子在镜头里晃进晃出，询问法官何时轮到自己。

"没有人告诉我今天要出庭啊。"一个白人男子像一袋土豆似的一屁股坐在椅子上，向后靠着伸开双腿。

"你是文·阮①吗？"地方法官问道。

"不是！"他大吼着耸了耸肩。

---

① 文·阮（Van Nguyen），越南人名，并非西方文化中常见的白人男子名。

"知道了，好吧，你不是我们要问话的人。你可以走了。"

我们注视着电视屏幕中那个身穿连体衣的男子站起来，转身重重地甩上了房门。"喂！你找错人了！"

文森特和我强忍着笑。

"你跟我说什么来着？"我在他耳边小声说，"什么正义的齿轮正在为我转动？"

时间一分一秒地过去，我们都拿出了自己的书。每次检察官开口说"法官大人，请您考虑一下……"时，我都会抬起头来。又一个小时过去了，当他们终于叫到"莱文斯"这个名字时，我竖起了耳朵，坐直了身子。文森特感觉到我的动静，放下了手中的书。律师席旁坐着一名出庭律师，这让我充满了希望——有出庭律师在场，而非只有事务律师或市镇代理人 [①] 出席时，案子才更有可能推进。

"上周提交的证据摘要不完整。"塞缪尔的出庭律师卡特说。我紧张起来。他是个高个子的金发男人，头发有些花白，表情十分温和。

"据负责逮捕的警官称，材料已经齐全了。"检察官回答。

双方又对阵了几个回合，让人想起儿时在操场上玩过的"是与不是"的游戏，直到地方法官打断了他们的话："再休庭四周。"

我怒不可遏，向全体审判人员鞠了一躬，然后从那两扇沉重的大门之间冲了出去，气呼呼地奔向电梯。

卡特请求法官允许塞缪尔下次开庭时也不必出庭。这意味着不

---

① 当案件当事人不在案件所在地区、无法出庭时，可以请当地的市镇代理人代表自己。

仅刚刚什么事都没有发生，而且在下次开庭时也不会有任何进展。要是他根本不打算出庭，是不可能进入抗辩流程的。

"我已经受够了和那个人的无能打交道。"我火冒三丈，"他怎么还在把事情搞砸？"

"谁？"文森特追上来问道。

"肖恩！他就是没法把工作做好。摘要为什么还不完整？我是个人，这是我的人生，这是我生命中的又四个星期。"

"是啊，他真的太差劲了，不是吗？"

"我简直不敢相信。比起塞缪尔，我更想把肖恩臭揍一顿。"我气得浑身发痒。

"你想让我买些烟吗？"文森特问。我们之前一直在讨论戒烟的事。

"好的，谢谢。"我呼了一口气，"我今天有权抽烟。"

"是的，你可以。"

我们买来咖啡和香烟，坐在城市的水泥挡土墙上，一边抽烟，一边聊起了地方法院有多有趣。

"百分之九十左右的犯罪案件都是由地方法院审理的，"我说，"我的法官可能和这个政策有关。此举能确保更多的案件都可以在那一级法院就得到处理。但我想有时这只会让事情变得有点混乱。"

"我简直不敢相信，法律执业培训要求我必须学习财产法和商法，对刑法却没有要求。"文森特说，"在正常生活中，大多数人如果接触到了法律或法院，那通常都是地方法院，工作人员有必要了解刑事犯罪的基本知识。"

"鹰嘴豆。"我说。

"什么？"

"他们会教你，法律领域中有哪些地方有钱可赚。"我吸了一口烟，注视着身旁来来往往的西装革履的人，"你能从一起产权转让案中赚到的钱，要比代理十几桩微不足道的酒驾案多得多——整个行业就像是鹰嘴豆。"

"没错。"

"这就是我会被分配到肖恩的原因。三个星期再三个星期，然后又三个星期。我不是鹰嘴豆，而我对此无能为力。"

回家的路上，我给肖恩打了一个电话，想问他耽误的原因。我得知道这是管理方面的小问题，还是有更多实际的跑腿工作要做。他是不是忘了在给辩方的文件夹里放上某几份复印件，还是打错了太多的字？还是他忽略了什么关键证人，或者搞砸了问话？也许都有。他没接电话，于是我留下一条留言，决定试着继续自己的生活。

文森特和我在露天平台上喝酒聊天。后来，我解开他衬衫的扣子，开始和他接吻。他说我很美，我相信了他。这是我第一天真心觉得，尽管这一阶段尚未结束，我还是可以继续生活——好好地生活，而不是行尸走肉般活着。当我躺在文森特的怀中，赤身裸体，拿我们流了多少汗开玩笑时，我是发自内心地快乐，不是"装着装着连自己都信了"的那种快乐。虽然伤口尚未愈合，它却不像去年那样会阻碍我的快乐了。

文森特陪我一同出庭，这使我意识到了某种程度的连续性。这个官司不是割裂的；无论是在法庭还是在家里，我都是同一个人。这是无法否认的。这种双重性对我来说是个新的事实，而我自己一个人永远也看不到这一点。我儿时曾遭人猥亵，却还是长成了一个性欲旺盛的女人。即便已经恋爱四年，透过他的眼睛，透过他眼中的偏爱看到自己，我依然能够找到一种不会结束的满足感。每一天，文森特都是我在生命的篇章里没有停下脚步的原因。我怎么能让他、让我对他的爱停下来呢？没有他，一切将会变得多么不同、多么黯淡。

几个星期之后我对他说，我很感激他仍觉得我很有吸引力，即便我现在是个"胖妞"。

"我觉得你胖胖的时候更让我喜欢。"他吻了我，把双手放在我的身上。我咕哝起来。"并不是说你真的胖。"他澄清道，停顿了片刻又说，"我觉得这也许就是你应有的身材，其他时候都只是你在饿着自己。"他吻吻我，离开了房间。

几个星期之后，我们搬进了新家，一套只有我们两人的公寓。又过了几个星期，我去他的电脑旁找到他，对他说："这是我有生以来第一个住过不止一晚却一顿晚饭都没吐过的地方。"

"哇。"

我点头。"我在这里很幸福。"

"这里就是我们的幸福之家。"

"我们的幸福之家。"

这是一座方正的老房子，被分成了两个长长的矩形单元，每一个单元约三米宽，内墙漆得十分糟糕，屋后还有邻居家养的几只鸡，但我还是深深地爱上了这里。我去办公用品店打印了一张文森特和我的照片——照片中的我们正在我的毕业典礼上亲吻——我用宜家的相框把它裱起来，挂在了厨房旧水池背后的墙上。

我们搬进去后不久，某天下午，文森特和朋友出门去了，我走到外面的后院里。棕榈树在二月的微风中摇曳，耳畔是咯咯的鸡鸣。在房子与鸡栏之间的空地上，也就是我站着的草坪上，我伸出手，转动头顶的旋转晾衣架。这是我见过最大的晾衣架，坚硬的钢丝抵着我的指尖，很重，但没有响起我期待的生锈的吱吱声。我想起了两年前为法官核对过的第一起案子，不知那个女孩现在身在何处。我又转动了一下铁质的支架，在草坪上坐下，趁晾衣架的影子从我的四肢上掠过时眯起眼睛看向太阳。我心里想的是哪一个女孩？是被绑在旋转晾衣架上的那一个，还是被塞缪尔猥亵过的其他女孩，又或是曾经的自己？这两年我们都做了些什么？她们还活着吗？我闭上双眼，渴望向她们伸出手，想象着把自己的思绪以某种方式延伸到她们心中。我默念着：你们做得到。

下一次开庭日在三月的第一个星期，我穿了一条普通的黑色连衣裙，走到法官席前询问莱文斯案，他们竟以为我是塞缪尔的律师，把一份文件递给了我。我三次穿梭在法庭之间，生怕从一个法庭赶往另一个法庭的路上会错过提审。当我第三次来到法官席前询问莱文斯案时，又有一个年轻人试图把文件递给我。

"哦，你是受害者？"他困惑地问道。

"是原告。"我纠正他。

终于，几个小时之后，案子被最后一个审理，因为塞缪尔的代理人迟迟没有露面。一个男子赶了过来,声称自己是市镇代理人——也就是真正的出庭律师的廉价替身。检察官宣布审理开始,但不到两分钟就全部结束了。案情摘要中的一些漏洞得到了填补,另一些则没有;另外,他们还在等待调查人员提交剩余的证据。在我的手写笔记中,"滚吧肖恩"几个字戳破了纸张。

"休庭两周。"法官宣布。这是多么伟大的胜利啊!两周而不是四周——感觉就像是打了一场胜仗。"三月二十日星期一,上午九点。"

我翻阅日记本上的日程:领取执业资格证。

我将无法出席下一次法院提审,因为我将在草坪另一边的最高法院领取法律执业资格证。这样的巧合超越了讽刺,归于荒诞。

坐在回家的公交车上,我想着自己还要提交的文件和几个截止日期,还想了想晚饭吃什么。发现交通卡上的钱比我预料中的多一些,我感到了一丝小小的惊喜。当钟楼敲响悠长的钟声时,我惊讶于自己不久前还曾在同一条街上瘫倒。这种进步让我更高兴了。虽然我依旧失望,但我对结果抱有的乐观情绪正在不断转变、强化成另外一种东西。每次休庭带来的失望和压力都在减少。我的生活曾以四周为一个周期被分割开来,每个周期都由希望、失望和否定组成,这种情况现在也越来越少了。

接下来那周,一天早上,我去最高法院登记处提交几份法律执业申请的文件,看到楼外聚集着许多围观的人和拿着摄像机的人。

"出什么事了?"我问一个站在新闻车背后的男子。

"杀害女友的自行车手刚刚被判刑了。"他回答。

我低头穿过人群。几个女人正站在看起来很廉价的横幅前讲话，旁边几个男人留着坚硬的胡须，戴着太阳镜。在登记处等待叫号时，我在手机上读了关于这个自行车手的报道。

当时，这对情侣正在开车，男子突然从副驾驶座位上抢过了方向盘，把车撞向路边，然后下车绕到女友所在的那一边，将她殴打致死。

我很难想象，一个人竟能发那么大的脾气。我有理由发脾气，因为我曾被人欺侮，而欺侮我的人还在继续延长我的痛苦。除了在全家一起去巴罗萨的旅途中我曾用力捶打自己的腿之外，我唯一一次气到大喊还是独自开车去了郊外，趁周围没人的时候，才一边用拳头狠狠砸着方向盘一边呼喊出声。

在报道的评论区里，有人问他为什么要这样做。人们总是想知道为什么。被告的律师对"他到底为什么要这样做"闪烁其词。对检察官而言，案子的困难之处则在于，事情很少会像偷钱或三角恋那么简单。心智健全的人之所以做得出可怖的事，是因为他们想做，因为他们不担心结果，因为他们会把自己的需求凌驾于他人的需求之上。没有什么大阴谋。

塞缪尔不是因为小时候曾被人猥亵才对我下手，也不是因为任何外界的原因才来骚扰我。他之所以这么做，是因为在蹦床上的那一刻他想要这样做，因为他完全无视我在这件事情上的想法与感受。第一部分很简单。我知道他动手的原因是为了与性相关的探索和满足。"虐待的循环"也许是促使他侵犯我的因素之一，但他又没有被逼着动手。更加令人不安和费解的是，他对待等式的后半部分——我——的方式。他为什么不想想这件事会对我产生什么影响？猥亵儿童就是完全没有把儿童当作人，无视了儿童对个人和身体的自主权，对他们尚且柔软、仍在成型中的心灵造成无法弥补的伤害。

我还在手机上读了自行车手谋杀案的判决报告。这个男子表示他很"抱歉"。塞缪尔也很"抱歉"。但要是没有被抓，他们俩谁也不会抱歉，因为，或许是下意识的，他们都从一开始就因同样的理由做出了完全自私的行为——我们很少会对那些我们觉得和自己平等的人肆意妄为。法律允许我们打狗、打小孩，是因为他们处在我们的统治之下，为我们所控。"必要的管教"这一说法直到最近还被用在女性的身上。

我从右手边的窗户望出去，看着罗马大街公园。种族对我来说是另外一个难以理解的层面。那个曾因遭受强奸报警却惨遭族群憎恶的土著女子现在身在何处？她展现出了多么非凡的力量啊。

法律执业申请的文件通过了——这让我的法官松了口气——我领取执业资格证的日子眼看就要到来。我一边对着镜子涂好口红，一边复习着法庭上的步骤，安抚紧张的神经。这是一种截然不同的紧张，令人兴奋而非恐惧，却久久挥之不去，让我心里七上八下。我需要在十点钟的时候赶到最高法院，可还是有点想去地方法院看上一眼，以防我的案子在此之前被提审。但我几乎可以肯定，这桩案子是不可能在上班后的第一个小时就得到受理的。反正我出不出席也不会有什么区别。文森特是唯一一个知道两项日程重叠的人，于是主动提出替我出席提审。

"不行，"我亲吻了他，"其中一件事比另一件重要得多。我希望你能在我生命中美好的部分里。"

我打扮得很不错，心情也很好。法官赶到时，我正在最高法院外和家人一起等待。我们拥抱了彼此，我向他介绍了我的哥哥和外公，我的爸爸、妈妈和男友他已经认识了。大家都是来这里陪我的。

执业资格证的颁发顺序是按照毕业成绩来排列的。能在今天的第一批次拿到资格证，我感觉自己十分了不起。我的名字被大声念了出来，我还被指明是法官的前任助理。在众人的注视下，我隔着房间和他点了点头，为自己感到骄傲。宣誓仪式后，我和家人、法官以及为我颁发资格证的那位女士一起吃了茶点。按照惯例，新律师会请所有人出去吃饭，对他们多年来的支持表示感谢。

"你会怎么记录今天呢？"路过地方法院、走向出租车站时，法官问我。我笑得格外大声。

我想告诉他这一切有多荒谬。这一刻，我的案子有可能正在被提审，就在我触手可及的那座大楼里。我想告诉他，我为自己能够享受这一天而自豪，尽管也会想到，塞缪尔也许比平时更有理由待在这片区域。我没和任何人说过，我曾暗暗担心塞缪尔会不知怎么地发现我在申请执业资格，然后提出反对。民众中的任何一员都有权利这样做。前几天，我已经在脑海中设想过，如果他出现在法庭上大吵大闹，像冲到婚礼现场反对一样，那将发生什么。

"我会写，喝了好多香槟。"我回答法官。我们都笑了。

有些时候，让别人低估你才最轻松。

第二天，我给肖恩打了个电话，想知道自己错过了什么。我并未期望他取得多大进展，事实也的确如此。

"我不明白为什么塞缪尔要拖这么久。"听完他简短的汇报，我对他说。

"是啊，听我说，我觉得他是在指望这一切都到此为止。"

"他还特意找了一个当过警察的辩护律师。太混蛋了，我不知道，这——"

"他是有点混蛋。"肖恩说。

"卡特？"

"对，嗯，我的意思是，我应该说他不是我遇到过最友好、绅士的出庭律师。"

我大笑起来。挂断电话之前，我和肖恩还相互寒暄了几句。至少他很诚实。

挂上电话，我拿起自己的资格证。它在我回家的路上被雨打湿了，红色大印章的右下部留下了一个污点。就在昨天晚上，我还在为这处不完美而沮丧，可经过一段深思，我又觉得它很合适。我和那个场景格格不入——有什么地方不太对劲——不过我还是会把这张纸裱起来的。如果我愿意，我本可以成为一名出色的律师。光是想到这一点，就足以让我抛下那些不愉快。

接下来那个月的某一天，我收到了一封盖着政府印章的信。这是昆士兰州发给"犯罪受害者"的信息包，里面有我的受害者联络官里斯的电话。我拨通了号码，心想他可能比肖恩知道得更多一些。他说，地方法院的流程结束之后，如果检察署决定继续受理，还需要很久才能将案子递交地区法院。

"很久是多久？"我问。

"我们指导方针的目标是从羁押开始的四个月。不过，我们可能需要六个月来创建要递交的起诉书。"

我谢过他，挂上电话，把头埋进靠垫里尖叫了好一阵子。

下一次提审被排在了四月十日。直到提审的前一天晚上，我才提出让文森特陪我一起去。当时我们正在厨房里做晚饭。

"你觉得他会认罪吗？"他提问的语气似乎是在暗示，他不明白我为什么突然想要他的陪伴。

"不会的，近来我已经放弃考虑这个问题了。在案子被递交给地区法院之前，他甚至不会被传讯。不过我觉得他会到场。肖恩在电话里告诉我的一些事情让我觉得，他们明天有可能把这个案子列入羁押聆讯①的清单。"

"好吧。"他没有看我，慢腾腾地将一只湿淋淋的盘子放在沥水架上。

"这让我觉得他有可能会出现。或者至少，他真正的出庭律师会出现。"

"当然。"

"我猜这就是我有点紧张的原因。"我绞着手中的茶巾。

"好吧，是这样的，我明天下午两点有个论文的口头报告要做，上午需要准备一下。"他的声音弱了下去。

"没事，这么晚才问你是我的不对。"

他抱了我许久，还亲吻了我的脸颊。他离开房间后，我在原地站到脚都痛了，给自己倒了一大杯温热的尊美醇威士忌，这是哥哥

---

① 由地方法官执行的初步调查，对指控的全部证据进行聆讯，以决定是否有足够的证据使案子进入审判阶段。

送我的入职礼物。举着酒杯，我在浴缸的淋浴头下坐了下来。我很想吐，用手指触碰着嘴唇，却没有催吐。热水放光了，我关掉水龙头，躺在浴缸里，一直躺到杯中的酒见底。终于冻到瑟瑟发抖时，我坐起来，甩了甩，擦干身子，爬上了床。我很想割伤自己，却没有动手。我本可以的——我已经关上了卧室的门，拿出了缝纫剪刀，倒上了更多的尊美醇。文森特正在公寓的另一端和朋友们连线打游戏。我一边哭，一边在日记中写着辱骂自己的话。你怎么能这么恶心，这么肥胖？你占用了那些真正需要司法制度的人的时间与资源。这都是你的自负在作祟。

第二天早上醒来，我出门跑了个步，没吃早餐就与文森特告别了。这是今年第一个真正寒冷的早晨。

"有什么事情随时告诉我好吗？"他问道。

"当然没问题。"我回答，心里却在想：见鬼去吧。我多久才会求你一次？我是绝不会像这样抛下你的。关于爱情，我们谁都没有指导手册。

下了公交车，我走进大楼，迈进了电梯。塞缪尔不在这里。我走出电梯，在等候室里扫视了一圈，然后走进二十号法庭，走向书记席。塞缪尔也不在这里。

"早上好，我是莱文斯案的原告。"我对书记员说。这已经不是我第一次出庭了，连案子有可能被挪去另外哪间法庭我都知道。"能否告诉我，我案子的提审是在这里还是十九号法庭？"

"啊……"她一脸困惑地看着我。

"我已经来过好几次了，所以我知道文件有时会在十九和二十号法庭之间被推来推去。"我耸了耸肩。

"嗯……"她翻阅着手中的卷宗，我看到了他的名字，为她指了出来。"这里什么也没写。"她说。

"那就是这里了？二十号？"

"我想是的。"

"如果有什么变化，请通知我好吗？"

"这我可说不好。"她答道，准备把身子转开。可我就待在那里，眼睛眨都不眨，所以她无法真的忽略我。"对不起，今天是我第一天上班。我尽力吧。"

我朝她笑了笑，满心沮丧地坐下来，担心自己有可能错过提审。两个小时过去了，什么也没有发生。有人说了一声"莱文"，让我心里一紧，然而接下来，又是空虚的一个小时。地方法官宣布，他们接下来将转为处理法律援助事务——这清楚地表明，所有由个人付费的案子都已经受理完了。

我一跃而起，推开人群，挤到了书记席旁。"不好意思，莱文斯的案子提审过了吗？"我故意用能让别人听到的音量询问书记员。

她在文件中乱翻了一通，找到了那份文档。"没有，它还在这里。"她困惑地回答，和我一起低头看了一会儿那张纸，"我去帮你问问。"

不到十分钟的工夫，地方法官宣布暂时休庭。我看到书记员在和她的上司说话，于是赶紧朝着她们走了过去。上司是个肩膀宽阔的黑发女子，直率得令人生畏。我一下子就喜欢上了她。

"涉及该案的人一个也没有到场。"上司告诉我。

"是的，我能看出来。要是他那一方今天没人露面怎么办？"我问。

"我们只能暂时休庭,择期再审。"她耸了耸肩,准备把身子转开,但我依然没有动。

我直视着她的脸:"所以他们可以安排一个开庭日期,却不出庭,然后什么事都不会发生?"

她朝我转过头,停顿了片刻。我看到她噘起嘴唇,像是在尽力阻止自己说出些什么,然后,她转向了书记员。"你带手机了吗?"

"带了。"书记员回答。

"给他们打个电话,看看他们在哪儿。"

我笑了。"谢谢。"我说,她点了点头。

十分钟之后,我在女卫生间里碰到了书记员。洗手时,她解释说自己打了好几通电话,还留了一封语音邮件,才得知此案的市镇代理人忘记了提审的事,现在正在赶来的路上。

法庭重新开庭后,又继续处理了二十分钟法律援助事务。我在二十号法庭后面等待,翻着自己的社交媒体账号,思考她——另外那些女孩——身在何处。她长什么样子?她是否也继续着看似正常的生活?通过余光,我看到一个身穿黑色套装的女子跑了进来,抓起一张文件,然后又匆匆跑了出去。我不想当众喧哗,却又不能冒险错过这次提审。

"不好意思!"我压低嗓门说着,从人们的膝盖前挤到了那排座椅边缘,跟着那位女子走出双开门,最后一刻才想起向地方法官鞠躬——这是惯例。

我在门外的等候区追上了她。"是莱文斯的案子吗?"我问道。

"是的。"她回答,却并没有停下。

"我们现在要去十九号法庭吗?事务律师来了吗?"

"来的是市镇代理人。"她纠正我,"来了。"

我们鞠了一躬,走进法庭。我看到律师席上坐着的那个男人正在打电话。在等待地方法官到来的十分钟里,他不停地抖着脚。

"肃静。全体起立。"

提审两分钟就结束了。

市镇代理人把被告和自己所在的律师事务所的名字都念错了。他说被告想要交叉盘问一名证人。

检察署提出在两个月后的一个日期进行交叉盘问的申请。法庭那一天没有空档,他们提出安排到七月。众人达成一致,七月十二日是最佳日期。"安排七月十二日申请交叉盘问。要求出庭。休庭。"地方法官站起身。"肃静。全体起立。"

我坐在法庭后面,扇了自己一巴掌。又来了!你这个白痴!我竟然白白紧张了一回。不仅塞缪尔没来,就连他的事务律师也懒得出席,雇了个廉价的市镇代理人代替自己,可就连代理人都把事情忘得一干二净。没有人在乎我坐在那里。要是我一直等着别人来通知我进展,可能会错过整个过程。最糟糕的是,我还要再等三个多月。

市镇代理人走了出去,而我盯着他的脸。我本可以伸出手来推他一把,可在我看来,他看上去十分可悲。他连自己的工作都做不好。

我走向检察官席,等了几分钟,检方有人看到了我。

"有什么我能帮你的吗?"她问。

"是的。我是刚才莱文斯案的原告,就是安排申请交叉盘问的那个案子。我希望有人能告诉我这是什么意思?发生了什么?"

"哦。"席位上的两名检察官迷惑得面面相觑,其中一个开始翻看文件，"文件称，被告要求交叉盘问一名证人，但检察署拒绝了这一要求，所以案子现在被列出要在法庭上提交申请。"

"好的，"我回答，"所以这个新的日期不是用来盘问的，只是用来申请，看看法官是否允许盘问，对吗？"

她点了点头："是的。"

"是哪个证人？你能告诉我吗？我可以知道吗？"

她一边整理文件一边答道："我叫人之后打电话给你可以吗？"

我走出大楼时，天已经很热了。我拨通了布里斯班检察署的电话。

"下午好，"我说，随后做了个自我介绍，"我的案子今天早上刚被提审，我想找人聊聊发生了什么。"

他们把我转接给了受害者联络官，里斯。

"你想知道今天上午法庭上发生了什么吗？"他问。

"不，我今天早上就在法庭，知道发生了什么。不过今天早上提到了一些我不知道的事。如果可以的话——如果允许的话——我想找人聊聊我的案子。"

"好，我会让法务专员有空时给你回电。"

"哦，好的。"

"没有别的事情了吗？"

"没有了。"

他挂断了电话。我静静地站了一会儿，看着路人来来往往。一辆公交车在离我很近的路上飞驰而过。我几乎没从车窗里看到自己的倒影。我就是一个微不足道的鬼魂。

文森特发来了短信：你怎么样了？

我还在生他的气。你要是在意，你早就来了！我想要这样回复。不要再在我的事上打折扣了！我需要知道你是否会为我而来。但我现在对每个人都很生气。我能怎么办？

我怎样才能活到七月？

22

我不确定"我的官司没那么重要"这个念头是何时生根的。我被这样说过很多回，被各种人，以各种方式。我已经与这种杂音抗争了许久，努力从坚持中找到骄傲，从反抗中汲取力量，以决心孕育决心。

肖恩给我打来电话，说他接到了检察署的邮件，要求他为几件事情提供更多信息。这本是个简单的问题，肖恩说完后却没有立刻挂断。我向他询问流程为何如此拖拉，于是他开始对我讲述他那边的视角。他说，警方不知道"基于证据是否应该起诉塞缪尔"，因此他们"保持了中立，并心想：你知道的，看情况再说吧"。

这些话听着太难受了。我想，他没有意识到自己有多残忍。

几个星期之后，肖恩再次打来电话："他的事务律师发来了一份清单，上面列举了他们想做的事情。有二十多件。"

"啊？哪二十件？"

"他们好像准备交叉盘问所有证人，目的是将案子推翻或让案子接受完整的审判。我需要你过来再做一份补充陈述。"

我用我的小拳头猛砸着大腿。

"他们似乎只是想让整个过程变得尽可能困难，希望我们能放弃这个案子。"

我想问他：你会放弃吗？

挂上电话，我在浴缸边坐了很久。文森特正戴着耳机，在另一个房间里。身边没有人，面对真实的自己，我意识到我的感受实际上比悲伤或懊恼更加复杂。我坐着，很冷，越来越不舒服，开始剖析自己。我的真实感受是什么？一个人的时候，我会怎么思考、会感觉到什么？我一直无法确定却十分笃信的结论浮现在脑海。我曾做过的一条笔记是如此显眼——肖恩说，他们之所以会受理我的起诉是因为我是个"可靠的证人"。他的意思是，我是那种适合做原告的人：一个受过教育、能言善辩的白人。我怀疑，要是我的父亲没当过警察，塞缪尔可能真的不会受到起诉。事情一直在拖延，而我为这件陈年旧事耗尽了精力。

还有一点是可以肯定的：我可怜塞缪尔。近二十年之后，他青少年时的行为还在与他纠缠不休。无论他做了什么补偿或说了什么，我都不会走开。我就是个带有恶意的、执着的鬼魂。我站起来洗了把脸，再次抑制住内心的恐惧，看着镜子中的自己。真的，我为什么要这样对他？

因为我厌恶他这样的男人——不只是他，同样也不只是我——因为他们的嘴脸我都看过了，自私得如出一辙。因为他们需要得到教训。因为他反击得越厉害，在律师身上花费的钱越多，就越证明他没有能力为自己的行为负责。因为他曾脱口而出：你不是唯一一个。因为被他猥亵的女孩已经长成了一个愤怒的女性主义者，他才如此倒霉。这对他而言太糟糕了，因为这就是蛋壳头骨规则。

我回到警察局，独自提供了补充陈述。当我跳下公交车时，阳光明媚的天际线在我眼前展开。我听着美妙的音乐，感觉非常好。走进滑动门时，我看到了自己曾在这座大楼里进进出出的身影：先是在父亲面前隐忍，然后投入母亲的怀抱，后来又在文森特面前强装勇敢，最后——就在此时此刻——我独立而平凡。

我重读了自己最初的证词，这才意识到里面遗漏了多少细节——我当时肯定疲惫不堪，而且情绪失控。肖恩用两根手指打字的水平并没有提高。

我又收到了检察署的一封来信，发信日期是上一次提审的那周。信上说："羁押聆讯的目的，是让地方法官判断是否有足够的证据让案子在布里斯班地区法院进行审判。"

来信的署名是科尔斯蒂——另一名新的受害者联络官。

信封里还装有一份打印出来的流程图，描述了所有刑事案件的各个阶段。图表上有大约十五个阶段，其中，大多数气泡状文本框上都有一条伸向图表边缘的线，线的那端可能写着"不予受理"或"中止"，然后就没有线再往下一步伸了。其中一个做了黄色标记的文本框正是我现在的处境——尚在流程中相当早期的阶段——我的案子还有可能面临六次重大变动。我不知道事情在一个不是法律从业者的人眼中会是什么样子。

流程图的背面是"常用术语"表。其中对"中止"一词的定义和总结是："我们办公室会在中止之前与您联系。"我调查过，案件在警方受理阶段的撤销率是最高的：在警方接到的性侵报案中，只有不到五分之一能够走到提起刑事诉讼那一步。这张流程图应该在最开始的"警方调查"阶段后面补充一些统计数据，再加上这样一句话："通过这一阶段，你就进入了前百分之二十，颁发金星一颗。"第二个最有可能被撤销的阶段就是我所处的阶段：检察署随时都能决定此案不值得继续推进。我的可信度对于检察官判断审判的成功率至关重要。如果我每次出庭时都能衣着得体、谈吐得当，对我的形象是有好处的。我的身上没有受伤，塞缪尔也不是什么从灌木丛中跳出来、扑向我的陌生人，所以对陪审团而言，我的案子看起来可能不那么"令人信服"。

我并未觉得自己有多紧张，却还是停不下化妆的手。地方法院已经对我的案子提审过四五次，但这一次，七月十二日，却是塞缪尔第一次被要求出庭。

"我们是不是得赶紧走了？"文森特站在浴室门口问道。十分钟前，我们就知道应该出发了。我必须看起来很好，看起来漂亮。这很重要，却也没什么用。这就像是遇见前任，或是参加学校聚会。太过在乎只能证明你还没有放下往事、放下他。我吹干了头发。

我们沿街走到了公交车站。

"谢谢你陪我。"我对文森特说，一股内疚之情涌上心头。他正在攻读博士学位，非常忙碌，我却还要把他的时间浪费在这么一件讨厌的事情上。不过这种情绪一下子就被愤怒代替了。

愤怒来得如此突然，我只能设法不迁怒于文森特，而是狠狠踢了一颗豆荚。它滑行了一段，然后撞进了人行道边的肥沃草皮里，毫发无伤。我本可以朝着它尖叫的。我好想把手提包扔到街对面，揪住一个人并掐他的脖子、扇他的嘴巴，谁都行。然后我想一头撞到粗糙的树干上，直到头破血流。我幻想有一辆高速行驶的汽车撞上某个人的身体——我的身体——让我坠落到车来车往的十字路口。而现实中，我刷交通卡上了公交车，司机朝我笑了笑，说了些开心的话。车子摇晃着向前行驶，我伸出胳膊去抓扶手，闻到自己已经出汗了。呼吸就好。

"你要喝点水吗？"文森特问我。我们的肩正靠在一起。

"没事。"我简短地回答，但当我喘着气把愤怒释放出去时，我的力气也消失了。我眨着眼睛不让泪水流下来。

我的手机振动着亮了起来，是爸爸妈妈想要知道我在哪里。他们一直在等我们。我更内疚了。

下了公交车，我们穿过最后两个街区，朝着法院走去。高耸的大楼间形成了一个冰冷的风洞，寒风撩动着我的头发，拍打着我的脸颊。我低下头，试图想象自己正在乘风破浪，却怎么也使不上力气。愤怒无法在心中积聚。

我们通过了安检，爸爸看见了我。"啊，她来了。"他兴高采烈地说，妈妈也从座位上笑着抬起头，两人张开手臂拥抱了我，而我哭了出来。

"哦，怎么了，宝贝？"妈妈问，她抱住我，轻拍着我的后背。

"我害怕。"我将脸紧贴着她的脖子。父亲的双臂紧紧环抱着我们母女。他们的身上有家的味道。

松开手，妈妈从包里翻出一张纸巾，我看到她的眼中也含着泪。纸巾很软，不是文森特和我会买的那种大众品牌。我用它抹了抹脸，它闻上去也有家的味道。文森特和我父亲握了握手，互道早安。自古以来，男人们都是用这种荒谬的行为来避免拥抱的。然后我们出发了，爸爸领着我们去坐电梯，前往正确的楼层，走向法庭。一路上，我的眼睛一直扫视着身边，搜寻塞缪尔的脸庞或步态。我从家人的对话里走了神，专心去听他的声音。当我在记忆中搜寻他的声音时，它从那通托词电话里钻了出来。

"是的，"他的声音又响了起来，"你不是唯一一个。"

来到法庭门外，我的家人转过头看着我，等待着我的示意。四周人来人往：出庭律师、事务律师、警官、原告、志愿后勤人员。小型行李箱磕碰着座椅，电话铃声此起彼伏。

"嗨，伙计。"一个出庭律师朝着文森特挥了挥手，拿着假发信步走来。几个月前，我曾在一次家庭聚会上见过他。

"嗨。"文森特回以微笑。眼看他就要停下脚步与文森特聊起来，但转眼间，我从他的表情中看出，他认出了我。"回头再聊。"

我想，战场和外界并不会有明确的界限，就像我无法在官司和自己其余的生活之间筑起一座墙。我已经披着安全毯进入了火场，从而牺牲了摆脱乱局的最后机会。我看着所爱之人的脸庞，后悔叫他们来陪我，玷污了所有人的人生。我非常清楚，如果我是一个人来的，我不会掉眼泪。但和他们在一起，我就成了最脆弱的那个自己。在他们无条件的爱之下，我的本质显露无遗。

"我没看见他。"我望向爸爸，寻求指导。

他耸了耸肩。"我猜我们可以直接进去。"他朝着法庭的门走去。

小法庭的站立席上挤满了职业人士，座席却都是空的。我选择了一排，挪到了最右边的座位上。

"要是他没来怎么办？"落座时，我对身旁的文森特小声说道。我正在想父母打车进城花了多少钱——因为停车费太贵了——他们等我时又花了多少钱购买咖啡和早餐。不管愿不愿意，我妈妈都会忍不住去算这笔账：中产阶级的习惯是很难改掉的。"他为什么没在？"我换了另一种问法。

"等等看吧。"文森特耸了耸肩说。

几分钟过去了，每当法庭的门打开，我的胃就会缩成一团，耳朵也会竖起来，不放过任何一丝声响。

"莱文斯案？"有人问了一句。我抬起头，看到了塞缪尔的出庭律师卡特。检察官花了点时间翻看他的那堆案卷，出庭律师则微笑着耐心等待。我看到他手中新打印的、已经装订好的纸张，上面布满了字迹，他的身后还拖着一个沉重而结实的皮箱。我立刻意识到他已做好了准备，而且准备得十分充分。一想到他准备了多久，我的胃就飞快地收缩，喉咙发紧，身子在座位上挪动。

"怎么了？"文森特问。

"那些是什么？"我反问他，惊慌失措地朝出庭律师的方向点了点头，"他为什么有那么多该死的材料？"

但我知道自己抱怨的实质。如果当事人认罪，出庭律师是不需要那么多页笔记和一文件夹的材料的。这一天才刚刚开始，我免不了要奋力一搏。直到那时我才意识到，我是多么希望这一天能在欢乐中结束。我依稀记得一年多以前的那个梦。梦中，塞缪尔认了罪，我们全家拥抱着阳光。我觉得那一刻可能会到来，仅仅因为它早该到来。

"肃静，全体起立。"书记员的喊声打断了我的消沉恐慌。室内安静了一下，但没过多久，人们就又开始进进出出、大声私语，交流案情并互相握手。地方法官处理着手头的一大堆事情，要听取律师关于时间估计和诉讼意图的意见，还要将官司分配给各个法庭和法官。

我紧盯着塞缪尔那身价不菲的捍卫者，在他身上搜寻着邪恶的迹象，可看到的只有专业素养——它带来的恐惧折磨着我。

他一定是看准了时机，迈步上前。"法官大人，是不是可以谈一下莱文斯的案子了？"他问道。

"莱文斯，莱文斯，莱文斯。"她重复道，从一堆案卷翻到了另一堆案卷，"啊是的，这个案子进展如何？"

"在申请交叉盘问，法官大人。"他回答，"我预估需要四十五分钟。"

"很好。"她给书记员写了一张便条，将我们分配到另外一间法庭，宣布后就继续去忙别的案子了。

我起身离开，文森特和我的父母跟在后面。出庭律师从法官席旁转过身时看到了我们，他迅速打量了我们一番，然后先一步穿过大门，匆匆离开了。我们来到电梯旁时，他已经走了。

楼上只有两间法庭，环境安静了不少，甚至可以说是寂静了。我们在第二扇门上看到了我们要找的门牌号。这一次，谁也没有停下脚步。我推开门，看到塞缪尔正坐在前排，低头专心地和事务律师谈话。我转身在检察官那侧的空位中挑了一排。我们四人鱼贯而入，坐了下来。

卡特看到了我们,脸上闪过一丝异样。他转向塞缪尔,一脸质疑地挑起眉毛,朝着我们的方向扬了扬头。塞缪尔转身,扭头看到我们,然后又飞快地转回去点了点头。我们坐在他右后方第六排的地方,八道视线全都炙热地盯着他的脖子。我的羞耻感彻底转化为肾上腺素,涌遍了我的全身,从我身上升起来,冲向塞缪尔。这种感觉我只能描述为汹涌。我心潮澎湃,像长出了翅膀一般振翅呐喊。

出庭律师皱起眉,我知道自己已经尝到了鲜血的滋味。我的内心涌起一股力量,一股我曾以为只有在一切苦难结束后才能拥有的某种人格力量,某种不可战胜、得到赦免的感觉。

除了他花钱雇来的人,塞缪尔那边空无一人。没有父母,没有朋友,没有伴侣。我则全副武装,还有爱作为后盾。他想要隐藏的东西已经被拽到了光天化日之下。

不一会儿,我这方的捍卫者萨拉出现了。她带着一种大忙人的自信朝我们这一排走来。和她握手的一瞬间,我就喜欢上了她。

她直视着我的脸,露出了微笑。"你们一定就是李小姐和李太太吧?"她问道。

"是的。"妈妈和我答道。

"我叫萨拉,来自检察署。我将会处理你们的案子。遗憾的是,我今天需要二位在外面等待。律师和我将讨论证人证词的问题。如果你们听到了讨论的内容,他们将可以辩称你们的证据可靠性已经受损。"

我感觉身上刚刚长出的翅膀被剪掉了,一颗子弹击中了我鼓动的胸膛。我怎么这么愚蠢?我当然是不被允许听自己案子的审前辩论的。

"当然，"我微笑着回答，越过文森特走到那排座椅之外，"那我们就在外面等着？"

"是的。我猜这位是李先生吧，"萨拉对我的爸爸说，"您不会作为证人出席，所以可以留下，不过不可以和女儿或太太谈论今天的程序。"

爸爸点点头，准备站起来，但我拦住了他。"你和文森特能不能留下，如果出了什么流程上的问题，就告诉我一声？比如定了新的日期之类的？"他们同意了。

妈妈和我在外面坐了下来。

"真让人沮丧！"我咬牙切齿地说，"我感觉自己什么都做不了，连听都不能听。"

"我明白。"她牵起我的手，拇指轻轻摩挲，就像我小时候生病时那样，"我们上一次去警察局提供附加陈述时，肖恩一直在问我觉得你做这些到底是想要什么，你为什么愿意经历这些。"

"我只想让他背上案底。"我气冲冲地回答。肖恩还要问上多少遍啊？我想要他做好本职工作，维护正义。

我们等了很久。整个过程最终花了四个多小时，中间文森特突然出来告诉我们，地方法官对卡特原先预估的四十五分钟很不满意。文森特回到法庭之后，爸爸出来上厕所、喝咖啡，然后再回去和文森特换班。我感觉自己非常没用，法庭的门每打开一次，我都会吓一跳。

妈妈已经把能聊的都聊完了。"你知道我现在就是在胡扯，好转移咱俩的注意力。"她说。

"谢谢。"我朝她笑了，笑容转瞬即逝，目光又回到了法庭的大门上。

萨拉终于出来了，她说了一个特定日期，询问妈妈那天是否有空。在得到肯定回答之后，她再次消失了。一切都消失了，我只能听见自己的心跳声——那是血液在我的耳朵里汩汩流动。五分钟后，她又出现，领我们进了一间小会议室。会议室的玻璃是磨砂的，只有底端的一条透明，可以看见外面。我看着几双脚从会议室外经过，直到塞缪尔的鞋出现在右边，走了几步，然后消失在左边。他走了。

"是这样的，"萨拉说，"有些出庭律师会在没有陪审团的情况下试图尽可能逃避处罚，但总体来说，我觉得今天对我们而言是有利的。"

我得知，卡特的第一份申请是对我的全部证词进行交叉盘问，法官当场拒绝了。萨拉问了我和妈妈各种各样的问题，对于我们的答案，她似乎沮丧和高兴都有。正如我们所知，唯一一个真正需要被回答的问题就是罪行发生在哪一年。我重复了我告诉过肖恩的关于蹦床的事，妈妈则提到，迪伦摔断的鼻子是在梅特儿童医院治好的。

"这些为什么都没有被写进案情摘要里？"萨拉听起来有些恼火。

"我们都跟肖恩说过，"妈妈疑惑地说，"我觉得还说过好几次。"

"好吧，如果你们刚才告诉我的一切都在摘要中提到了的话，可能就不需要跑今天这一趟了。"

"不过，这是个好消息——我是说，对我而言是个好消息，不是吗？"我问。

"没错。"她回答，"在我们提交起诉书之前，你妈妈是唯一一个需要回答问题的人。地方法官已经下令，她只能被问及有关时间和日期的某些事情，其他的都不能问。"

我们在外面跟文森特和爸爸会合，决定一起去吃午饭。

"我们今天到这里来，只是因为肖恩没有做好他该死的工作。"我告诉文森特。

"像往常一样？"他问道。我们走出门口的安检，步入了室外的阳光。

"一开始我很生气，但是转念一想，你觉得塞缪尔为今天花了多少钱？"

"要我说，至少好几千吧。"他回答，"要准备所有材料，还要花好几个小时提交意见书。"

"结果全都付诸东流！"我捏了捏他的手，咧嘴一笑，他吻了我，我们四人去吃饺子了。

23

审前听证会安排在七月三十一日，前一个周末，我们全家去了努萨，开启一年一度的冬季海滨之旅。和往年一样，文森特和我去附近的国家公园散步。我很庆幸在十二个月前我上一次去那里时，没有人知道塞缪尔会在整整一年后还不认罪，不然我可能那时候就放弃了。我试图假装即将到来的星期一没有影响到这个周末。

"我好紧张。"星期天晚上，妈妈趁没人时说道。她不会当着家里这几个男人的面提起这件事。

"你很紧张？"我烦躁地反问。

"好吧，你什么话都不用说。"她驳回。

"我要去散步了。"

我望着大海，思考明天能否结束这一切，或者我还能否在又一年后活蹦乱跳地回到努萨。套房里添了新的沙发，还装了新的无线网：这就像一个时间戳。明年冬大会有什么变化？也许这里的咖啡摊将终于能刷借记卡，也许我妈妈会为不得不在地区法院出庭作证而紧张。

第二天一早，妈妈、爸爸、文森特和我四人坐上电梯，一起找到了法庭。

"想坐在那里吗？面对窗外？"妈妈问我，指了指最远端的座席。

"不，我想坐在这里，能将一切尽收眼底。"我答道，放下了手里的包。我们分配到的法庭还附带一间小型面谈室，透过靠近地面的一块非磨砂玻璃，我看到了塞缪尔的鞋子。我可能已被勒令待在法庭外面，但我决心让大家知道我的存在。

妈妈显然还在紧张。文森特和爸爸走进了法庭。不一会儿，萨拉也到了。她叫我们在这里等待，她"很快"就会来叫妈妈。"很快"用了差不多二十分钟，妈妈坐立不安，说了很多话。她还提到我应该感激文森特在所有出庭日都一场不落地陪我来。萨拉终于出现了，她走向我们，妈妈站起身。

"你是要宣誓的还是不宣誓的？"萨拉问她。

"什么？"

"你是要把手放在《圣经》上起誓，还是只做出承诺？"她澄清道，不过妈妈已经被恐慌蒙蔽了双耳。

"对谁起誓？"她看着我，一脸吓坏了的样子。

"你进去之后必须发誓会实话实说，"我抚摸着她的手臂，"你是要宗教形式的，还是非宗教形式的？"

"哦，非宗教形式的。"她回答。

我微笑着朝她点了点头，看着她们一起离开，然后瘫倒在椅子上等待。角落的电视机里，一个长着浓密络腮胡的白人男子正在周游日本，他吃着他们最辣的辣椒，比画着怪诞的手势，四周围绕着拍手叫好的日本美女。他每完成一个挑战，屏幕上就会重重打出一行图章一样的文字——"人类对抗热辣"——并响起重物落下的音效。一切都荒谬得令人难以置信。

审前听证会只用了十五分钟。大家一起从双开门中走了出来。我看见塞缪尔双手插兜，飞快地离开了，看上去有点像吃辣椒节目里的那个人——糟糕透顶。

"一切顺利。"萨拉对围成半个圆的我们宣布。

文森特抓住我的手，捏了捏，朝我微笑起来。

"但塞缪尔没有认罪吧？"我问。我觉得若是事情足够"顺利"，他应该当庭认罪。

"没有。案子已经被移交给地区法院了。大约三个月后我才有时间准备文件、提交起诉书，然后我们就能得到庭审日期了。"

我舒了一口气："好吧。"

"不过今天的情况已经再好不过了，"萨拉转向妈妈，"您表现得真不错。"

"谢谢。"她回答。

随后，我们四个去喝了咖啡。爸妈告诉我们，警方曾尝试安排无人机在我们家所在的社区拍照，想拍几张曾经摆过蹦床的后院空地的照片，却因为组织不力，两次都没拍成。人没来，拍照的事也办不成。

"是肖恩安排的吗？"我问。

"是的，"爸爸回答，"有一次只有他和另一个人，但无人机根本就没出现。第二次是另外六个警官。真是荒谬。"

"那照片在法庭上派上用场了吗？"

"没有！"

文森特和我向我的父母道别，然后去商店里买袜子。午餐时间，我们去了美食广场。就在我们正要走出电梯时，文森特一把抓住了我的手："我看到塞缪尔了，在九点钟方向。我们换个路线，走这边。"

我们右转走到了室外，一路来到公交车站。

"他看到我们了吗？"安全坐上公交车后，我开口问道。

"没有。"

"他在吃什么？"

"寿司。"

"他看上去高兴吗？"

"不高兴。"

"那他什么表情？"

"我不知道。"

"说嘛。"

"他看起来就像个痛苦的男人，被指控猥亵儿童，证据充分，还花了几千澳元与一个不可避免的结果抗争，之后不得不吃寿司当午餐。"

"他一个人吗？"

"是的。"

"很好。我有没有告诉你，我父母去年还收到了他寄来的圣诞贺卡？"

"什么？"

"是啊，他没有告诉任何人。"

　　三个星期之后，我又收到了检察署的来信。信中和上次一样有一份流程图和一份术语表，不过这一次被标记出来的气泡状文本框又往前进了一步。接下来的那个框是"提交起诉书"，但下面还有一个写着"提审"的框，并被分为"无罪抗辩／不辩护"和"认罪"。我糊涂了。既然起诉书已被提交，他怎么可能不辩护呢？我还要被多少次、以多少种不同方式提醒，我作为助理目睹的一切只是这段漫长旅途的终点？

　　我想起了我一直在做的关于性犯罪的研究，以及从美国广播公司挖出的一份数据。被指控刑事犯罪的人中有七成会认罪，但在性犯罪上，这个比例就下降到了三成。流程图中的每一步对原告来说都有风险。这一次的来信说："如果提交了起诉书……值得注意的是，案子还需要一段时间才能被列为重要法庭事项……一旦日期确定，我们会通知你是否或何时需要出庭。"

　　几个星期之后，八月二十二日，我心血来潮，拨通了信上的电话号码，要求和科尔斯蒂通话，却被告知我的受害者联络官已经换成了丹。丹是我的第三名联络官。换了三名受害者联络官是正常的吗？我完全不知道他们为什么要换人。丹出去吃午饭了。

　　他给我回电话时，我正在科尔斯超市里闲逛。他告诉了我一个好消息：针对塞缪尔的起诉书将于九月五日提交，比原计划提前了整整一个月。我狂喜了一秒，心又沉了下来——文森特和我原计划那周外出度假，庆祝我们的五周年纪念日。

我问丹是否会有人与我联系，告诉我起诉的结果，或者我是否应该亲自出庭，他说他会确保给我寄一封信。我默默地冷笑。他一说日期，我的脑海里就像启动了一个蒸蛋计时器。我不可能仅仅等待一封可能会在几周后寄来的信，就算信能寄到，我也不可能在信里再去弄清到底会发生什么。

　　要是文森特为了什么事提出将度假的时间减半，我一定会非常生气。可当我打电话告诉他这个消息时，他当即主动提出陪我一起开车回来出席起诉。我感觉自己必须在他和塞缪尔之间做出选择——在我的过去和未来之间做出选择。

　　"要么他认罪，然后我们出去痛饮一场，我请客；"我对着电话的另一头说道，"要么他说自己无罪，那样的话我更乐意我们的假期没有被坏消息打断。"我正沿着化妆品和剃须刀片的过道走着。

　　"嗯，听起来不错，完全由你决定。"文森特回答。

　　"即便他认罪，也会被安排在另外一个日期接受宣判，那时候我肯定会去的。我觉得这一次不去没有关系。"

　　我不知道第一次报警已经是多久以前的事了。回到家，我在文件里翻找起来，发现第一份陈述写于二〇一五年九月二十二日，那时我才二十三岁。这个丑恶的烂摊子还有一个月就满两年了。一个两岁的小孩已经能说几句话、能自己穿衣服了——塞缪尔却连抗辩都还没有提出。

　　金斯克里夫很美。文森特和我只是睡懒觉，做爱，看网飞的电视剧，吃东西，喝啤酒，然后再看更多的网飞电视剧，吃更多的东西，再上床睡觉。在九月五日丹打来电话之前，一切都像做梦一样。

"是的，起诉书今早已经提交了。对莱文斯先生的庭审被安排在十二月十一日星期一，地点是布里斯班地区法院，庭审编号一。"

"谢谢。"我说，"对了，丹，还有一件事，你的笔记里有没有写，我曾经是个法官助理？"

"哦，"他停顿了一下，可能是在滚动屏幕，"我会让法务官知道的。"

"太好了，谢谢。他们需要在给我分配法官的时候谨慎点。"

"别担心。我明白。"

我挂上电话，心里还是不安。我向之前的两任受害者联络官都提过这个信息。我不是有档案吗？这个电话令人烦躁。我当真认为，既然审前听证会进行得如此顺利，塞缪尔今天说不定会在指控面前认罪。是我太乐观还是太天真，每走一步都抱着他会认罪的希望？

几个星期后，到了十月，我打电话给肖恩询问情况。我知道他还得完成几项任务，才能确保案子在审判前一切就绪，我需要让他知道我在指望着他。

"现阶段一切都在向前推进。"他说，"他的律师曾经说，如果案子被递交至地区法院，他们就会采取'特定的行动'，考虑到这一点，检察署很吃惊他竟然还没有认罪。不过，你懂的，他仍有可能在星期一早上认罪，这种情况有时是会发生的，希望一切都能在圣诞节前彻底结束。我猜这对你来说是件幸福的事——哦，不能说是幸福，但总之是件好事。"

24

接下来的四个星期，我要做的就是忍住跑到一辆公交车前的冲动。

肖恩来我家为我送传票。"关于被传唤出庭，我想我不需要向你过多解释。"他叉着双腿，站在我狭小的厨房里，递给我一叠文件。我注意到，文件是用一只小小的银夹子固定的——小时候，我在家里乱翻父亲的东西、找零钱买棒棒糖时，就经常找到这种夹子。肖恩说话时，我点头、微笑，用指甲轻轻敲着夹子，为他递上一杯水。

"你知道是定在十二月十一日了吧？"他问道。

"想忘也忘不掉，伙计。"我回答。

"当然，没错。你的生日是十三日，对吧？"

"是啊。没有其他新消息了吧？"

"没有，没有了。还是老样子。不过，我不知道这为什么还需要一场庭审。"他耸了耸肩。

他离开后，我简单翻看了一下文件，然后去洗碗，打开水龙头时用力过猛，水打在勺子凹进去的一面，溅了我一脸。我吓了一跳，将抓在手中的盘子丢在水槽里，冲进卧室，抓过一条干净的浴巾，把头埋在里面尖叫起来。叫喊变成了哭泣，文森特抱了我很长时间。

每一次手机响起，我的胃都会一阵痉挛，以为是和庭审有关的消息。我以前很少出现这种情况，直到开庭前一周才越来越频繁。星期二，法官打来电话问候我，帮我确认曾经与我共事或有过互动的法官不会被分配到这个案子。星期三，检察署的一名职员打来电话，问我第二天是否有空去一趟他们的办公室。我说可以。

想到他们这么晚才联系我，我满心焦虑。也许他们最后才打电话是因为出了什么问题。

第二天要去检察署办公室意味着我当晚必须写出一份受害者影响陈述书。我本该几周前就开始写的，却因为这项任务太令人沮丧而放弃了好几次。在这份文件中，我需要概述自己遭到了怎样的侵犯，描述罪行给我的生活带来了哪些负面影响，可实际上，我为自己在大部分时间里如何尽力摆脱这些痛苦而自豪。为了让法官从我的文字中明白整件事有多令我难过，难过到甚至呕吐、自残，我简直筋疲力尽。要是塞缪尔最终没有被定罪，这份陈述就会被丢进垃圾桶，无人问津。

第二天下午，我在市里的检察署大楼见到了检察官雷蒙德，还有年轻的办事员艾德琳。前往会议室的路上，我们在嘈杂的老电梯里聊了几句天气。他们看上去都是干练的人，雷蒙德的胳膊下面夹着一个大文件夹，上面贴满了便利贴，里面被纸张和分类的隔板塞得鼓鼓的，看了让人十分安心。那里面说的就是我。雷蒙德神态自若却不乏威严，艾德琳动作麻利，非常细心。

"好了，"雷蒙德在会议室的门关上后对我说，"谢谢你能来。我想庭审过程中的很多事情我已经不需向你解释了。"

"是的，我对大部分法庭事务都很了解。"

"那我就和你实话实说了，"他对我说，我屏住呼吸，"我不能做出任何保证，但这是我今年见过最有力的案子之一。我觉得不会有什么意外。"

"哦，谢谢，谢谢，太好了，谢谢你。"我如释重负，用手捂住了脸。

"我甚至不知道为何还要有这么一场庭审。"

"大家一直都这么说，没错。"我用力一挥右手，强装着笑容说，"可我们还是来了。"

我们围绕这场官司的来龙去脉聊了几分钟，计划好了星期一早上碰面的时间、地点，以及我该如何做好准备。我失去了往日的活泼。那个时刻已经近在眼前。

"我还有最后一个问题。"我问道，"你认为他会出庭吗？"

"会的。"雷蒙德回答。

"我们应该担心这个吗？"

"我觉得不用。"

"但我不明白他为什么要反抗，除非他还留了一手。"

"他看起来就像那种人。"他耸耸肩，合上了文件夹，"这种男人越来越多见了。他们以为自己可以站在法庭上靠胡说八道来摆脱困境。可是他们不行。"

我静静坐了一会儿，震惊于雷蒙德的坦率，于是笑了。我回想起普尔曼编造过的故事，说他曾经追逐一只老鼠，想赤手空拳地抓住它。普尔曼已经锒铛入狱。我很高兴能够听到某个业内人士——尤其是某位男士——提到我在被告身上见过的模式。

第二天一早，肖恩八点钟就打来电话，确认一切顺利。午饭时间，我在一家小小的外卖餐馆里接到了哥哥阿伦的电话。

"我刚刚得知，塞缪尔联系了一群我们共同的老朋友，要他们为自己作证。"

"见鬼。"我轻声骂了一句，开始冒汗，思绪在那些可能接到了塞缪尔电话的老朋友的面容间飞转，在记忆中搜寻塞缪尔隐藏的锦囊妙计。

"很抱歉在电话里告诉你这些，"阿伦听上去有些难过，"我只是觉得你应该尽快知道。"

"那他们怎么说？"

"至少有一个人让他滚，不过另一个答应了。"

"该死！"我骂骂咧咧地在人们的注视下离开了餐厅，"谢谢。我最好现在打几个电话。"

"祝你好运。"

挂上电话，我拨通了检察署的号码，在外面的街道上来回踱步，把手机夹在耳朵与肩膀之间，掰动着每一根手指。

"哦，这没什么好吃惊的。"雷蒙德平静地说，"塞缪尔还没有意识到，出庭作证就意味着要接受盘问，而我已经为他做好了准备。"

可我还是害怕塞缪尔的出庭律师。他的律师了解检方全部的诉讼计划，而我们并不知道他们会站起来说什么。在我出庭之前，我是不会知道的。

塞缪尔竟会打电话对别人说我是个骗子，一想到这里，我就心烦意乱。他还在不遗余力地与我作对，我感到了侮辱。他会在证人席上说我什么呢？要是他说我总对男孩献媚怎么办？要是他的某个朋友也同意我只不过是个寻求关注的小婊子怎么办？

庭审的前夜简直就是地狱。我一遍又一遍地阅读案子的警方陈述。这意味着我要小心翼翼、缓慢且一丝不苟地重温受害的过程。停止，回放——那只手，我的裙子，他说了这个，我做了那个。放慢，播放。再来一遍。再来一遍！我搜寻着缺漏或矛盾，打消对自己记忆的疑虑。

但我没有练习回答问题。我必须尽可能自然。我排练了一遍出庭宣誓时必须要说的誓词。虽然在担任助理那一年，这些话我已经听过许多次，乃至烂熟于心，但我从未想过，有一天，自己会把它们说出口。

你在庭审的这天早上醒来，想冲个澡，廉价老公寓里的热水却像往常一样失灵了。你对着水管大喊："你知道今天是什么日子吗?！"可热水系统并不知道。铁管在把钙化物和脏水吐到你的白衬衫上时也什么都不知道。你要穿什么上法庭？梳什么发型？什么颜色的口红可以表达"请相信我"？

我从浴室里走出来时，文森特笑了。

"看上去够漂亮，却又不至于让人觉得我有可能撒谎吧？"我问他。

"没错。"

进城的路上，我坐在出租车的后座，无法抗拒地感觉自己失去了四肢，正被人抬着，灵魂出窍，耳朵沉在水下。

下车后，文森特牵住了我的手，而我几乎没感觉到，任由他领着我走。我们跨过法院大楼前的草坪。草间弥生的壁画目不转睛地盯着我。外面的天气酷热，阳光亮得刺眼——在我的记忆中，这里永远都是如此——像我第一天来上班时一样。塞缪尔到了吗？他有没有想过这些眼睛是不是在盯着他看？

我们迈过玻璃门，通过安检。我的鞋跟踩在大理石地板上的声音听起来分外熟悉，大楼空调的气味也令我陷入回忆，不过这里已经成了一个陌生的地方。我变了好多，它都认不出我来了。

"二十四号法庭，七层。"我凭借记忆对文森特说，语气毫无波澜。

爸妈正在所有法庭之外的休息区等待我们。肖恩也在。我拥抱了父母，和肖恩握手。

雷蒙德与艾德琳到了，我朝他们走了过去。"如我所言，"雷蒙德看上去神态自若，"都在意料之中。"我点了点头。

除了等待，我无事可做。等待过程中，我不能晕倒或从阳台上跳下去。妈妈很擅长鼓励大家闲聊，爸爸则去买了咖啡。大约一个小时之后，法庭的一扇侧门打开了，一群陌生人涌了进去，大约有五十几个，走进了二十四号法庭的后面。

"那些就是陪审员。"我告诉妈妈。

"全都是吗？！我必须站在所有人面前说话吗？"

"不是，不是——会从里面随机挑选十二个人，其他人就可以走了。"

我想着门的另一边那个正从桶里抽取名字的助理，不知道谁会遭到质疑，谁又能进入陪审团。哪十二个人将决定我的命运？我没有告诉任何人——就连文森特也一样——在庭审的那天早上，我仍旧希望塞缪尔会认罪。但陪审团的选任预示着他的手里正摇着一面红色而非白色的旗帜。我觉得自己之前的乐观很愚蠢。

　　"他们质疑了所有的女性。"大约二十分钟后，肖恩走出法庭说。我只是笑着摇了摇头。"不过还是留下了四名女性。"他补充道。

　　"还有四名？"我赶紧问。

　　"没错，其实挺有意思的。他们的意图十分明显，但被助理抽中的一直都是女性，于是他们用光了质疑权。"

　　"只要有两名以上的女性，"我对文森特说，他捏了捏我的手，"在讨论的过程中，她们也许就能有足够的信心说出自己的想法。"

　　又是一段时间的等待。

　　"现在是在干什么？"妈妈问我。

　　"法官在欢迎陪审团，向他们解释陪审团的工作，告诉他们什么么能做、什么不能做。比如，他们不能把自己听到的事情告诉别人，不能上网查我，也不能私自进行任何调查。"

　　"不然会怎样？"

　　"不然这场审判就会被宣判无效，那我们就得从头开始，组建新的陪审团。"我紧盯着她，"那时候，我不知道自己还能不能撑得住。"

　　所有人沉默了片刻。这时，我听到有人在喊我的名字。艾德琳站在法庭的门边："我们已经为你做好准备了。"

我的手开始颤抖，泪水在眼睛后积聚。还不是哭的时候，我告诉自己，撑过去就行了。我拉开磨砂玻璃门，法庭出现在了我的眼前：屋里光线充沛、鸦雀无声，所有人都聚精会神，准备好要迎接审判。我在门口朝法官鞠了一躬——是一个我不认识的人，然后瞥向了他的助理。助理面无表情，让人看不出她在想什么。法警已经在证人席旁站定。我朝她走了过去，尽量站直身子，双手紧握，试图不再颤抖。

"你能否庄严且诚挚地保证并宣誓，今天在此提供的证据将是事实，全部是事实，且只有事实？"她问。

"我保证。"我坐下来，瞟了瞟塞缪尔。你行吗？

陪审员们坐在我对面的墙边，六人一组，坐成两排。每天都会有澳大利亚人组成这样一面人墙，被赋予看清真相的神圣力量。

雷蒙德站起身。"为保证准确，请你说出自己的全名。"他对我说。审判就这样开始了。

他的问题完美地引导了我。我们一步步回顾了我的童年时代、家里房子的照片以及塞缪尔在我们生活中的出现。这都属于简单的那一部分。

"你知道我们今天为什么会在这里。"他的语气变了，"你能否把有关塞缪尔的那件事告诉法庭？"

我说得坚定而清晰，身体却在反抗我的意志。我感到肩膀紧绷。我无法与任何人眼神交流。我感到气短，当我试图用手势向陪审团展示塞缪尔的动作时，竟然很难在说话的同时移动身体。双耳如同沉在水下，异常难受。同时，肚子里仿佛装满了剃刀。

我复述到最后时，雷蒙德针对位置、手指、太阳是升起的还是落下的又追问了几个问题。

"法官大人，我现在想播放托词电话的内容。"他告诉法官。

"电话的内容有多长？"

"大约四十五分钟，法官大人。"

"好的，那我们先进入茶歇时间，休息一下，回来再继续审理。"法官说完，站了起来。

"肃静。全体起立。"法警赶忙宣布。我惊慌失措地起身望向雷蒙德，寻求指导，可他正在翻阅文件，于是我又望向了被告席上的塞缪尔，他正在和自己的辩护律师交谈。

法警出现在了我的身旁。"如果你愿意，可以在外面等待。"她的语气十分温和，挂着悲哀的笑容，指了指门口。我抚平裙子，径直从塞缪尔身旁走过，离开了房间。所有人都站在那里，等待着我。

"还没结束。"我告诉他们，"现在茶歇，然后是托词电话，接下来是交叉盘问。"

文森特拥抱了我。我喝不下咖啡，一句闲聊的话也说不出来，于是坐下来看着罗马大街公园绿地的棕榈树在烈日下摇曳，看了二十分钟。

"等待的过程总是最糟糕的。"文森特说。我只是点头。

终于重新开庭了，我回到法庭，正要开始时，他们发现录音光盘无法通过扩音器播放出来，于是又要休庭五分钟。我想象着若是光盘播不出来会发生什么：我们今天剩下的时间都得休庭，而我第二天早上还得回来参与交叉盘问。我攥紧椅子的扶手，盯着法庭上的时钟，看时间一秒一秒地过去。

"问题已经解决。"几分钟后，法警轻声对助理说。我感到一阵轻松。把事情做完就好。

法官回来了，陪审团也归了位。我们一起听了光盘的内容。听到自己的声音，我的脸抽搐了一下。由于音频录制的方式，我的声音比塞缪尔的稍微响亮一些，听上去刺耳又虚伪。电话中的我强迫自己表现得随意又活泼，反而让我在法庭上紧张兮兮、泪眼婆娑的样子看上去像是装的。

"是啊，太棒了，哥们儿！"我的声音正在回答他说的某句话，"是的，我很好！"我尽量不让自己在座位上扭动得太厉害。

在录音的最后三分之一，塞缪尔主动为我提供了不少商业建议，还得意扬扬地提起了他近来的投资计划——在此之前，他已经承认了罪行，还说我不是唯一的一个——他说的话冗长而啰唆，我的话却只有零星几个词。在他句子的短暂间隙中，我听到了些许抽鼻子的声音，这让我火冒三丈。我又燃起了怒火，将紧张抛到九霄云外，随思绪回到了那个房间里的自己身旁，回到了那个惊慌失措、一头扎进火堆里的年轻女子身旁。我心想：你做得到。我看到她坐在那里，在做出爽朗回应的间隙默默地哭泣。我想象她回答我：你也做得到。

就在这时，录音停止了，卡特站了起来，交叉盘问开始。

审判前这一年，我一直确信自己真正需要回答的问题只有一个，那就是犯罪日期。我曾告诉安娜与文森特，塞缪尔在托词电话中的承认就表明他并不否认罪行本身。地方法院审前听证会的法务官甚至告诉过我，年龄是唯一的问题，于是那个周末我就对自己说：至少陪审团不会认为事情全都是我编造出来的。

然而，在法庭上，卡特盘问了我几个问题后竟然说道："我告诉你吧，塞缪尔第一次碰过你之后，就什么都没再发生了。"

"什么？"

"我要告诉你的是，塞缪尔只用他的手指触碰过你，而且只有一次，这就是他在电话里指的事情。"

"不是的！"

"第二项指控是捏造的。"

"不是的，我记得。"

卡特继续提问。要是塞缪尔真的想做些什么，不能去院子里找个更隐蔽的地方吗？他就不能等到夜里吗？我哥哥不是刚刚才进屋吗？

问题紧接着转移到了我对日期和蹦床位置的记忆上，没完没了。

最后，法官打断了他的话："我并不想催你，卡特先生，但我们得快点休息去吃午饭了。你还要多久？"

我的胸口好像被什么钳住了。我出去后可能就再也不会回来。再也无法回到这个法庭上来了。

"只要五到十分钟，法官大人。"卡特回答。

"那好，我相信李小姐也想要结束了吧？"法官看着我说。

"是的，请吧。"

有了这个助推，终点近在眼前，我撑过去了。

推开法庭的大门，我放声大哭。

"结束了吗？"文森特问我。

"结束了。"

几分钟之后，雷蒙德出来了。我还没有哭完。他指了指一间小型私人会议室问："我们俩能聊聊吗？"我看上去肯定吓坏了。

"我相信不会有事的。"文森特说着，轻轻推了推我的肩膀。我跟着雷蒙德走进会议室，随手关上了门。

"好的，"他说，"事情的进展和预料中差不多。"

"可他否认了第二项罪名！"

雷蒙德耸了耸肩："这只能让他看上去像个骗子。你陈述的细节从未改变过。我觉得陪审团不会认为你在第二项指控上撒了谎。不会的，这很好。你应该为自己感到骄傲。"

妈妈、爸爸、文森特和我一起离开法院大楼吃午饭。越过草坪，我看到塞缪尔正在草间弥生壁画旁的咖啡厅里。文森特的手臂搂着我的这一边，母亲则在另一边牵着我的手，爸爸紧跟在我们身后。塞缪尔的身边却除了事务律师——他花了几千元雇来的那个男人——没有别人。

我们去了附近的一家小餐馆，可我什么也吃不下，只喝了一杯冰镇的甜苹果汁。

午休过后，妈妈出庭作了证，接着迪伦也赶来作证，然后肖恩也进去了。几个小时在一分一秒中过去，我在心里回放着交叉盘问过程中的几个瞬间。

下午三点多，检方结案。法庭再次短暂休庭。重新开庭时，我等待着，双眼紧盯着那扇门。我希望塞缪尔不会出庭作证，但并没有那么幸运。

"他简直不能更下作了。"又过了一个小时，我对文森特说，"他否认了第二项罪名，还要为自己辩护。"

四点半，法官宣布休庭，让所有人回家。雷蒙德、艾德琳和肖恩走出了法庭。塞缪尔和他的团队离开时，我们全都站在一边。

"他是个好斗的证人，"肖恩对我说，"他会用问题来回答问题，给人留下的印象不太好。"

"真的吗？"我问道，大家都在听着。

"雷蒙德问了他几件事，他的回答是：'这属于私人问题，我无可奉告。'"

我们全都愤怒而厌恶地咕哝起来。

"即便你是检方的证人，也可以听审吗？"我问肖恩。

雷蒙德回答："是的，抱歉，我以为你知道的——鉴于检方已经结案，你现在可以进去听审了。我对塞缪尔的盘问还没有结束，所以你明天早上可以听到最后一部分。"

我点了点头："很好。"

回家的路上，文森特陪我喝了一杯啤酒。完成了自己的任务，我感觉好多了，或者至少觉得我已经尽力了。我们聊起塞缪尔可能打电话叫谁来为他作证，我也谈到了我本可以怎样撒谎。

"我本可以说各种谎的。我本可以说，我记得他是'九·一一'之后动手的，这样他在审判中就会被看作十七岁，并按照成年人的标准被判刑；我可以说，我记得自己的第二只狗史努比在和我们一起玩，那时塞缪尔已经十七岁了；我可以说，我不知怎么清楚地记得我当时在上七年级，这样一来我就是十二岁，那么他十八岁……我可以用很多不同的方法说谎，让他以更大的年纪被追责。"我喝了一大口啤酒，"但至少我知道，我是诚实的，并且尽了最大的努力，如果他被判无罪，失败的就不是我，而是司法制度。"

第二天早上醒来，我更生气了，因为我更恐惧了。

"你已经完成了困难的那一部分。"文森特一直安慰我。但这是一种截然不同的恐惧。前一天我害怕的是出庭作证和遭到盘问。现在我害怕的是塞缪尔会被判无罪。

我们提前几分钟赶到法院大楼，径直走进去，坐上电梯，来到法庭，在后面的角落里坐了下来。这里正对着塞缪尔即将坐上的被告席，我还能一眼看到他接受盘问时要坐的证人席。几分钟后，他走了进来，看都没有看我一眼。他坐下后，我紧盯着他的后脖颈。是我把你送到那里去的。要是他逃脱了制裁，至少我曾在审判期间满足地看过他被司法部门控制的样子。

爸爸妈妈来了，然后是肖恩，然后是所有的律师。庭审开始了。

卡特不停地瞥向我。就在法官回来之前，我看见他走到了雷蒙德身边。"我从没见过这种事情——她难道不该在外面等待吗？"他懊恼地问，或许还有些紧张。我不知道自己可以听审，是因为我以前从未见过原告这样做。卡特肯定也没见过。我听不到雷蒙德回答了什么，不过他仍旧十分冷静，卡特则不然，面对他的目光，我也毫不畏缩。

"塞缪尔可以坐在那里听审，说我是个骗子。"我低声告诉文森特，"现在轮到我了。"

塞缪尔的律师可能建议他冷静一点，可他明显怒火中烧。我坐直身子，装出一副心平气和、无动于衷的样子，直勾勾地盯着他。他没有看我。他声称，自己没有意识到这样的行为是"错误的"，雷蒙德对此发起了质疑。

"要是你不知道自己的行为是错误的，为什么你要等到阿伦离开、与原告独处时才动手？"

"我不知道。"

"你在电话里说，你曾在学校里因为摸了女孩的内裤而惹到麻烦。你这是在告诉法庭，即使曾因这种事情被叫去校长办公室，你也还是不明白触摸小女孩的那个部位是不对的吗？"

"是的。"

"你不知道这是不对的？"

"嗯，也许这是不合适的。"

"不合适，也许？"

我感觉雷蒙德是在尽可能久地将塞缪尔留在证人席上，好让陪审团能多看看他。看到检察官能游刃有余地应对被告提供的证据，这总是个好迹象。

盘问结束后，法庭给塞缪尔在英国的妹妹打了电话。为了保证准确，她陈述了自己的姓名，然后确认了她和塞缪尔及两人的父母在耶隆加的居住地址。

卡特只问了她一个问题："塞缪尔有没有和你发生过不合适的、与性相关的行为？"

"没有。"她回答。

"谢谢你，莱文斯小姐。"他说。

雷蒙德站起身。"没有问题了，法官大人。"

电话挂断了。

"法官大人，最后一名辩护证人是约书亚·福布斯先生。"卡特说道。我在座位上挪了挪身子。约书亚是塞缪尔的朋友，来过我家几次，和阿伦一起玩。不过我想那是很久之后的事情了。那时我已经上高中了。

约书亚的证言与蹦床有关。他说蹦床"总是被移来移去"。我开始出汗了。他正在为塞缪尔破坏我们可以确定时间——从而确定年龄——的唯一一件事情。

盘问时，雷蒙德只问了约书亚一个问题："蹦床有没有可能是在二〇〇〇年以后才被移动的？"

"有可能。"他回答。然后就是结案陈词的时间了。

由于塞缪尔出庭作了证，检方得以最后向陪审团陈词。卡特做出一副这没什么大不了的姿态，因为这意味着他无权再进行答辩。

"有点喜欢夸大其词可不是犯罪。"卡特针对托词电话说道，"我不知道，但是我怀疑这位博学的朋友会告诉你们，塞缪尔说自己曾经遭到过侵犯是在撒谎。"

我摇了摇头。我们绝不会这样做。无论每一次塞缪尔使出了什么阴招，我们都会堂堂正正地应对。

令我紧张的是，卡特一直在强调诉讼的延迟。他不断地重复："她为什么以前没把事情说出口？为什么现在才站出来？"他一直重申他的"合理怀疑"是在十分严谨的考量下提出的，还提醒陪审员，他们有证人表示蹦床总是被人移来移去。塞缪尔承认了第一项罪行，但卡特却说事发时塞缪尔还是个孩子，事情没有那么严重。较为严重的第二项指控不可能是一个孩子的所作所为，因此我在撒谎。

雷蒙德在讲话中告诉陪审团，他们有三大理由应该得出有罪判决。"首先，李小姐是一个诚实、可靠且令人信服的证人。在过去两年的诉讼过程中，她对事情的描述从未出现过任何改动。你们没有理由质疑她的可信度及可靠性。"

我忍住眼泪，为自己感到骄傲。其中一个陪审员看向了我。于是我重新摆出了做法官助理时的样子：沉着冷静，面无表情。文森特捏了捏我的手。

法官休庭了二十分钟，然后向陪审团总结案情。结案陈词的内容相当简短，但即使是不偏不倚的陈述，也让我感觉不太公平——就像允许厌恶同性恋的人在电视上讨论婚姻平等的问题。在我与塞缪尔的辩词中，法官选择了陈述塞缪尔的话，赋予了那些本不合理的说辞以合理性。他充满了谎言与借口的证词是"他的版本"，仿佛我的证词也不是真相，而只不过是"我的版本"。

"现在请你们考虑自己的裁决。"法官总结道。我的全身痉挛了一下。

十二名陪审员起身走了出去，我看着其中每一个人，比以往更加渴望听到他们会在那间小屋里说些什么。

我们一家在法庭外碰了面。法官说在下午一点至两点一刻之间他不会来组织裁决。现在是十二点四十五分。

"我唯一一次不到一个小时就看到有罪裁决，是在格莱斯顿给你打电话那次。"我对文森特耳语道，"法官告诉我，如果裁决来得太快，是因为陪审团得出了无罪的结论。所以我想，我们应该在这里等到一点钟，以防万一。"

雷蒙德走出法庭后稍微停留了片刻，于是文森特和我走到了他的身边。

"总结得十分精彩。"我说道。

"谢谢。"他回答，"现在就看陪审团的了，但我感觉乐观。"

"是啊，塞缪尔在作证时给人留下的印象不太好。"文森特说。

"昨天我问到了他的生意，或者说是想知道他到底靠什么维持生活。他说他对某家投资公司很感兴趣，结果他对那公司并没有任何所有权。当我问及他给公司带去了什么技能和经验时，他的回答竟然是'我的干劲'。"

文森特和我大笑起来。

"去吃午餐吗？"爸爸朝着我们喊道。

"当然。"我回答。

就在这时，我看到塞缪尔充满自信地走了过去，我赶紧垂下视线。我的心跳得太厉害，以至于衬衫都在起伏。

我选了菜单上唯一的一道素菜，菜里还搭配了米饭，我心想，要是我真的会吐的话，这是最容易被吐出来、又不浪费任何肉的选择。我把食物塞进嘴里，嚼了起来。尽管手机的音量开得很大，我还是把它放在了身边的餐桌上，每过几分钟就查看一次。我紧缩的胃没有给食物留出太多的空间。在我推开餐盘之后，爸爸吃掉了我剩下的东西。我把前额抵在桌上趴着，握住文森特的手低声呻吟。

"我受不了了。"我说。

"困难的部分已经过去了。"

可我的身体还在抽动和颤抖，我不停晃着双脚，紧攥着手。我带的那瓶旅行装除臭剂已经快要用完了。离开餐厅时，一辆公交车从我的身边疾驰而过，噪音很大，还卷起了阵阵臭气。

"再过几个小时就好了，对吗？"我问文森特。

"对。"

下午两点钟，我们回到法庭附近。

"等待裁决时最糟糕的是，"肖恩说，"你连要等多久都不知道。"

我来回踱步，又坐下来，然后去了趟洗手间，还喝了杯水。时间一分一秒地流逝，我的心智逐渐吞噬了自己，我陷入了绝望的假设之中。

肖恩和爸爸聊起了做警察的经历。肖恩说他曾经申请调往反欺诈调查组，因为在过去的两年中，他因公参与了好几起谋杀案的搜查，可他家里还有两个孩子。在那短暂而清晰的一瞬间，我觉得他是个尽职尽责的人，我为自己曾经嘲笑过他而内疚。

我走到文森特坐着的地方："人们应该怎么做？我宁愿他被判无罪，也不愿意陪审团犹豫不决。或者如果陪审团裁决第一项罪名成立，第二项罪名不成立，他就可以针对第一项罪名提出上诉，然后我们再重来一次。我已经没法再这样下去了。我已经受不了了。"

文森特抱住我，吻了吻我的额头。

"你对审议的用时怎么看？"他问道。

"时间已经超过了一个小时，这是个好兆头。但我担心要是拖到下午四点，就意味着他们中有一个或几个人和其他人意见不统一。"

我又踱步了一阵。又经历了一次先愤怒、后悲伤、再恐惧地注视着窗外的罗马大街公园绿地的过程。肖恩和爸爸聊起了更多当警察的经历。妈妈聊到了更多圣诞节的计划。与此同时，我一直感觉仿佛有人在一片片地刮着我的胃黏膜。

过了将近三个小时，我接到了艾德琳的电话。我担心她会说他们拿到了纸条，因为这意味着有什么问题或麻烦。不过万幸，她告诉我的是："裁决出来了。"

25

不到五分钟后，几乎所有人都做好了准备，卡特却要求再等他的事务律师"三分钟"。我的身体失去了控制，坐在文森特的身旁，任他用整个右臂搂住我的腰，将我揽入怀中，牵住我的左手。我能感觉到他已经汗流浃背、心跳加速。时间一分一秒地流逝——三分钟过去了，五分钟过去了——就在事务律师走进法庭的那一刻，法警站了起来。

"肃静。全体起立。"她宣布。

法官走进来，落了座。助理紧随其后，仍旧面无表情。

"我们拿到了裁决。"法官宣布，"法警女士，请将陪审团带进来。"

寂静的房间里，我听到血液在耳朵里汩汩流动的声音。

"我好害怕。"我低声对文森特说。他的身体打了个冷战，颤抖着吸了一口气。我试着不让自己哭出来。

陪审员鱼贯而入时，炙热的怒火涌遍了我的全身。你们凭什么说我是个骗子？！我攥紧拳头，指甲嵌进了右手的掌心里。他们面朝外站成一排，这样我在自己的座位上就看不到他们的脸。

助理站了起来。"陪审团的各位成员，"她接下来的问题在我的脑海中自行浮现，"你们得出裁决了吗？"

"是的。"发言人回答。

我哭了出来，忍不住，也停不下来。

"你们认为被告在第一项指控'虐待儿童罪'上，是有罪还是无罪？"

"有罪。"

"这是发言人本人的观点，还是所有人的观点？"

"所有人。"他们异口同声地回答。

"你们认为被告在第二项指控'猥亵儿童罪'上，是有罪还是无罪？"

我抬头仰望着天花板，屏住呼吸，泪水溅落在我的小臂上。

"有罪。"

"这是发言人本人的观点，还是所有人的观点？"

"所有人。"他们再次异口同声地回答。我人生的第二篇章开启了。

在身边的人继续处理法庭事务时，我感到情绪正如浪潮般涌上我的心头。悲伤、愤怒和骄傲全都如洪水般奔涌而来，冲走了挥之不去的担忧与恐惧，带走了焦虑不安，带走了犹如蚂蚁爬过的刺痛。如释重负的感觉令我猝不及防。

"我们成功了。"我紧紧抱住文森特低声道，泪水横流。

"你成功了。"他回答。

我们直接进入了量刑提议的步骤。雷蒙德将我的受害者影响陈述书交给法官，他花了几分钟的时间将它读完。四五名陪审员排着队从法庭后面走了进来，我感觉他们正看着我，却尽量避免与我对视。

"法官大人，我希望你能看到最后一段，结合原告对自身痛苦经历的简述来考虑我的量刑建议。"雷蒙德表示。

我想起了陈述书中的最后一段内容。

我不想当庭朗读这封信，因为我不想让莱文斯先生详细了解他给我带来的痛苦。在过去的两年时间里，他的行为足以让我相信，他是那种在听我的痛苦细节时会很享受的人。我只想表达一点，我明白递交至地方法院审理的许多案件都极其严重。尽管莱文斯先生的犯罪事实远没有那么严重，却对我的人生产生了严重的影响。在我们的法律体制中，被告必须"接受受害者在遭到损害时的个体特征"。

在卡特起身提交量刑意见时，我才在助理的脸上看到了一闪而过的表情。塞缪尔的律师要求暂缓判刑，而不是暂缓监禁，这样塞缪尔就不会背上案底，仍旧可以申请蓝卡、从事与儿童和老人相关的工作。我惊得下巴都要掉了下来，助理也望向我，我想我看到了她眼神里的踌躇，哪怕只有一点点。

法官猛烈抨击了卡特的意见，说这是"不合适的"。考虑到辩方是如何在之前的四十八个小时内运用这个词的，我觉得法官的措辞十分巧妙。

"我将暂时休庭，考虑判决。"法官宣布，"与此同时，被告应当被拘留。"

一直站在被告席两侧的警卫领着塞缪尔走进了通往楼下牢房的侧门。

"一路下到地下室，和其他罪犯关在一起。"在我和家人起身相互拥抱时，我低声告诉文森特。肖恩走了过来，我们一一与他握手。妈妈递给我几张新的面巾纸。我给我的法官发了一条短信：两项罪名都有罪。罪名已经记录在案。我们打败他了。他几分钟之内就回复了我，祝我第二天生日快乐，还补充了一句：你的勇气得到了证明。

重新开庭时，塞缪尔在警卫的陪同下回到法庭，被要求站着听取法官的量刑判词。

"我完全相信，你没有表现出丝毫的悔意，即便违背自身利益在托词电话中承认了自己的行为，你仍旧拒绝为这样的行为承担责任，这使得原告在诉诸审判的过程中承受了巨大的痛苦。我还必须补充的是，"他停顿片刻，注视着塞缪尔，"你出庭时的辩词从一开始就注定要失败，那显然是为了符合你在托词电话中承认的事情才捏造出来的。"

塞缪尔被判处九个月的监禁，暂缓执行，定罪将被记录在案。虽然他不用坐牢，却会永远背上案底。这正是我一直以来想要的结果。

法庭外，我向雷蒙德、艾德琳和肖恩一一道谢，与他们告别。我们剩下的四个人准备去附近的餐厅喝上一杯。

"我和法官就是在这里吃黑蚂蚁的！"我告诉妈妈。

她让我解释一下塞缪尔的判决是什么意思，于是我让她了解了他的处境有多讽刺。

"正是因为他对我的反抗太过激烈、时间太久，现在才会被判有罪。和我作对时，他给我们的压力越大，我就越是拒绝让步，他最终就把事情弄得越糟。"

这就是蛋壳头骨。

第二天一早，我醒来时，文森特正在亲吻我的额头。

"生日快乐。"他说。

"哦，两项罪名都有罪，你不必这么客气！"我边说边在阳光下伸了个懒腰，"再加上定罪记录！我非常满足！"

我们一起大笑起来。

生日后的第二天，我在洗头时，一个念头突然闪过我的脑海：下一次提审是什么时候？过去的两年间，我时不时就会想到这个问题。我想起了审判，想起了陪审员们返回法庭、宣读裁决时我内心的感受，虽然裁决是正确的，我想到它时还是充满了恐惧，不得不在淋浴底下坐下来喘口气。

那个星期五，我请来好友们在后院里举办了一场小型派对，并把它命名为"布里的生日和正义酒会"。人到齐之后，我开了几瓶香槟，把过去两年发生的事情全都告诉了他们。

"你们中有些人知道，有些人不知道，但是没有你们，我是不可能成功的。"我略微有些哽咽，"文森特讨厌在公众场合流露感情，不过他喜欢法国香槟！"所有人都笑了。我把他叫过来，感谢了他，还告诉他我爱他。"这种事情之所以会发生，是因为人们不愿谈起它。所以我主要是想告诉你们，我可以谈论这个问题——要是你们中有谁或是认识谁想要聊聊感受或是流程之类的，我就在这里。随时给我打电话。"

我在旋转晾衣架上挂满了彩灯。太阳下山时，它们亮得更灿烂了，闪烁着光芒。我们站在后院里一边欢笑一边喝酒，一直玩到凌晨。那个夜晚闻起来像是蚊香的味道，很温暖却不会过于炙热。许多人都拥抱了我。

一位曾在检察署做文员的朋友向我问起了审判的事，还问我心情如何，于是我们开始就司法体制对待女性的方式交换意见。她之所以离开这个行业，是因为见到了太多的原告情绪崩溃。"我参加过一次无比令人发指的审前听证会。"她说。

"不，你的不是，我的才是呢。"我忍不住打断，想到了自己为法官校正过的第一份判决书，"不过，你先说。"

"我的案子里，一个女孩被绑在了旋转晾衣架上，然后——"

"不可能！那是我的案子！"

"什么？"

"那是我的法官！是他允许类似事实在审判中被采纳的。后来发生了什么？审判进展如何？"

"我们抓住他了！"

"我们抓住他了！"我喊道。听到我的话，身旁的人也喊了起来："我们抓住他了！"所有人都欢呼起来。

我上楼去拿更多的冰块，站在二楼的窗户旁低头看着大家。画面是如此美好。我一动不动地站着，将双手举到面前，假装正举着一台相机，然后眨了眨眼，在脑海中拍下了这张照片。我感到一种难以置信的、从头到脚的安全，身边围绕的全都是家人和朋友。我幸福而得意。

所以在接下来的一天天、一周周里，你会做些什么？当你把洗好的衣服挂在生锈的钢丝绳上，高举着双臂不动，在炙热的夏日艳阳下头昏脑涨；当你双膝发软，只得把前额贴在滚烫的水泥地上喘息；当街道上每一个朝你吼叫的男人再次把你推翻在地；当派对上每一只贪婪的手让你再次感觉自己仰面躺着、动弹不得。你会做些什么？

接下来的一月月、一年年里，你会做些什么？当赢得的一场战役只让你看清战争的广度，你会做些什么？

你哭了又哭，哭完之后，擦擦眼睛，拍拍脸颊，你生气了，你要行动起来。

致谢

写这样一本回忆录要感谢很多人。这本书跨越了我三年的青年生活,为此我要感谢的人很多,正是他们对我和我工作的慷慨付出,帮我度过了几段格外黑暗的时期。这份认可对我而言至关重要。

首先,我想感谢我的母亲:在阅读这本书之前,你不会知道是你的爱让我活了下来。我在这一生中都完全相信你对我的爱。爸爸,很抱歉我这么消极地谈论你的禁欲主义,但我们都非常依赖它。谢谢你教会了我什么是正义。感谢我的哥哥——你是个优秀的哥哥,过去是,将来也是。

法官!谢谢你允许我写下这本书!谢谢你在那动荡的一年里成为我希望的堡垒。如果司法界能够拥有更多你这样的人,这本书就没有书写的必要了。我将永远敬重你、钦佩你。

至于我无法提及姓名的许多朋友,我已经当面诉说过你们对我有多重要。未来,我会尽量多说一些。

我还要感谢我的经纪人格蕾丝。在我们谁都不知道此书能被写成什么样子时，是你支持了我：你坚定的支持总是令人安心。是你让这项工作变得如此有趣，我期待着我们在一起畅饮香槟的美好未来。感谢简，全世界最优秀的出版人，在我遇见你时，我曾对格蕾丝说："我想要她做我的出版人，因为她就是我想要成为的那种女人。"有了你们二人的支持，我才如虎添翼、无往不利。

感谢吉纳维芙、凯特和朱莉亚——请不要告诉任何人，这本书在被你们编辑得如此精彩之前是什么样子。感谢我出色的公关露易丝，以及艾伦与昂温出版社的所有人，与你们合作我非常愉快。五星好评，强力推荐。

作为凯特·马斯喀特奖学金的受益人之一，我曾得以与马斯喀特家族见面并共度时光。我想感谢他们的奖学金为我带来的职业机遇，也感谢他们给予我的鼓励。我真心希望这部作品能够体现凯特所代表的反抗精神。我经常想起她。

作为奖学金得主之一，我还得以与导师利亚姆·皮珀、克莉丝·尼恩共度了一段时光。在本书成稿的过程中，有许多部分都离不开你们的参与。感谢你们在这么多年后，仍旧指导着我。

我还要感谢《格里菲斯评论》提名我为二〇一七年的年度研究员，并发表了《蛋壳头骨》的早期节选。

最后，我要感谢文森特。我太爱你了，爱你爱到有时就快要爆了！你是我在这世上最喜欢的人。如果没有你，经历了这一切的我将只剩下一副躯壳。我们双双骑着巨鹰飞出了法庭。与你共度的二十六岁生日是我生命中最美好的一天。希望我们永远都在一起。

图书在版编目（CIP）数据

蛋壳头骨 ／（澳）布里·李著 ；黄瑶译. —— 海口 ：
南海出版公司，2024.10
ISBN 978－7－5735－0889－8

Ⅰ．①蛋… Ⅱ．①布… ②黄… Ⅲ．①回忆录－澳大
利亚－现代 Ⅳ．①I611.55

中国国家版本馆CIP数据核字(2024)第061372号

蛋壳头骨

〔澳〕布里·李 著

黄瑶 译

出　　版　南海出版公司　 (0898)66568511
　　　　　海口市海秀中路51号星华大厦五楼　 邮编 570206
发　　行　新经典发行有限公司
　　　　　电话(010)68423599　 邮箱 editor@readinglife.com
经　　销　新华书店

责任编辑　侯明明
特邀编辑　冯文欣　张　典　刘丛琪　李嘉钰
营销编辑　宋　敏　郭刘名　游艳青
装帧设计　韩　笑
内文制作　张　典　贾一帆

印　　刷　山东韵杰文化科技有限公司
开　　本　850毫米×1168毫米　1/32
印　　张　12
字　　数　268千
版　　次　2024年10月第1版
印　　次　2024年10月第1次印刷
书　　号　ISBN 978－7－5735－0889－8
定　　价　59.00元

著作权合同登记号　图字：30-2024-152